藥香賢妻

4

靈溪 著

目錄

第四十七章

自從沈鈞回來，說了被革職的事情後，沈鎮的臉色一直陰沈著，一句話也沒有說，由小廝們扶著回自己的屋子後，便坐在榻上生著悶氣。

姚氏見這事沒有把她給拉進來，覺得很慶幸，不過剛才卻是被嚇了一大跳，到現在還心有餘悸。

丫頭們把晚飯都擺在桌上，春花趕緊上前道：「奶奶，晚飯好了。」

姚氏轉頭看看沈鎮彷佛充耳未聞，便走上前去，柔聲道：「大爺，坐了這大半日，餓了吧？趕快來吃飯吧！」說著，姚氏便上前伸手去攙扶。

不想沈鎮卻使勁一把將姚氏推倒在地，怒斥道：「妳還有臉吃飯？」

一時沒有站穩，被推倒在地的姚氏愣過之後，便用受傷的眼神望著沈鎮。一旁的丫頭們看到這情形也都愣在當場，因為大爺自從腿受傷後，雖然脾氣不好，但是對大奶奶還是十分尊重的。而且這屋子裡的事情也都是大奶奶說了算，實在沒有想到今日大爺會在下人面前公然給大奶奶沒臉。

春花見狀趕緊跑過來，想要扶起姚氏，關切地問：「大奶奶，您摔到了沒有？」

姚氏這個時候卻哭泣著盯著沈鎮問：「大爺，你這話什麼意思？什麼叫我沒臉吃飯？好歹我也跟了您快二十年，您不能這樣不分青紅皂白地在下人面前對我如此吧？」

看到姚氏還在裝無辜，沈鎮真是氣不打一處來，雙眉緊蹙，滿臉怒氣地指著姚氏道：「不分青紅皂白？別以為我不知道妳背著我都做了些什麼，妳說外面的印子錢是不是妳放的？」

「我……我哪有？你……你是聽誰說的，專給我栽贓。」聽到沈鎮的話，姚氏連眼睛都不敢直視沈鎮了。

看到姚氏不肯承認，沈鎮氣得伸手便把旁邊桌的幾個茶盞揮到地上，只聽乒乒乓乓一陣瓷器掉在地上摔碎的聲音，姚氏一見如此，立刻傻眼了。

沈鎮怒氣沖天地道：「這幾日我早已經把事情查清楚了，妳私自放印子錢，害得人家賣兒賣女抵債，正好讓言官逮個正著。還好是二弟把一切事情都扛下來，要不然真要追究起來，妳的腦袋都不保了！」

聽到這話，姚氏知道躲不過了，趕緊爬到沈鎮面前，拉著他的袍子角，哭著求道：「大爺，我知道錯了，你就原諒我這一次吧！我也是為了這個家啊，咱們兩個兒子都大了，哪裡都需要用銀子。我下次再也不敢了，都是我不好！你打我罵我都可以……」

這時候，沈鎮從榻上緩緩地站起來，低頭對拽著自己袍子哭泣的姚氏冷冷地道：「知道錯了有什麼用？大錯已經鑄成，二弟的官職都丟了，要不是看在他昔日戰功的分上，說不定這次還要抄家流放，哼！」說罷，沈鎮便邁步往門外走去。

見沈鎮氣勢洶洶地出去，姚氏趕緊爬著抱住他的腿，求道：「大爺，這麼晚了你要去哪裡啊？」

沈鎮正在氣頭上，高聲回了一句。「去曹姨娘那裡！把我的衣服和日常用品都搬到那邊去。」說完，便絕情地撇開姚氏，步履緩慢地朝門外走去。

姚氏徹底傻了眼，望著門的方向大喊一聲。「大爺！」

沈鎮卻充耳未聞，隨後便消失在門外。

「嗚嗚……」姚氏不禁癱坐在地上痛哭流涕。

「大奶奶、大奶奶，您快起來吧，地上涼。」一眾小丫頭們都不敢說話，還是春花過來攙扶姚氏起來。

扶著姚氏坐在椅子上，姚氏早已經花容失色，髮髻有些凌亂，頭上的簪子都歪了。哭了半晌後，她突然抓住春花的手，急切地問道：「春花，剛才大爺說什麼？是不是要把東西都搬到曹姨娘那個賤人那裡去？」

見主子如此傷心，春花趕緊安慰道：「奶奶，您別著急，肯定只是大爺一時的氣話。這些年來大爺一直都是最敬重您的，幾乎都沒踏過那曹姨娘的門檻。等過兩日，大爺的氣消了，肯定還會回來的。」

聽到春花的話，姚氏才伸手擦了一把臉頰的淚水，滿懷希望地問：「是嗎？大爺會回來？他不會一直都在那個賤人那裡吧？」

「不會的，奶奶放心，大爺氣消了就會回來了。」春花在一旁不斷地寬慰著……

沈鈞和無憂一前一後回自己的屋子後，沈鈞便讓春蘭把沈言叫過來。

沈鈞一邊由春蘭伺候著洗臉洗手，一邊吩咐著站在一旁的沈言道：「你明日一早就去帳房支銀子，叫幾個人去查清楚因為貧病而借了咱們府上印子錢的窮苦人家，每戶給五十兩銀子，如果發現有因為此事賣兒賣女的，要幫他們把兒女贖回來。」

「是。」沈言趕緊點頭。

沈鈞還囑咐道：「不論要花多少銀子，一定要把事情辦妥。」隨後，沈言才退了出去。

這時候，飯菜已經擺上桌，無憂柔聲道：「奔波了一日，餓了吧？趁熱吃飯吧！」

聽到那軟語柔聲，沈鈞一轉頭，正好望見那雙如同清泉般的眼睛，一日的疲勞和緊張頓時消去不少，然後點頭道：「嗯。」

夫妻二人對坐後，無憂命人為沈鈞倒一杯酒，笑道：「喝杯酒也算壓壓驚吧！」

聽到這話，沈鈞扯了下嘴角，便伸手端起酒杯，仰頭一飲而盡。只見面前的碟子裡已經多一口菜，見無憂今晚如此體貼，沈鈞抬頭說：「妳不必擔憂，功名利祿都乃身外之物，我並不在乎，只可惜以後不能奮戰疆場為國效力了。」

看到他眼眸中似乎有一抹惆悵，無憂笑道：「想為國效力也不一定非要征戰沙場，無論在哪裡心存善念，造福百姓都是一樣的。」

「也對。」沈鈞的臉上竟然也露出一抹笑意。

看到他笑了，無憂的心情也好起來，隨後道：「這放印子錢的事並不是你所為，為什麼要自己全部扛下來？」放印子錢是姚氏做的，無憂相信沈鈞再清楚不過，大概也是為了兄弟情誼吧？

聞言，沈鈞揮了下手，幾個丫頭便識趣地趕緊退下去。一時間，屋子裡只剩沈鈞和無憂兩人，沈鈞才道：「妳是不是知道這放印子錢是誰做的了？」

「其實早就有所耳聞了。」無憂坦率地道。

沈鈞點了下頭，說：「那就不奇怪了，這件事早晚會被人揭發出來，更何況我在朝廷裡也得罪不少人，他們都急著想抓住我的小辮子呢！這件事縱然是大嫂做得不對，但是事已至此，我也只有自己扛下來，不能再連累大哥了。如果我扛下來也只是削職罷了，要知道只要邊疆再有戰事，我想聖上還是會啟用我的。可是大哥就不同，他現在的身體狀況是不能再上疆場，而他只有祖上承襲下來的侯爺爵位。如果這個爵位被削，他以後就是一介布衣，永遠不能翻身了。」

「大哥並不是爭名逐利的人。」這一點，無憂還是比較瞭解沈鎮，雖然接觸不多，但這個沈鎮還是很有做大哥的樣子。

「這我當然清楚。雖然大哥不在乎，但我還有兩個姪兒，他們的前途婚事以後都需要這個爵位作支撐，我不能那麼自私只顧著自己。再說就算把罪名放在大哥一家的頭上，我也會有治家不嚴的罪名，一樣難以逃脫罪責，那還不如我一個人承擔下來。」沈鈞說。

聽了這話，無憂心中不禁讚嘆——沈鈞果然是負責任有擔當的男子，像一座巍峨的高山一樣可以讓人依靠。

見無憂望著自己不語，沈鈞繼續道：「唉，這麼多年來一直都在軍中，甚少有自己的時間。其實一直有許多事情想做來著，只是苦於沒有機會沒有時間。這下好了，以後有的是時間可以做一些自己喜歡的事情了。」

「不知你都喜歡做些什麼？」聞言，無憂饒有興致地問。

「種花、餵馬、練字、練劍、遊歷大好河山……這些我都喜歡。」沈鈞說這話的時候，眼眸中都帶著一抹閃亮。

「不如你教我騎馬好了。」沈鈞喜歡的這些她也都喜歡，不過遊歷大好河山的話，不會騎馬可是不行的。其實很早以前她就想學騎馬，只是苦於沒有機會，也沒有人教。

聽到這話，沈鈞盯著無憂望了一刻，看到他的眼神，無憂低頭望了自己一眼，立刻感覺到也許自己是不是有些自作多情，人家喜歡遊歷大好河山，卻沒有說要帶著自己一起去啊。於是無憂便說了一句。「喔，我知道你有許多事想做，肯定沒有時間教我騎馬，所以……」

說到這裡，沈鈞卻伸手突然抓住無憂的手。無憂感覺手背一熱，抬頭迎上了沈鈞那帶著灼熱的眼眸。

「我不但有時間，而且也很願意教妳騎馬。」

無憂的心一暖，再看看他那抓著自己的手，雙頰立刻飛起了兩朵紅雲。眼眸一垂，嘴角勾起了溫柔的笑意，心裡卻怦怦怦地亂跳，胡亂想著——這算什麼？搞曖昧？還是說她和他真的就這樣開始一段感情了？說實話，她倒是不排斥和他有一段刻骨銘心的愛情，不、不，最好還是能有好結果，她可是不喜歡悲劇的。如果是悲劇，到頭來徒增傷感，那倒還不如不愛。

就在這時候，春蘭走進來，低首稟告道：「二爺，大爺來了。」

聽到通報，沈鈞和無憂對視了一眼。沈鈞便縮回了自己的手，趕緊起身道：「還不請進來？」

「是。」隨後，春蘭便撩開竹簾，只見沈鎮由小廝攙著，步履緩慢地走進來。

這時候，無憂早已經起身，和沈鈞迎接沈鎮進來，並笑道：「大哥，快請坐。吃過晚飯了沒有？不如坐下來一起吃？」

沈鎮的腿不能久站，亦不能走太長的路，所以由那個小廝扶著，坐在一把椅子上，然後沈鎮笑道：「不必了，我已經吃過了。」說完，眼睛便瞅了一眼扶著他來的小廝，那小廝便趕緊退了下去。

見沈鎮肯定是有話要講，沈鈞便也屏退了春蘭等人，一時間，房間裡只有沈鎮和沈鈞夫婦。

沈鈞笑著親自倒了一杯茶水放在兄長面前，道：「大哥，這麼晚了還過來一趟，是不是有話要對我說？」

這時沈鎮看了無憂一眼，然後臉上滿懷歉意地道：「二弟，今日的事情都是我和你大嫂連累了你……」

沈鎮的話剛說到一半，沈鈞便打斷了他。「大哥，你這是什麼話？我是罪該如此，再說我在朝廷裡也得罪不少人，他們沒有事情也會製造出事情來彈劾我，所以我這一劫也是避免不了的。」

「話是如此說，但我還是明白的，這事的始作俑者是你大嫂。這也都怪我管家不嚴，我和你大嫂對不住你，希望你看在大哥的面上……不要記恨你大嫂，畢竟……她也是一心為我和你的兩個姪子。」說到這裡，沈鎮真的是有些無地自容了。

沈鈞見此，早已是眉頭緊鎖，馬上道：「大哥，我怎麼會記恨大嫂呢？這麼多年來多虧了她在母親身邊照料，照顧你和咱們這個家。」

「要說她沒有功勞也有一份苦勞，你能這麼想就好了。好了，不早了，我也該回去了，你們趕快吃飯吧，一會兒飯該冷了。」說完，沈鎮便站起來。

「我扶大哥回去。」沈鈞上前扶住沈鎮。

「嗯。」沈鎮並沒有拒絕，點了點頭。

「大哥慢走。」無憂趕緊相送。

沈鈞扶著沈鎮出了門，無憂知道他們兄弟兩個肯定是有些話要單獨說，所以並不在意，只是坐在飯桌前等著。大概不到一盞茶的工夫，沈鈞便從外面回來了。

「連翹，把湯去熱一下。」見沈鈞回來，無憂看到湯也涼了，便吩咐道。

「是。」連翹端了湯盆出去。

沈鈞坐下來後，看到無憂還沒有吃完，一直在等他的樣子，內心很舒暢。這種有人等候的感覺真好，他的心情也大好起來，說：「大哥心裡很愧疚，所以過來看看。我看他和大嫂應該是吵架了，今晚都跑到曹姨娘那裡去歇著了。」

無憂聽了詫異地道：「這麼嚴重？」要知道沈鎮這個人平時還是很尊重老婆的，對妾室別說寵連碰都不碰的。曹姨娘對姚氏來說也是眼中刺，都知道是她的忌諱，這次沈鎮竟然都搬到曹姨娘那裡去住，就說明了他是真的很生姚氏的氣。沈鎮這個人看似儒雅，性子卻是十分倔強，一旦惹惱了他，那可是很難讓他回頭的。

「是啊。」沈鈞點了點頭。

「那你沒有勸勸？」這個姚氏其實也該受些教訓，要不然以後肯定會吃大虧。

「大哥這個人妳不瞭解，他作出的決定不是別人三言兩語就可以勸回來的。不過他和大嫂畢竟是多年的夫妻，我想過一陣子會好些吧！」沈鈞道。

兩日後，姚氏臉色蒼白地靠在榻上，茶飯不思，很是抑鬱。沈鎮這幾日果然一直都歇在曹姨娘的房裡，她這邊的門檻可是連踩都沒有踩過。她平時心中最過不去的坎兒就是這曹姨娘，沒承想這次她可是機關算盡，聰明反被聰明誤。一連派人請了好幾次，沈鎮都不見她派去的人，姚氏真是一點辦法也沒有了。

「春花？春花？」姚氏朝外面喊著。

聽到姚氏的喊聲，小丫頭趕緊跑過來，低眉順眼地問：「奶奶，春花姊姊不是您打發她出去辦事了嗎？奶奶可有什麼吩咐？」

姚氏不禁一怔。才想起來今兒一早就讓春花去外面看看她放的那些印子錢是否還能收回來一些，可是自己精神恍惚，總是在想大爺的事，就給忘了。隨後，她便衝那小丫頭擺了擺手，道：「我怎麼都給忘了？沒事了，下去吧！」

那小丫頭見姚氏一點精神也沒有，知道她心裡不痛快，不敢說什麼，趕緊退了出去。

又閉目養神一會兒，只聽外面傳來一陣細碎的腳步聲。「奶奶、奶奶。」

聽到春花的聲音，姚氏趕緊睜開眼眸，果然是春花，急急拉住春花的手，關切地問：「怎麼樣？那些銀子還能收回來多少？」

聞言，春花皺了眉頭，支支吾吾的。「奶奶，您別著急，銀子都是身外之物，您得注意身子才是。」

聽到這話，姚氏哭泣地道：「妳沒看妳家大爺嗎？他這次是難以回心轉意了，我現在除了銀子還有什麼？」

「您還有兩位小公子呢，那才是您立身之本，他們都是您以後的依靠啊！」春花勸慰著。

說起兩個兒子，姚氏才稍稍好一些，緩緩地說：「這些銀子也都是為了他們準備的，要是都沒了，以後他們可怎麼辦啊？」說著又愁苦了起來。

「奶奶，好歹大爺還有個侯爺的爵位，再不濟也都有口飯吃的。」春花道。

姚氏卻不以為然，仍抓著春花問道：「妳別說那些了，趕快告訴我，咱們的銀子還能要回來多少？」

看到姚氏那雙渴望而帶著緊張的眼神，春花知道瞞不過了，便實話實說道：「奴婢和周新去問了幾家放印子錢的人，他們都知道咱們家犯了事，早就人去屋空，估計是找不回來了。這種事又不能聲張，所以咱們的銀子是一分也回不來了。」

「什麼？一分都沒有了？」姚氏傻了眼，癱坐在榻上。

至此，姚氏又受了一次打擊，嗜錢如命的她當然受不了六、七萬兩銀子都打了水漂的事實，整個人都垮下來，只能連日稱病不出。家下人等也都知道是為什麼，不過她這些年對待下人極其苛刻，雖然下人們不敢明目張膽說什麼，但是暗地裡都在幸災樂禍。

這兩日，沈鈞和無憂倒是過得很輕鬆快活，沈鈞真的開始教無憂騎馬，無憂很高興。先在沈家後花園裡熟悉一下馬兒，等到無憂能夠掌握騎馬的基本訣竅之後，這日前晌，陽光明媚，天氣也不算太熱，沈鈞便帶著無憂騎馬朝城外而去。

出了城門，官道兩旁都是成排的楊樹，無憂騎著一匹比較矮小的棗紅馬兒在前面，速度有些緩慢。畢竟剛開始學，她還不敢騎得太快，沈鈞是細心的好師傅，都在她的後面跟著，以防萬一有突發事件。這兩日，他們的感情也增進得很快，無憂發現別看沈鈞臉龐冷硬，其實也算是俠骨柔腸，很是細心體貼，尤其生怕她從馬上摔下來，眼眸都是片刻不離開她的。

雖然已經是盛夏時節，但是兩邊的樹木很茂盛，倒也清幽涼快，望著前方遠處一座座農莊和麥田，無憂心中說不出來的暢快。自從嫁入沈家，她便不得自由，幾乎都沒有出過門，早已憋悶壞了。今日心情也是好得很，想到這裡離她那個小莊子不遠，而且她也好久沒有過去了，便轉頭朝後面的沈鈞喊道：「我那個小莊子離這裡不遠，不如我帶你去那裡吃午飯怎麼樣？」

沈鈞跟了上來，道：「那我就卻之不恭了。」

無憂笑道：「我在前面帶路。」她揮起手中的馬鞭，朝馬屁股抽了兩下，馬兒便嘶叫一聲，立即往前狂奔。

「慢一點！」看到前面的馬兒跑得飛快，沈鈞在後面著急地叫了一聲。

「我還想讓牠再快一點呢！」無憂在前面笑靨如花，風兒吹過她身邊，她的臉頰上帶著潮紅的興奮。來到這個世界已經十八年了，彷彿今日的自己才是原來的她，可以無拘無束地享受大自然，可以大聲地說話，可以表露自己的真性情，彷彿在這個世界她已經壓抑太久了。

「注意安全。」看她玩得很高興，沈鈞不想掃了她的興致，只能在她身後一直叮囑著，一雙眼睛尤其緊張地盯著馬背上的她。

一陣狂奔之後，無憂拽了下韁繩，馬兒便停在一座不大的莊子前。這時候，後面的沈鈞早已跳下馬，來到無憂的馬兒前，伸手把她扶了下來。

無憂笑著擦了一把額頭上的汗水，抬眼看到他額上也有汗水，便很自然地掏出自己的手絹，伸出手去替他拭汗。他實在是比她高大許多，她得踮著腳，不過沈鈞倒也很聽話，就站在那裡任由她擦汗。兩人的眼眸中盡是柔情，彷彿不需要什麼言語，她和他的這段感情是水到渠成。

收起手絹後，無憂到底有些羞赧，馬上扭過頭去，道：「我去敲門。」便提著裙子走上臺階，伸手用那銅環敲起門來。

「誰啊？」裡面很快傳出一個男音，一陣腳步聲後，大門被打開了一扇。

那人看到站在外面的是無憂，神色驚訝地點頭道：「是二小姐，您怎麼來了？怎麼旺兒也沒有過來告訴一聲？」接著，那看門人便趕緊把兩扇大門都打開來迎接，並且看了一眼外面，見只有兩匹馬，還有一個穿著黑衣服，看起來氣度很不凡的男子，不禁疑惑起來。

看到他的疑惑，無憂道：「我和姑爺路過這裡，有些累了，所以中午在這邊用飯。」

一聽這位男子是姑爺，那看門人便趕緊上前行禮道：「小的拜見姑爺。」

「免了。」沈鈞點了下頭，便跟隨無憂一起進了大門。

進了莊子後，看到這莊子雖然不大，但也有一個種滿荷花的池塘，房舍、莊稼、涼亭也都是應有盡有，並且到處都整理得乾淨整潔，沈鈞不禁也喜歡上這裡。此處的氣氛給人很自然的感覺，沒有那高門莊子的奢華精緻，也沒有那小門小戶莊子的破敗，實在是有種古樸中帶著欣欣向榮的氣息，倒也是個散心的清幽之處。

無憂抬頭望著環顧了一遍的沈鈞道：「我帶你轉轉吧？」

「嗯。」沈鈞點了點頭。

隨後，無憂便吩咐那個看門人。「一會兒就把午飯擺在涼亭裡，不用特別鋪張，就弄兩葷兩素，用咱們自己莊子上的菜蔬就是。」

「是，是。」那看門人趕緊點頭。

當那看門人再次抬起頭的時候，眼前的人已經走遠。看著前方那對一高一矮的兩道人影，看門人不禁自言自語道：「這就是姑爺？嘖嘖，二小姐怎麼這麼好的福氣啊！」隨後，便趕緊叫人去張羅午飯。

無憂帶著沈鈞一路在開滿粉紅色荷花的池塘邊散步，兩個人一邊欣賞風景一邊說話。望著眼前碧波中的荷花，沈鈞不由得感慨道：「好久沒有這般清閒自在過了。」

看到他愜意的樣子，無憂笑道：「那你還得感謝大嫂了。」

「呵呵……」無憂的話讓沈鈞呵呵一笑，彷彿人也頓時開朗許多，不似先前那個一臉冰塊的男子了。

無憂指了指四周道：「你看看我這個莊子怎麼樣？」

「不錯。聽說是妳自己賺來的？」對這座陪嫁的莊子，沈鈞也是略有耳聞。

「嗯。」聽到這話，無憂很驕傲地揚起下巴。

見她如此，沈鈞望著眼前的莊子道：「這個地方倒是很適合養老。」

「好眼光，以後我就打算在這裡養老呢。等我七、八十歲的時候，就在這裡擺一張搖椅曬太陽，還能吃到自己種的蔬菜自己養的雞鴨。」無憂憧憬著未來。

沈鈞揹著手說了一句。「等七、八十歲了，天天在這裡釣魚也是不錯的，而且還能吃上蓮藕。趕明兒我就把自己的武器也搬過來，早上在這裡練功的話也不錯。」說完，他便轉身朝前面走去。

聽到這話，無憂不禁想說些什麼，但是一轉眼，他已經走遠了，只得站在原地偏著腦袋想——他剛才說的是什麼意思？在這裡養老？這是她的莊子好不好？還在這裡釣魚？還要等七、八十歲？他這話什麼意思啊？

沒等無憂想明白，下人已經把午飯擺在涼亭裡了。不多時，沈鈞和無憂就坐在涼亭裡，對著美景用飯了。無憂自然是讓下人拿來珍藏的好酒招待他這位貴客，沈鈞也不客氣，自斟自飲地喝了幾杯，不過也並不貪杯，因為他知道自己的責任很重大，他還要看著她騎馬回去呢！

酒足飯飽之後，無憂帶沈鈞回房間休息。她找了一間她平時過來住的房間，裡面生活用具都很齊全，平時也都打掃得一塵不染。打開窗子後，還能看到莊子裡的荷塘，很是不錯的一間屋子。

掃視了整個房間一眼後，沈鈞的目光便落在眼前的無憂身上。

無憂笑道：「你休息一下吧，我不打擾你了。」

說著，無憂便要轉身離去，可是當她轉身要走的那一刻，一隻大手忽然抓住她的手腕。她感覺手腕一緊，然後那隻大手使勁一拉，她的身子便失去了平衡，一下子就朝眼前的那堵肉牆倒去。

「啊……」下一刻，她的身子已經摔倒在他那寬闊的懷裡，無憂的手撫著他那怦怦直跳的胸膛，低呼了一聲。

一抬頭，正好看到一雙深邃而帶著灼熱的眼光望著自己，她不由得心跳亂了，舌頭都有些打結。「你……做什麼？」

「妳就這樣走了？」沈鈞的眼神一黯。

「啊？」她都有些聽不懂他的話，難道還要留下來嗎？

看到她發怔的樣子，沈鈞不由得皺了眉頭，不耐煩地道：「妳不會一點都感覺不到我對妳的心意吧？」

聽到這話，無憂低垂了下眼眸，眼睛盯著他胸前袍子上那金絲的圖案，說了一句。「你有什麼心意？你不說我怎麼會知道啊！」

「要命。」無憂的話讓沈鈞更不耐煩了，看了一眼懷裡的人，很認真地道：「好，那我就告訴妳，我喜歡上妳了。」

低垂著頭的無憂聽到這話，嘴角悄悄地一扯，露出了一抹微微的笑意，心想——他終於說出口了。能夠讓一個硬漢說出心中的愛戀，是一件很不容易的事情，此刻她倒是挺有成就感的。

見她低頭不言語，沈鈞蹙著眉頭問：「妳怎麼不說話？」

「我聽到了。」下一刻，無憂抬起頭來笑道。

看到她的笑容，哪還需要說什麼？真的不需要了，看著她笑靨如花，沈鈞也扯了扯嘴角，伸出手去，用手指捏住她那精巧的下巴，說：「不過妳可要考慮好了，現在沒有威武大將軍夫人可做了，現在妳只能做沈鈞夫人。」

無憂眼眸流轉，說：「小女子才疏學淺，大將軍夫人名分太高，我還真是做不來呢！我也就適合做個一般人的妻子罷了。」

聞言，沈鈞欣喜地道：「這麼說妳是接受我了？」

看到他欣喜若狂的樣子，無憂不禁抿嘴一笑，算是默認了。見此，沈鈞高興地一把打橫抱起了她，高興地在屋子裡轉了兩個圈，然後便朝床鋪的方向走去。

看到他把自己往床鋪的方向抱，無憂內心有些緊張，雙手抓著他的袍子，問：「你……你要做什麼？」

聽到這話，沈鈞已經抱著她走到床邊，看到她眼神裡的緊張，沈鈞嘴角一扯，眼光有些邪魅地道：「妳既然已經答應做我的夫人，我做什麼不都是應該的嗎？」

「啊？我不是那個意思……我……」他的話立刻就讓無憂往另一個方面想去，馬上就想拒絕，可是嘴巴卻有些不頂用，不知道該怎麼說？

看到她緊張無措的樣子，沈鈞卻突然哈哈大笑起來。

看到他笑的樣子，無憂立刻知道自己是被耍了，不高興地問：「你笑什麼？」

隨後，沈鈞輕輕地把她放在床上，彎腰在她的耳邊輕聲道：「放心，除非妳同意，要不然我是不會貿然碰妳的。」

聽到這話，無憂知道自己剛才會錯了意，不禁面紅耳赤。見他抬腿要走的樣子，她不禁喊道：「你做什麼去？」

「看得出這是妳在這邊休息的房間，我去隔壁休息好了。」沈鈞回答。

聞言，無憂想了一下，便把身子往裡面挪了挪，拍了拍旁邊的位置道：「那算什麼？讓下人看見了會說閒話的，不如你就在這裡休息一下好了。」

看了看無憂旁邊的位置，沈鈞沒有再推辭，便坐在床上，脫鞋上了床。

靜靜地躺在床上，無憂一時間被他的氣息籠罩，內心早已經柔軟一片。隨後，她便一側身，雙手抱住他的一隻胳膊，把自己的臉頰放在他的臂膀上，輕輕地閉上眼睛。感覺到臂膀上的柔軟和溫熱，沈鈞低頭瞧了兩眼那輕閉著眼眸的嬌俏臉龐，他心滿意足地一笑，然後也閉上眼睛，很快地，便和她一起沈入了夢鄉……

直到黃昏時分，沈鈞才和無憂一起騎著馬回到沈家。

這次回來之後，兩人的感情彷彿已經有了定論，兩個人的默契又多了幾分，並且互相對望時的眼神也多了幾重別的意思。

第四十八章

剛一跨入大門門檻，春蘭便迎上來道：「二爺、二奶奶，你們總算回來了。」

「怎麼，有事？」見春蘭在大門口迎接，沈鈞不由得一問。

「午後老夫人便差人來叫二爺和二奶奶過去，奴婢說您和二奶奶出去騎馬，不知道什麼時候回來，老夫人已經打發人過來問三次了。」春蘭回道。

聽到這話，沈鈞和無憂對視一眼，並肩往沈老夫人院落的方向走去。

「給母親、老夫人請安。」進了屋子，沈鈞和無憂一起行禮後，抬頭看到老夫人坐在正座，臉色彷彿有些凝重。

「坐下說話吧！」沈老夫人道。

「是。」沈鈞和無憂分別坐在沈老夫人的兩邊。

「聽說你們去城外騎馬了？」沈老夫人打量了一眼沈鈞和無憂的裝扮，只見沈鈞一身黑袍，無憂則是一襲淺青色的衣裙，十分普通，倒也挺適合騎馬。

聽到這話，沈鈞看了無憂一眼，道：「閒來無事，好久沒有隨處逛逛了，便出去了一趟。」

看到兒子氣色不錯，彷彿比原先開朗了不少，沈老夫人內心還是高興的，再看看他們夫妻兩個彷彿很合得來，以前心裡的芥蒂也放下了。沈老夫人點頭道：「這些年你也難得閒著，出去散散心也是好事。不過，以後你們要忙一些，也該為家裡操操心了。」

聞言，沈鈞和無憂對望一眼，知道沈老夫人這話肯定是有緣故。沈鈞便道：「母親，有什麼事情，儘管吩咐兒子和媳婦就是了。」

沈老夫人道：「你大嫂這幾日病了，都沒有出來。你們也知道這些年來家裡大大小小事情都是她操心的，她這一病可好，什麼事情都沒有人管了，這幾日家裡也都亂糟糟的。聽說你媳婦以前也管過家，從明兒開始不如就讓無憂管府裡的事情。」

一聽這話，無憂一陣詫異，看了沈鈞一眼後，道：「母親，無憂家裡可不能和這府裡相比的，我娘家也只不過十幾、二十個人幾件事情，也沒有什麼好管的。這府裡的事情一天都不知道有多少，恐怕我應付不來。」

見無憂推辭，沈老夫人卻道：「我也不瞞你們說，妳大嫂做的那些事我全都知道了。如此一來，她也不能再管家裡的事情，現在她病著，正好是個藉口，也能讓她遮遮羞。我只有妳們兩個媳婦，她不能管，也就只有妳了，所以妳不用推辭。妳是我的媳婦，鈞兒的妻子，這個責任妳是逃避不了的。再說也不是誰生下來就有管家的本領，不都是學的嗎？妳就管著這個家，如果有誰不服，儘管來告訴我，我肯定饒不了他們。如果有什麼拿不準的就問鈞兒，要不然來問我都可以。我看妳是個聰明的孩子，肯定是錯不了的。」

聽老夫人如此說，無憂知道自己推脫不了了，只能點頭道：「那媳婦只有盡力而為了。」

沈老夫人滿意地點點頭，說：「咱們這個家也是大不如前，現在鈞兒沒了官職，好多官場上的親朋都有顧忌，便不大跟咱們來往，家裡內外的事情也就沒有以前那麼多。今日我還叫帳房先生過來，說是咱們帳上也沒多少銀子，以後鈞兒的俸祿銀子沒有了，家裡還有這一百多口人，估計以後家道也是艱難的。」

聽到這話，沈鈞沈默了一下，說：「母親不用擔憂，兒子會想辦法弄來銀子的。」

沈老夫人卻道：「你有什麼辦法？借貸也不是長久之計。依我的道理，咱們就趁著這次你被削職的事情就此簡樸下來才是正理。」

「母親說得是。」沈鈞點了點頭。

聞言，無憂在心裡很贊同沈老夫人的做法，心想——這位老夫人的見識不小，要是換作一般的老太太早已經哭天兒抹淚、怨天怨地了，她現在能夠看清楚這一層，也算是見過世面的人。現在她已經嫁入沈家，和這個家是榮辱與共，再說她和沈鈞也開始有了感情，於公於私她都不能坐視不管，更何況沈老夫人已經把話起了個頭，於是無憂便說：「母親，可否容許無憂說幾句心裡話？」

「都是一家人，有什麼就說什麼好了。」沈老夫人道。

接著，無憂先看了沈鈞一眼，便道：「母親，我來這個家也有幾個月，冷眼旁觀咱們家，雖說是侯爵府，二爺原來又是得皇上賞識的武將，咱們祖上也是世代為官，家裡主子奴才也有一百多口人，每日來往的都是達官貴人，外表光鮮榮耀，令人羨慕無比。其實只有咱們自己知道，咱們家也只不過是個空架子罷了。」

聽到這番話，沈老夫人和沈鈞都盯著無憂瞧，因為這個問題他們早就發現了，只是都因為這樣那樣的原因沒有採取措施，沒想到她才來幾個月就都看明白。沈老夫人點頭道：「看來妳還真是個有心的孩子。」

聞言，無憂微微一笑。「很明顯，咱們家是出去的多進來的少，日子淺還罷了，可是日復一日、年復一年，自然是日漸虧空了。」

沈老夫人望著外面，眼神悠遠地說：「可不是嘛，咱們這個家在外面很光鮮，世代老臣，官宦之家，可是祖上都是清官，並沒積攢下什麼，人口和排場倒都很大。我本來也想節儉一下，可是無奈外人又會說咱們只是裝樣子罷了，再者也怕丟了臉面，所以也就一直硬著頭皮硬撐著。現在鈞兒的官職沒了，倒也是個機會，該是咱們收斂收斂的時候了。」

無憂笑道：「還是老夫人深謀遠慮，現在的確是個很好的機會。」

「這麼說妳也贊成我的看法？」沈老夫人問道。

「嗯。」無憂點點頭。

「那妳可有什麼想法？儘管說出來，如果可行的話，就照著辦。」沈老夫人沒想到這個出身並不高的小兒媳婦竟和自己有一樣的看法。

無憂道：「無憂的意思是先從人口和排場上儉省，咱們家主子沒有十來個人，可底下的奴才丫頭們卻有上百口人，實在是沒有必要。咱們可以先放出去一些人，這樣既減少了咱們的吃食和月錢，也在排場上減省下來。還有咱們家出門、吃飯、穿衣、用度上的排場也可以削減，這樣也能省下不少銀錢。」

聽到無憂的話，沈老夫人蹙了下眉頭，道：「照這麼說，這肯定是要裁四、五十口人的，可是這讓誰走、讓誰不走呢？更何況咱們家裡的人好多都是家生子，把他們攆出去了沒個營生可怎麼過活？咱們家裡對下人一向是寬厚的，總不能讓他們沒有飯吃，畢竟也是主僕一場。」

母親的話讓沈鈞也皺了下眉頭，這確實是個難題，他雖然在軍事和戰場上所向無敵，但是在家務上卻沒有多少建樹。

無憂輕輕一笑，說：「當然是不能一下子就減掉這麼多人，這也需要一步一步來。咱們家向來不剋扣下人，況且主子和奴才相處久了，跟家人也沒什麼兩樣，自然沒有看著他們餓死的理。無憂有個想法，不知道想得對不對，還請母親示下。」

「妳說。」聽到無憂有主意，沈老夫人不禁來了精神。

那母子兩個便聽無憂說道：「我看咱們家的下人裡也有幾個是有些本事的，有幾個在官府裡有差事，還有幾個的子姪在外面有鋪子，其實在咱們家不過是應個景罷了。人自然是沒有一直想當奴才的，只不過是不好開口罷了，不如母親就賞給他們恩典，放出去算了，既讓咱們輕鬆，他們也樂得自在。我算了一下，這些人連帶他們的家小大概約有二十來口人呢！」

沈老夫人連連點頭，對沈鈞道：「這就是了，就按無憂說的辦好了。」

「母親決定吧！」沈鈞點頭道。

見他們答應了，無憂又道：「咱們家還有一些老人家，沒有七、八十歲也有六、七十歲，幹什麼也幹不動了。咱們是仁厚之家，不能說不用他們就不用了，不如就揀著有子姪的外放，給他們足夠的養老錢，也算一件功德，只是現下費些銀子罷了。」

「嗯，這個也可以。」沈老夫人點頭道。

「最後是年紀大一些的女孩們，她們人大了，心也大，是該到婚配的時候。咱們家的家生子就算了，如果是外面買來的，倒可以送還給母家，讓她們自行婚配。我看咱們家的小廝少、丫頭多，咱們家的小廝也配不了那麼多丫頭。」無憂繼續道。

「嗯，這也可以。」沈老夫人繼續點頭。

無憂又說：「這樣的話，我估計就算減不下四十口，也能減下三十多口人，這裁人的事也要一步一步地來，不若就先如此。再者就是咱們的吃穿、用度，從咱們主子做起，當然母親年紀大了除外，都減下一等，連帶著奴才丫頭們也都減一等。雖然剩不了多少銀錢，到底是個好的開始。」

沈老夫人點頭說：「就照妳的意思辦，不過我是不能除外的。這些年我的福也都享過了，吃點苦不算什麼，就先從我開始，要不然妳也是難以服眾。就這麼辦了，要不然我是會生氣的。其實就算再苦，也已比一般的人家好了不知多少呢！」

沈鈞和無憂只得點頭稱是。而無憂說的這些話，讓沈鈞更另眼相看了，原來只以為她在醫術上精益求精，沒想到在家務上也能如此具有洞察力，不禁更加欣賞她。就連沈老夫人也對她另眼相看，雖然以前姚氏哄得她很高興，在家務上也得心應手，可是比較起來，到底是小兒媳婦更加有前瞻性，這個家交給她就沒錯了。

隨後沈老夫人便笑道：「剩下的妳也不必和我說，以後沈家就全部交給妳來掌管，一應大小事宜隨妳處置。」

聽到這話，從沈老夫人的眼中看出那抹深深的信任，無憂心中立刻生出一絲終於被認可的欣喜，便福了福身子，道：「無憂一定會竭盡全力把沈家管理好的，絕不辜負老夫人的信任。」

「嗯，妳能這麼說我也放心了。」沈老夫人點了點頭，轉頭對一旁的沈鈞道：「鈞兒，一會兒讓帳房、廚房、漿洗、管事娘子，所有一切有頭有臉的人，都去你屋裡拜見新的管家奶奶，並把咱們家所有的鑰匙都交給你媳婦，你也代我告訴那些下人，以後她的話就是我的話，誰要是敢不聽就立刻打板子攆出去。」

「是。」沈鈞趕緊點頭。

「老夫人，只是大嫂那邊……突然不讓她管家，她會不會想不開？」沈鈞代無憂問出一句。

聞言，沈老夫人正了正神色道：「家裡出了這麼大的事情，還不都是她一手造成的？家裡誰也沒有說她，她也該知道分寸。不過這件事我會派人去跟她說明的。還有她身邊那幾個人以及陪房，這些年來在咱們家裡家外也沒少作威作福，以後周新和周新家的都不可重用，看在你大哥的面子上，給他們安排個閒差就好。對了，妳的陪房叫什麼旺兒的，我聽著還有些才幹，不是一直都沒有安排事情給他們做嗎？這次妳就讓他們進來幫妳好了，妳畢竟初來乍到，也需要自己身邊的人才得力。」

「是。」聽到老夫人設身處地為自己著想，無憂點點頭。

沈老夫人便道：「我也累了，你們去忙你們的吧！剛剛接手這個家肯定也會忙得很，以後不得空的話，就不必時時來給我請安了。」

「母親這是哪裡話？再忙請安的空也還是有的。」說罷之後，沈鈞和無憂便肩並肩地走了出來。

回來的路上，沈鈞望著無憂一邊走一邊道：「沒想到妳對家務上也頗有建樹呢！」

無憂笑道：「你在笑話我嗎？我也是看著別人怎麼做事照葫蘆畫瓢罷了。」

「我聽著可沒那麼簡單。」說了一句，沈鈞便正色囑咐道：「雖然大嫂這次的事情做得不對，但是妳管家也要顧及她的感受，畢竟還有大哥在。再說以後咱們還是要在一個屋簷下生活，不要把關係給弄僵了，大嫂這個人一向都是頗爭強的。」

聽到這樣善意的規勸，無憂笑道：「你放心吧，凡事我會三思而後行的。」

「那就好。」沈鈞點了點頭。

二人回到自己的住處後，沈鈞便派人把沈家所有的管事都叫了來。說明事情後，眾人倒也頗為看重這位二奶奶，畢竟姚氏以前待下人是有些刻薄，上次糊盒子的事情無憂一時收買了不少人心，大夥兒面上都是歡天喜地的。

接下來，無憂可就忙碌開了。先是把旺兒和旺兒媳婦、茯苓和百合都叫了進來，每個人都委派了差事，周新和周新家的也都調了差事，好多事情也都吩咐他們去做，在面子上倒也顧及姚氏了。按照之前和沈老夫人說的辦法，無憂先裁減了沈家的人數，又在吃穿用度上降低了標準，隨後又實行了一套改進的辦法，不到一個月後，沈家倒是真的呈現出一副新氣象，所以沈老夫人很是滿意，沈鈞也在一旁讚嘆，自己不知不覺地竟然娶了這麼一位能幹的賢妻。

這一個多月來，姚氏仍舊是病病歪歪地賴在床上，人消瘦了不少，臉色也蒼白，整個人沒有多少精神，幾乎都不出門，感覺面子上實在是有些下不來。

這日午飯的時候，春花讓丫頭們把午飯擺在小炕桌上，便把丫頭們打發出去，只自己一個陪姚氏吃飯。姚氏低頭望了一眼小炕桌上八樣各式各樣的爽口小菜，不禁道：「這些天一點胃口也沒有，這些小菜倒是每日都換著花樣，還能下點飯。」

坐在姚氏對面端著飯碗的春花道：「這些都是二奶奶叫人特地給奶奶做的，還有這燕窩也是她差人送來的，我聽說這燕窩補品什麼的都不是用公中的錢，都是二奶奶使自己的錢買的。」

聞言，姚氏望著面前的飯菜道：「她倒是個會做人的。隔兩日都會抽空來看我，一開始我還以為她是來看我的笑話，畢竟以前她可是十天半個月也不見得過來一次。不過來的次數多了，我也能看得出她是真心的，不是小肚雞腸的人。」

「這些日子她都在什麼興利除弊，把府裡所有事情都給翻了個遍呢！」春花道。

聽到這話，姚氏微微一笑，道：「她不是裁減了人手嗎？上次妳不是說已經裁減三十多口了，咱們家的下人也從一百多個減到現在的七十來個，而且連咱們主子到奴才的吃穿用度也都減少了。」

「那都是以前的事，最近又有新的事。聽說二奶奶把咱們家園子裡的花、樹，池塘裡的蓮藕、魚等等都交給專人去管理，那些管理的人都能把這些自己產的東西換回銀子來，說是每年每人都可以往公中交銀子，只這幾項就夠家下人等一年的月錢，真沒想到二奶奶還能想出這樣的法子來。」春花讚嘆地說。

姚氏出了一下神，這時候，春花彷彿意識到自己可能說錯話了，不應該在自己奶奶面前說什麼二奶奶精明，便趕緊低頭道：「奴婢該死！奴婢說順了嘴。」

看到春花眼眸中似乎帶著一抹恐懼，姚氏不禁笑道：「妳害怕什麼？妳說的也是實話。其實這些天來，我整天躺在床上也想明白很多，以前我就是太要強了，什麼都要算計，可是到頭來卻什麼都沒有剩下。這也難怪，也許是以前我對人太刻薄了。」

「奶奶也是因人而異，對奴婢那可是很好，對老夫人也沒得說，對小公子、對大爺……」一說到大爺，春花立刻就閉了嘴，因為自從那日大爺走後，這都一、兩個月，再也沒有回來過，姚氏為這事可是傷透了心。春花也曾經偷偷去曹姨娘那邊請過，但是連面都沒有見上就被打發回來。所以一連多日，她和小丫頭們都不敢提大爺這兩個字。

一提起大爺，姚氏馬上悲從中來，撲簌簌地掉著眼淚。

「奶奶？您別這樣，都是奴婢說錯了話。」一見姚氏傷心的樣子，春花手足無措。

接過春花遞來的手絹，姚氏一邊擦著眼淚一邊道：「最讓我傷心的就是妳大爺了，這些年來我對他怎麼樣？固然這次是我的錯，他也不能快兩個月了都不理我吧？我病的這些日子，他別說來看看我，就是這個門檻他都沒有踏進來過，公然就住到曹姨娘那裡去了，一點臉面都不留給我。妳說我過這日子還有什麼臉啊？」

「奶奶別難過，畢竟身子是自己的，您哭壞了還不是自己受罪嗎？再說大爺的脾氣您又不是不知道，一強起來十頭牛都拉不回來，而且這次大爺對二爺丟了官職的事情十分愧疚。往日大爺是怎麼對您的？奴婢想等過些日子大爺肯定會回心轉意的。」春花勸慰著。

聽了這話，姚氏卻嘴硬地道：「哼，管他要不要回心轉意，大不了以後他永遠住在那個狐狸精那裡好了，我就守著我兩個兒子過。」

聞言，春花又笑了。「奶奶，您這樣連奴婢都不信呢！您可是捨不了大爺的。對了，老夫人頭晌派人給您送了點人參過來，說是給您補身子。」

「這些日子沒看到老夫人，大概她也是嫌我了吧？」姚氏蹙著眉頭道。

「奶奶想多了，老夫人往日是最疼您的，大概這次也是怕自己不公道吧？這次家裡的事情都交給了二奶奶，二奶奶帶來的人也都得了臉，家裡的許多事都是她的陪房和丫頭們在料理。周新和周新家的也有差事，只不過現在還得看她房裡人的臉色。」春花道。

「一朝天子一朝臣，這也難怪了，這次的事情老夫人斷然是不會再讓我管家，這個我也早就預料到了。不過現在我也看透了，萬事到頭來都是一場空。」姚氏感慨地道。

聽到這話，春花給姚氏倒了一杯熱茶，笑道：「奶奶說得也是，還是保重自己的身子要緊。」

剛說到這裡，外面便跑進來一個小丫頭，道：「稟告大奶奶，二奶奶來看您了。」

聞言，姚氏愣了一下，然後道：「還不趕快請進來。」

「是。」那小丫頭趕緊去了，春花見狀，和姚氏交換了個眼神，趕緊迎了出去。

不一刻的工夫，只見無憂帶著連翹含笑走了進來，來到床前，看了姚氏一眼，道：「大嫂可好些了？」

姚氏趕緊抬起眼皮，笑道：「還是老樣子。家裡的事這麼忙，難為弟妹還要隔三差五地過來看我。春花，趕快給妳二奶奶沏茶來。」

隨後，無憂便在床邊一個繡墩上坐下來，也和姚氏寒暄道：「大嫂哪裡話，妳我妯娌，都嫁入沈家，別的我也幫不上，也就只能來探望探望了。」

「聽說妳還自己拿錢出來給我買燕窩，讓我心裡怎麼過意得去？」無憂的話倒也觸動了一點姚氏，不過姚氏還是不能和她交心，畢竟管家之權被她奪走，心中多少有些芥蒂。

聽到這話，無憂一笑，道：「在咱們家吃幾兩燕窩也不為過，更何況大嫂還病著。只是現在咱們家裡正在改換風氣，連老夫人都拿自己第一個作則，我想這個時候讓帳房去買燕窩給大嫂，恐怕有損大嫂素日的賢慧之名。便自作主張替大嫂買了些補品，還請大嫂別往心裡去，好歹都是我和二爺的一片心意。」其實在姚氏這件事上，無憂也是受了沈鈞之託，再者畢竟以後還要在一個屋簷下，她也不想跟姚氏鬧不和。而且這個姚氏只是心眼小了一點，但還不至於大奸大惡，如果能為自己所用的話，倒是一件美事。

見無憂說得懇切，還說起了沈鈞，大概沈鈞也是知道這件事，嫁入沈家多年，沈鈞這個人她還算瞭解，是個實誠人，所以姚氏便笑著點頭道：「難為弟妹為我周全了。」

「二奶奶喝茶。」這時候，春花端了一杯茶過來。

「嗯。」無憂點了下頭，雙手接過茶碗，低頭喝了兩口。

正在這個當口，忽有小丫頭進來，在春花耳邊耳語了兩句，春花似乎很為難的樣子。無憂看在眼裡，並沒有多說什麼，知道肯定是有緣故。倒是姚氏看在眼睛裡，眉頭蹙了一下，問：「春花，又怎麼了？」

聽到主子叫自己，春花趕緊過來，陪笑道：「奶奶，大爺身邊的人來說這幾日秋風涼了，來取幾件大爺入秋的衣服。」

聽到這話，姚氏的臉色很不好看，只是礙於無憂在這裡不好發作，便道：「妳去收拾收拾，都給他拿過去好了，記住一件也別留，都拿走。」最後還生氣地添了這麼一句。

「是。」春花見狀，不敢多說，趕緊去了。

見姚氏臉色不太好看，無憂看在眼裡，也有些坐不住，畢竟這是人家夫妻之間的事，再說她和姚氏也不是多親密，不知道該說些什麼好。姚氏這回倒是挺大方地道：「弟妹，正好妳在這裡，我也不瞞妳，妳大哥已經快兩個月都沒有踏過我的門檻了。」

無憂掃了一眼站在一旁的連翹，連翹會意地趕緊退了出去。這時，無憂才陪笑道：「大哥和大嫂的事二爺也與我提了幾句，二爺說已經勸過大哥了。只是大哥的脾氣看似溫和，其實是最要強的，強起來連十頭牛都拉不回來，想必這次是和大嫂強上了。」

看到眼前一個下人也沒有，姚氏也豁出去了，冷笑道：「哼，咱們女人啊，就是太癡心了，妳縱然把整個心都掏給他，天天做什麼都是為了他，只要是得罪了他一點點，他也是翻臉無情的。我也想開了，以後就守著我那兩個兒子過，他就住在曹姨娘屋裡吧，最好一輩子也別回來了。」

無憂只有勸道：「大嫂，您這都是氣話，誰看不出來您對大哥的一片癡心啊。就是大哥，他往日對大嫂也都是敬重有加。男人麼，都是有些脾氣的，估計過些時日，大哥就會回心轉意，到時候可能得哭著喊著回來呢！」

「妳別逗妳大嫂了。」姚氏嘟了嘟嘴。

無憂笑道：「大嫂，話說回來，身子是自己的，妳整天在屋子裡這麼悶著，沒病也會悶出病來，還是多出去走走為好。要不然就給自己找點事情做，既打發了時間，也對妳的身體有好處。」

「我現在還能做什麼？現在老夫人都不信任我了，家裡的事情一點都不讓我管的。」姚氏道。

無憂微微一笑，放下手中的茶碗，望著姚氏道：「大嫂，弟妹我倒是有一樁既能賺錢又能打發時間的事情，就是不知道大嫂願不願意和我一起做？」

聽到無憂的話，姚氏一怔，然後好奇地問：「弟妹說說？」

無憂便笑道：「大嫂，您看看這幾樣東西。」說完，便從衣袖中拿出了幾個小瓶子放在床邊。

看到那幾個精緻的瓷瓶子，姚氏好奇地伸手拿過來，打開它們，只聞到香氣撲鼻，有的是梅花香，有的是玫瑰花香，都是一些雪花膏、胭脂之類的東西，不過好像比她們平時買的又精緻特別一些。對女人來說都是喜歡這些東西的，姚氏看著也是愛不釋手，不禁一邊擺弄一邊問：「弟妹啊，這些胭脂水粉妳哪裡弄來的？」

「這些都是我帶著丫頭們研製出來的。」無憂前一陣子看到沈家花園裡的那些花兒葉兒扔掉了可惜，正好她在前世也有些做化妝品的經驗，再加上在這裡也請了一個做胭脂水粉的師傅，問了製作這些東西的程序，便把自己的想法融入，指導幾個丫頭做了一批成品出來。

因為效果很不錯，試著拿到外面的鋪子裡賣了一些，沒想到幾日的工夫便銷售一空，無憂便有了再開一間製胭脂水粉的作坊的想法。這些日子她想了很久，看著這個姚氏是很好的合作夥伴，她的精明熱絡以及天生的交際手腕，對這些產品能夠打開銷路想必有很好的人脈關係。

「什麼？妳做的？」聽到這話，姚氏很驚訝。驚訝過後，姚氏望著無憂道：「弟妹，妳不會是說那賺錢的路子就是這些胭脂水粉吧？」

「大嫂不愧是精明人，一點就通。」無憂笑道。

聽到這話，姚氏低頭想著。看到她似乎有些猶豫，無憂笑道：「我一個人畢竟勢單力孤，所以就想請大嫂一起做這件事。我也知道大嫂現在銀兩上肯定不方便，那大嫂就出個鋪面好了，銀兩和配方我出，咱們一人出一個大丫頭去管理，盈利自然也是一人一半，不知道大嫂意下如何？」

聞言，姚氏笑道：「弟妹啊，真看不出來，妳可是比我精明多了。妳都打聽好我陪嫁過來有兩個鋪面了是不是？其中有一間鋪面就在繁華的大街上，那裡的鋪面不是絲綢就是首飾店，也有幾家賣胭脂水粉的，鋪子開在那裡倒是合適。」

「大嫂就說答應不答應吧？」無憂笑道。

「既然弟妹都開口了，我自然沒有不答應的道理。這樣吧，我就派一個我陪嫁過來的丫頭春吉去好了。」姚氏很爽快地答應了。

無憂笑道：「那我就派我身邊的玉竹過去好了。至於詳細的事項，我回去擬了單子來，再和大嫂一塊兒商議。」

「嗯。」姚氏也點了頭。

又說笑了幾句，無憂便帶著連翹從姚氏的院落裡走出來。一出來，連翹便在身後追問著：「二小姐，她答應了沒有？」

「嗯。」無憂點了點頭。

連翹有些不滿地道：「二小姐，您這次是怎麼了？明明賺錢都是板上釘釘的事，為什麼要平白無故地分給她啊？您忘了她以前對您可是不懷好意呢！」

聽到連翹的抱怨，無憂只是輕輕一笑，道：「不能總拘泥於以前的事情，以後畢竟還要在同一個屋簷下生活，多一個朋友總比多一個敵人強，我可不想以後的日子都跟人勾心鬥角的。」

「那您就知道以後她能跟您一條心？」連翹擔憂地問。

「那倒是不知，只要她不跟我作對就好了。再說經此一挫，她以後也不會輕易找咱們的麻煩，要是再犯這樣的錯，大爺說不定都會休了她。」無憂笑道。

「要說她現在是不怎麼好過，在這府裡十幾、二十年的面子都沒有了。」說了一句，連翹突然想到了什麼，道：「對了，二小姐，您把茯苓叫進來就叫進來吧，怎麼連那個百合也叫進來了，還在您跟前伺候，您就不怕……」

「怕什麼？」無憂在前面一邊走一邊笑著問了一句。

見主子絲毫反應都沒有，連翹急得跑上前去，道：「二小姐，您到底是真不在意還是假不在意啊？那個百合……長得也太扎眼了點。」

無憂卻道：「她長得再扎眼，只要別人沒那個心，那又有什麼？」

「您怎麼知道沒那個心啊？男人您還不知道嗎？看到漂亮的女人都會貼上去的，不怕一萬，就怕萬一嘛。」連翹好心提醒著。

看到連翹那脹得通紅的臉，無憂笑道：「好了，我知道妳都是為我好，我心裡有數的。」其實，把百合叫進來的事，她也考慮過一番，對沈鈞這個人她還是有些把握的，知道他並不是酒色之徒，玉郡主長得那麼豔麗，他不也一點都不放在眼裡嗎？反過來說，如果他就那樣眼皮子淺，連百合這樣的女子都不能抵住誘惑，她又何必跟這樣的人在一起呢？如果是那樣的話，她倒是可以慶幸自己能夠早一點看穿他。不過，她對他還是很有信心的，也許這就是戀愛中的女子吧，對另一半的信任如同岩石般堅固。

聞言，連翹道：「二小姐您心裡有數就好了。那個百合在咱們院子裡一晃悠，我就提著心呢，姑爺好像也發現她了，不過我會時時刻刻替您盯著的。」

聽到沈鈞已經注意到百合了，無憂不禁問：「姑爺怎麼表現的？說實話就行。」

「倒也沒什麼，只瞅了兩眼罷了。」連翹回答。

聽到這話，無憂沒有言語，連翹也不好再說什麼，隨後兩人就回了自己的院子，院子裡還有幾個婆子丫頭等著無憂回事呢。自從管了這個家之後，她已經不能再過那悠哉清閒的日子了，每天早上一睜眼就有事等著自己，心中不禁感嘆，什麼時候能夠把這擔子卸了呢？可是想想真的是沒有人可以接替自己，心中不禁感到鬱悶。

第四十九章

這日晚間，沈鈞回來時已經到掌燈時分，飯菜也陸續擺上桌子，洗手淨面之後，沈鈞和無憂二人對坐下來，開始用飯。無憂揮了揮手，讓下人們都退了下去。

沈鈞瞥了一眼那幾個丫頭，他的眼神都落入無憂的眼中，不知怎的今日連翹的一番話讓一向淡然的無憂卻是有些不怎麼淡定了，難道這就是所謂的關心則亂嗎？是不是她現在太在乎沈鈞的緣故？都說戀愛中的男女，眼裡是容不下一粒沙子的，這話還真是沒錯，其實人家也不是沙子，只不過是自己庸人自擾罷了。

沈鈞一邊吃飯一邊不經意地道：「妳這兩個丫頭好像這些日子才看到，以前怎麼沒看見？」

聽到這話，無憂怔了一下，道：「你是說茯苓和百合吧？她們一直都在二門外跟著旺兒一起，自從我管家之後身邊需要人手，這才讓她們都進來的。」

「我也不知道她們叫什麼，只是看著多了幾張新面孔。」沈鈞說。

「那個長得一般的叫茯苓，那個長得異常漂亮的叫百合，這樣你就能分清了。」

聽到這話，沈鈞抬頭望了無憂一眼，感覺彷彿今兒她說話的語氣有什麼不對勁似的。

見到他抬頭看自己，無憂努力讓自己擠出一抹笑容，竟然說了一句。「百合的確長得豔麗無比，就算是女人也會多看兩眼的。」

無憂的話不禁讓沈鈞正視起她來，被盯著的無憂有些不自在，趕緊低下頭去吃飯。不過，沈鈞卻在嘴角間勾起一抹笑意，說了一句。「沒想到妳也會吃醋。」

聞言，無憂放下筷子，彷彿被人揭穿了心事般，很是氣惱地抬頭爭辯道：「你這話說得沒來由，誰吃醋了？吃什麼醋？」

見她氣惱的樣子，沈鈞更是微笑不已，彷彿還挺高興的樣子。

見狀，無憂的臉也脹紅了，隨即便站起來道：「你笑什麼？不吃了。」說罷，轉身就走。沈鈞也跟著站起來，快速上前兩步便攔住她的去路，看到眼前那堵黑色的肉牆，不禁伸手想推開他。「走開。」

沈鈞卻將兩隻手臂一攬，把她整個身子擁在自己的懷裡。無憂扭捏了兩下，他的手臂卻是越摟越緊，到最後別說扭捏，她似乎連氣都喘不過來了。她抬起頭，發現他那雙深邃的眼眸正盯著自己，那眼光非常專注，灼熱中帶著一抹深深的情愫，讓她立刻就失了神。

兩個人對視一刻之後，只見那高她一個頭的人便朝她俯下身子，隨後便有一對溫熱的唇瓣貼上她的，從無到有，從輕到重，從溫柔到熱烈，從她的輕輕拒絕到無所適從，又從無所適從到溫柔地配合。這份纏綿持續了很長時候，柔和的燭光中閃現的是兩道相依相偎的身影和無限的溫馨深情……

無憂和姚氏合夥的胭脂水粉作坊與鋪子很快便開張起來，兩邊各派一個大丫頭去管理，還撥了幾個婆子、小廝去做活。那幾個婆子和小廝以後就在作坊和鋪子裡吃住，月錢等一概用度也都由生意上撥付，這樣一來也省了府裡的用度，是一舉多得的事情。

其間，姚氏的身體好了一些，隔三差五地也出來走動，和無憂來往也多了起來。不過沈鎮還是對她避而不見，姚氏雖然心情好了些，但是到底臉面上還是有些過不去的。

幾日後的一個午後，無憂在榻上歪了一會兒，便起來緩緩精神。因為她都在上午料理家務，下午沒什麼事情了，才能做點自己喜歡的事。這些日子以來只忙著家務，醫書都沒空去看，也有好一陣子沒有研製新的藥方了。

哪知道剛拿起醫書看了一會兒，連翹便進來道：「二小姐，沈言的母親進來要拜見您，現在就在外面候著呢！」

聽到這話，無憂不禁一怔，蹙著眉頭問：「沈言的母親？我並沒有見過她啊？妳問她有什麼事嗎？」雖然沈言是一直跟在沈鈞身邊的人，但沈言也是有六品校尉的官職，而且他自幼喪父，家裡除了母親以外也沒有什麼人，所以幾年前便回明老夫人，老夫人給了恩典，便放他母親出去，不再在府裡為奴為婢。現在他們在外邊也有一處宅子和些許地畝，沈言每年也有俸祿，過得還算不錯。

「這個奴婢也問過了，可是她說等見了您再說。」連翹回答。

聞言，無憂便道：「請她進來吧！」心想——無事不登三寶殿，肯定是有事情，不如聽聽再說。

不一刻工夫，連翹便把江氏請進來，給無憂請了安後，無憂笑臉相迎，看了座，並讓連翹端茶過來。一陣寒暄過後，那江氏便說明來意。「二奶奶，我來得冒昧，從來還沒有拜見二奶奶，今日實在是為了沈言的婚事才來求二奶奶的。」

聽到這話，無憂不禁有些好奇，道：「沈言和妳其實都是沈家人，況且沈言時時刻刻跟在二爺身邊，是二爺的左膀右臂，所以妳有什麼事就儘管開口好了。」沈言的婚事怎麼找到她這裡來？沈言確實也老大不小了，還沒有婚配，難不成看中了哪家的姑娘，要她幫著作媒不成？

聞言，江氏便放下茶碗，笑道：「要說沈言今年也有二十三歲，一向都跟著二爺在外帶兵打仗，這婚事也就耽誤下來，別人這般年紀可都已經抱孩子了。我一直都著急，這不，我和沈言都看中了一位姑娘，才過來請二奶奶的示下。」

無憂聽了，笑道：「既有看中的人，那就好說了。不知你們看中了哪家的姑娘，是不是要讓我出面幫著去說媒？沈言是二爺身邊最得力的人，他的終身大事我和二爺自然是不會袖手旁觀。」

「回二奶奶的話，不用特意去說，只要二奶奶一句話就行。那位姑娘就是二奶奶您的陪嫁丫頭百合。」江氏隨後便笑著說出答案。

「百合？」聽到這話，無憂不禁愣了一下，心想——沈言和他娘看中了百合？百合是長得很漂亮不假，不過百合是她娘家帶來的，而且百合在薛家大奶奶的眼裡可是還有別的用處。

「是，就是百合。」江氏趕緊點頭道。

一旁的連翹聽到這話，可是有些巴不得，趕緊插嘴道：「大娘，您和沈言可是好眼光啊。別說是二奶奶陪嫁來的丫頭，就是這府裡的丫頭中，百合的長相可都是拔尖的，而且還有一手好繡活呢！」

無憂自然知道連翹的意思，她認為百合在自己身邊是個威脅，便笑道：「雖然百合是我從娘家帶來的丫頭，不過她的終身大事我還是要跟二爺商量一下，也要問一下百合自己的意思。畢竟是終身大事，我做了她們一日的主子，就得為她們負責一日才是。當然沈言是個好後生，現在頭上又有官職，別說我身邊的丫頭，就算是配上官宦人家的小姐也不為過。」

江氏趕緊道：「二奶奶，我和沈言知道我們是什麼出身，所以官宦人家的小姐我們不敢高攀，就是二奶奶身邊的丫頭我們也是誠惶誠恐的。對了，沈言已經把這件事稟告二爺了，二爺說是二奶奶身邊的丫頭，他作不了主，還得請二奶奶作主才是。」

聞言，無憂不禁一怔，心想──原來沈鈞已經知道了，不過怎麼感覺這件事來得這麼蹊蹺呢？前幾日她和沈鈞剛剛說過這百合和茯苓的事，而且記得那日他還說她吃醋了，想起那日的情形無憂的臉上還有點發紅。難道這件事是沈鈞的主意？為的就是把百合嫁出去，不讓自己多心？想到這裡，無憂心裡不禁又高興又舒暢，如果是這樣的話，那他還真是個細心的人，而且也算是間接地向自己表明了心意。

這時候，一旁的連翹卻按捺不住地道：「二小姐，既然二爺都沒有意見，不如您就把百合叫進來，問問她的意思好了。」

聽了連翹的話，一旁的江氏也趕緊附和道：「是啊、是啊，二奶奶，請您開恩，問問那百合姑娘，到底願不願意。要是願意，我們就趕緊回家去準備迎娶的事；要是不願意……我和沈言也就不想了。」

既然話都說到這個分兒上，無憂也不得不說道：「我叫她進來說，畢竟有些不妥，她願不願意的可能不敢說。不如這樣，就讓連翹過去問問她的意思，她一個女孩兒家估計也是有些不好意思，如此也避免了尷尬。」

「還是二奶奶想得周到。」江氏笑道。

「那奴婢這就問問百合去。」說著，連翹轉身就要走。

這時候，江氏突然站起來道：「姑娘等一下。」把連翹叫住，然後上前笑道：「姑娘，您過去和百合姑娘說的時候，就說我們家在沈家附近有一棟兩進的宅子，有兩個小丫頭和一個婆子伺候，雖然家資不豐，但是好歹沈言也有俸祿和城外的百十畝地過活。她一進門就做少奶奶，聘禮和日後的一應擺設我們都會揀了上等的置辦，再說她可是二奶奶身邊的人，我們都不敢怠慢。」

聽了這話，連翹便點頭道：「大娘放心，連翹都記下了，保准不會落下半個字。」

「有勞姑娘了。」江氏趕緊道謝。

連翹去了之後，江氏便坐下來陪無憂說說家常話。江氏畢竟以前是沈家的老人，沈言又是家生子，也算是從小和沈鈞一起長大的，江氏便說了好些個沈鈞小時候的事情，偏偏這些事情無憂都很愛聽，所以兩個人相談得也很愉快。

過了大概一盞茶的工夫，連翹便笑吟吟地走進來。江氏見連翹進來了，很緊張地問：「姑娘，百合姑娘怎麼說？」

看了江氏一眼，連翹便笑著對無憂回道：「二小姐，百合說您是她的主子，什麼事情都是您說了算，這婚姻大事也是讓您給作主，您讓她嫁她就嫁，讓她嫁給誰，她就嫁給誰。」

聽到這話，江氏很高興，笑著對無憂道：「二奶奶，大概百合姑娘是願意的，只是女孩子家臉皮薄，所以才這麼說。不過她也是真心敬重主子的，自從您管這府裡的事以來，哪個不說您寬待下人啊。」

聞言，無憂也明白了，看百合都同意了，自然沒有她自己不同意的道理，再說沈言也是能夠託付終身的人選，便笑道：「既然二爺已經同意了，我自然沒有不同意的道理，況且沈言也是個可以託付終身的人。雖然百合跟著我的時間短，好歹是主僕一場，嫁妝我和二爺都會安排妥當的。」

聽到這話，江氏立刻眉開眼笑地道：「多謝二爺、多謝二奶奶，我這就回去張羅這樁婚事，肯定是辦得熱熱鬧鬧的，絕對不讓百合姑娘受委屈，也不讓二奶奶沒有臉面。等他們小倆口成親之後，就讓他們過來給二奶奶磕頭謝恩！」
「我只盼著他們婚後能恩恩愛愛，百年好合就好了。」無憂笑道。
「那奴婢就告辭了。」說罷，江氏便行禮退了出去，無憂趕緊差人相送。
江氏走後，無憂便問身邊的連翹道：「那百合想必也是願意的吧？」雖然親事也算是定了，但她可不想將來落下埋怨，還是再多問一句為好。
聞言，連翹趕緊笑著為無憂添上一杯新的茶水，道：「二小姐，百合又不傻，這麼好的機會她怎麼捨得錯過呢？雖然百合長得很好，可是一個丫頭又能有什麼好的出路？不是給人做妾就是將來配個小廝，哪有現成的出去當少奶奶再也不為奴為婢的自在？」
聽到這話，無憂點頭道：「這也算是個聰明人。有的人就不一樣了，仗著自己長得比別人好些，就有了非分之想，鬧個不好連性命都不保了，更何況以後的幸福呢！」
聞言，連翹偏著頭想了一下，突然道：「二小姐說的不是秋蘭吧？」
無憂微微一笑，低頭喝了一口茶水，說：「妳想多了。」那個秋蘭的想法她又怎會看不出來？連沈鈞也都明白，只是打小伺候他，也有一定的情分在，所以便把她調到書房去當差了。然而書房那裡，現在沈鈞可是去得少之又少，秋蘭根本很難和沈鈞打上照面，但她好像還是不怎麼安分，有時候會故意找藉口往這院子裡跑。只不過無憂不好發作罷了，不想讓別人說自己醋勁太大，而且她現在和沈鈞的感情與日俱增，沒必要為了一個掀不起大風浪、不知天高地厚的人費心，倒顯得自己多小氣似的。

見主子不願意提起此人，連翹便笑道：「二小姐，是不是咱們也要替百合準備準備嫁妝了？」

「嗯，去叫旺兒進來。」無憂點了點頭。

「是。」隨後，連翹便出去叫旺兒了。

這日一更時分，明亮的月兒掛在樹梢上，秋日來臨，晚間的風兒也涼爽起來。無憂帶著幾個丫頭婆子在府裡提著燈籠轉了一圈，叫人小心火燭以及安全等事宜。

回來的路上，走到一處迴廊的時候，忽然看到前方似乎有個人影朝這邊走來，春蘭眼尖，在無憂身後嚷了一句。「二奶奶，二爺來了。」

無憂朝前方看去，只見不遠處月光之下，一道黑色的影子確實是朝這邊走過來，好像手裡還拿著一件什麼衣服之類的。看到他過來了，無憂轉頭跟身後的丫頭婆子們道：「不早了，妳們也回去歇著吧！」

「是。」眾人見狀，知道他們夫妻肯定是相攜而行，便都識趣地趕緊走的走、散的散。

隨後，沈鈞便走到她面前，看到她涼風中只穿一襲單薄衣衫，不禁蹙著眉道：「妳看看妳，夜裡出來也不知道加件披風，很容易著涼的。」說著，便把手中的青色披風為她披在肩膀上。

感覺周身一熱，無憂低頭望了一眼自己肩膀上的披風，一抬頭便望見了他那雙幽深的眼眸，笑道：「我發現你現在越來越嘮叨了。」確實，他的話好像比以前多了，而且有時候還挺幽默的，臉上也不似原來那般冷硬，有時還會給她笑容來著。

「妳對自己是越來越粗心了。」說著，沈鈞捏了一下無憂的鼻子，臉上充滿了寵溺的神情。

這個親暱的動作讓無憂心裡一動，感覺月光下的他分外的沈穩如山，她很想靠一下。隨後，便順勢歪倒在他的懷中，閉上眼睛，把頭枕在他的胸膛上。感覺到懷裡的軟玉溫香，沈鈞也是心中一動，便緊緊地抱住懷裡的人，下巴抵著她的額頭。兩人都能聽到彼此的心跳聲，他們的兩顆心已經緊緊地依偎在一起了。

稍稍聞到一絲酒味，無憂問：「你喝酒了？」

「嗯。」沈鈞點了點頭。

「怪不得這麼晚才回來。」無憂聽似嗔怪地說了一句。

「怎麼，現在就開始學會抱怨了？」沈鈞笑問。

「怎麼，不可以嗎？」無憂抬起頭來，一雙眼睛頑皮地望著他。

看到無憂望著自己的那抹眼神，沈鈞微微笑道：「可以，妳可以隨便抱怨。」

「這還差不多。」聽罷，無憂微微一笑，便又把頭枕在他的胸前。站在迴廊下，儘管涼風瑟瑟，她有身上的披肩有他的懷抱，卻感覺溫暖異常。

隨後，她便靠在他的懷裡和他說著話。「今日沈言的母親來府裡找我了。」

沈鈞好像早就知道似的說：「她的動作倒挺快的。」

聞言，無憂抬起頭來，在銀色的月光下望著他，道：「你事先都知道？」

沈鈞理所當然地道：「沈言雖然在名分上是我的副將，是下人，但是我們兩個從小一起長大，就和親兄弟沒什麼兩樣。我們結伴征戰沙場多年，現在我都成親了，他還是一個人，我總要為自己的兄弟著想吧？」

聞言，無憂就證實了自己的猜測，原來果真是他策劃的，不過還是開口問道：「你的意思是，你事先找沈言說想把百合許配給他？」

「我當然要先問一下沈言願不願意，不過妳那個丫頭長得那麼扎眼，是男人就喜歡。再說我還跟沈言的娘說會陪一千兩的嫁妝過去，江氏自然是巴不得呢！」沈鈞道。

聽他這麼說，無憂心中暖暖的，他這麼急著把百合打發走，就是因為那日自己無意中說的那兩句話嗎？看來他還是很在意自己的心情。雖然心中很受用，嘴巴上卻還是道：「你這話什麼意思？是男人就喜歡？是不是你也喜歡？如果你也喜歡，我就作主讓百合做你的偏房好了。」

「妳怎麼不早點說？早知道妳這麼大方，我何苦還要讓沈言娶她呢？」沈鈞順著竿子往上爬地道。

一聽無憂便生氣了，伸手拍著他的胸膛，道：「你說什麼？你真的有心？」

看無憂氣惱了，沈鈞趕緊道：「好了、好了，我現在有心也沒用了，妳不是已經把這樁婚事答應了嗎？所謂朋友妻不可欺，我再飢不擇食，也不能搶自己好兄弟的女人。」

無憂還是有些醋意地道：「既然百合不行就不行了，可世上漂亮的女子多了去，我再物色兩個更絕色的給你好了。」

聽到這酸溜溜的話，沈鈞一把攬過無憂的肩膀，道：「我現在可是什麼絕色都不想要，只喜歡家中的醜妻。」

「喂，你說誰醜啊？」聞言，無憂不幹了。

「妳啊。」沈鈞很認真地回答。

「你說什麼？」沈鈞的話把無憂氣壞了，她知道自己長得不怎麼漂亮，不過也不至於多醜吧？

剛想發作，沈鈞卻仍然望著她，認真地道：「不過我喜歡。」

聽到這話，無憂的嘴唇扯了扯，想笑沒有笑出來，然後便垂下頭，手指在他的胸膛前摩挲，心中卻已經很高興。看到她害羞的樣子，沈鈞伸手握住了她在他胸膛上的手……

時光過得很快，轉眼就是一個月，深秋季節，天氣涼爽了不少，人們也都從單薄的衣服換成夾衣。這些日子沈家的家事無憂也已經得心應手，並且事情也比原來減了不少，畢竟沈鈞的頭上沒有了官職，外面的來往便少了一大半，剩下的只有相熟的親戚和朋友來往。彷彿只幾個月的時間沈家就已經遠離官場，畢竟沈鈞是犯錯被罷黜了官職，朝廷上的人都是牆頭草見風使舵的，好多人都不想因為此事被牽連，也都不怎麼登門，無憂也落得清靜。要是以前，姚氏可是要花好多工夫去應付那些達官貴人的家眷。再經過幾輪裁減以後，沈家的下人也只剩下原來的一半，所以事情更減了不少。

無憂和姚氏合夥開的胭脂水粉作坊和鋪子也已經上軌道，那些胭脂水粉由於與眾不同，很受京城裡太太小姐們的喜歡，可以說是供不應求，不到兩個月就開始有盈利。

朱氏的身子一天天沈重起來，眼看就要到生產的時候，無憂心裡擔憂，便打發連翹回薛家去看看。連翹回來後回話說朱氏一切安好，只是今年的秋闈已經過了，薛義在意料之中名落孫山，薛家大爺這幾日很是心煩。

無憂和連翹正在屋子裡說話，外面小丫頭進來稟告道：「二奶奶，外面一個說媒的媒婆叫什麼王七姑的，說什麼都要求見您呢！」

「王七姑？」聽到這個名字，無憂不禁皺了眉頭，好像還挺耳熟的，彷彿在哪裡聽過。倒是連翹在一旁提醒道：「二小姐，這王七姑以前給您說過媒呢！」

聽到這話，無憂才笑道：「怪不得我聽著耳熟。一個媒婆來找我做什麼？妳沒有問她什麼事嗎？」

那小丫頭趕緊道：「那個王七姑說見了二奶奶會詳細說，現在一句半句的也說不清楚。」

聞言，無憂皺了眉頭，連翹也有些納悶。「這可奇了，現在二小姐您都嫁人這麼久了，這個媒婆還來做什麼呢？」

「傳她進來。」無憂下一刻道。

「是。」隨後，那小丫頭便趕緊去叫人。

不多時，只見茯苓領了一個穿著大紅大綠衣服的媒婆進來。那王七姑一看到無憂，便趕緊上前福了福身子，道：「給二奶奶請安。」

「上茶。王七姑請坐下說話吧！」無憂也算客氣地道。

王七姑坐下後，上下打量了一眼坐在正座的無憂，見她雖然打扮得清雅樸素，渾身上下卻散發著一股貴婦的氣勢，便馬上奉承道：「唉呀呀，二奶奶和以往在家裡做女孩時可是不一樣了，現在您是管家奶奶，又嫁得這麼一位好郎君，可真是有福呢！」

聽到這話，無憂微微一笑，道：「王七姑言重了，是老夫人看得起我，讓我幫忙理一下家務罷了。」

「那也是沈老夫人看重您啊！這麼大個家，沒有點氣魄和手腕哪裡能行啊？更何況您把這個家管得又這般好，我剛才聽府裡下人們說沒有一個不服您的呢！」王七姑奉承人的話說得十分順溜。

王七姑的奉承讓無憂都有些臉紅了，便笑道：「王七姑是個大忙人，閒著肯定不會往我這裡來，今日是不是又有媒作啊？」

聽到這話，王七姑趕緊放下茶碗，笑道：「二奶奶果然厲害，我王七姑是無事不登三寶殿，今日來確實是有一樁很好的親事要來說。」

聞言，無憂奇怪起來。「親事？不知今日妳要給誰說親啊？」她這裡可是沒有什麼人可以說親的，倒是大房裡有個公子也算是到該說親的年齡，可是有姚氏這位人家正牌的母親在那裡擺著，也不可能來跟她說啊？

看到無憂疑惑的眼神，王七姑笑道：「二奶奶，請問這南大街的周家周文鵬周公子您認識吧？」

無憂抬頭望了連翹一眼，突然想起那周文鵬不是半年前祖母想給薛蓉說的那個人嗎？現在還記得當時那周家母子上門去的那個窘迫樣呢！隨後，無憂便笑道：「我想起來了，那周家和我們薛家三小姐說過一次親，不過沒有成罷了。」

「今日我王七姑要說的就是那周家公子周文鵬，是他託我來求親的。」王七姑算是扔下一顆炸彈。

聞言，無憂便皺起了眉頭，不解地問：「周家公子？他要向誰求親？難不成是蓉姊兒？蓉姊兒的事情我這個做姊姊的是作不了主的，她的親事還是要由祖母和爹以及二娘來決定。」

「當然不是三小姐了，二奶奶還得聽我詳細說來。不知您知不知道，那周公子這次殿試中了探花，現在可是探花郎，而且已經面了聖，聖上很賞識，賜了新宅子，現在就等著外放為官的公文呢！」王七姑笑道。

無憂自然有些詫異，忙道：「中了探花？」其實那日她見過那周文鵬後就知道這個年輕人是有些學識的，也有些讀書人的骨氣，肯定不會一輩子在貧困中度日。沒想到他中了探花，馬上就可以走入仕途，倒是薛蓉的眼光太差，一點前瞻性都沒有，這下可白白錯過了一門好親事，以那周公子的品性大概是絕對不會再考慮娶薛蓉為妻的吧？

「是啊、是啊，這次周家母子可是揚眉吐氣了。您是不知道皇上賜的新宅子也很氣派的。」王七姑笑道。

「這次是周公子託妳來求親，不知道他想求的是哪位？」無憂有些不解地問。

王七姑趕緊道：「二奶奶身邊是不是有一位叫茯苓的姑娘伺候？」

一聽茯苓，無憂似乎有些恍然大悟的樣子，因為那日在薛家看到那周家母子甚是窘迫，便讓茯苓抓著藥拿些東西去接濟，肯定是因為這些看上了茯苓吧？隨後，無憂笑道：「是有一位。」

「周公子求的就是這位茯苓姑娘。周公子還特意囑咐我備了四樣薄禮給二奶奶帶來，感謝您當日出手相救他們母子之情，說這份恩情他周文鵬一直都會銘記在心。茯苓姑娘也是位善良的好姑娘，所以他想娶茯苓為妻，八抬大轎明媒正娶，以後絕對不會虧待了她。她一進門就是探花夫人，所以還請二奶奶成全……」王七姑一張利嘴噼哩啪啦地說完了所有的話。

聽到這話，無憂笑道：「當日我出手幫他也不是為了他的這一份禮，不過周公子能有今日我也是替他高興，他母親也終於熬出頭了，他的這份謝意我就收下了。要說想向茯苓求親，我雖然是她的主子，但好歹也是終身大事，我可給她作不了主，這還得問茯苓她自己的意思才好。」

聞言，王七姑道：「這樣的好事哪有不願意的呢？只要二奶奶肯放人，那周公子說願意出她的贖身錢，讓二奶奶再買個聰明伶俐的丫頭在身邊伺候。就是那茯苓，現在只不過是個丫頭，將來也不就是配個小廝嗎？可是這周公子現在已是探花老爺，她嫁過去那就是正室，正牌的探花夫人，等到皇上的外放聖旨一下，怎麼也會有個六品、七品的官做吧，而且以後周公子的前途是不可限量的。這一個天上，一個地上，哪有不願意的呢？要是不願意啊，那可真成傻子了。」

聽了這話，無憂笑道：「什麼銀子不銀子的，我倒是不在乎，我也想成就這段佳話。不過話說回來，終身大事我是不能給丫頭們作主的。這樣吧，就跟先前一樣，我派人去問茯苓一聲，妳就暫時等一等。」

「好、好。」王七姑趕緊說好。

連翹笑道：「咦，剛才茯苓還在這裡呢，這會兒大概是害羞，躲起來了。二小姐，還是奴婢去問好了，上次就是我去問百合的，我可有經驗了。」說罷，無憂點了點頭，連翹便去了。

這方，王七姑陪著無憂說了一刻的話，只見連翹臉色有些沈重地走進來，稟告道：「二小姐，茯苓說她……不願意。」

聽到這話，王七姑一愣，大概是沒有想到茯苓會不同意吧？無憂也有些意外，因為這樣的好親事就算是官宦人家的小姐也是巴不得的，茯苓一個丫頭自然也沒有不願意的道理。

隨即，王七姑站起來嚷嚷道：「姑娘，您是不是聽錯了？這……這麼好的親事，茯苓她只不過是個丫頭，哪有不願意的道理啊？」

「我再三問過了，茯苓就是說不同意。」連翹很肯定地道。

無憂心想——看來肯定是有什麼緣故了，這門親事如果茯苓嫁過去可以說是改變了她一生的命運，而且茯苓也是忠厚之人，在她身邊雖然時日不長，但也算是盡心盡力，尤其是對她母親的事情十分感恩，所以無憂還是要為她考慮，不能輕易地就這麼回掉這門親事。於是，無憂微微笑道：「王七姑，女孩兒家有時候會耍些小性子，愛鑽個牛角尖，說不定還是因為害臊不好意思答應，不如妳今日先回去，待我明兒親自問了茯苓，過兩日妳再過來，妳看怎麼樣？畢竟是一輩子的事情，咱們也別太草率了。」

王七姑點頭道：「好，好，還是二奶奶想得周到，那我就先告辭了，過兩日我再過來聽您的話。」

「嗯，送客。」無憂點了點頭。

送走那王七姑後，無憂轉頭問一旁的連翹道：「茯苓當真不願意？」

「是啊，我好說歹說，她就是不點頭。」連翹也是不解地道。

無憂低頭想了一下，道：「妳把茯苓叫進來，我親自問問她。」

「是。」連翹趕緊應聲去了。

過了一會兒，茯苓低垂著頭走進來，福了福身子，道：「二小姐叫奴婢？」

聽到她的嗓子有些沙啞，無憂蹙了下眉頭，說：「抬起頭來。」

茯苓猶豫了一下，但是到底不敢不聽話，便抬起了頭。無憂一看，只見她的一雙眼睛有些紅腫，很明顯是剛剛哭過。看到這裡，無憂嘆了一口氣，道：「妳這又是何苦呢？願不願意，憑自己的心就好了，我雖然是妳的主子，但這次也要妳自己拿主意，只要妳點了頭，就像百合一樣，我和二爺也會置辦一樣的嫁妝把妳嫁出去。就算妳不喜歡那周公子，不願意的話也不要勉強，妳哭什麼呢？」

「奴婢……」無憂的幾句話，令茯苓哽咽得說不上話來了。

看到茯苓的樣子，無憂猜道：「莫非妳是願意的？卻有不得已的苦衷？」

「嗚嗚……」茯苓仍然哭泣，不說話。

見狀，無憂又問：「妳只管說妳到底喜不喜歡那周公子？」

「嗯。」半晌後，茯苓哭泣地點了點頭。

「既然妳也中意周公子，為何還不答應這門婚事？」無憂奇怪地問。

聞言，茯苓哽咽地回道：「二小姐，茯苓知道自己是什麼人，只是個丫頭罷了。可是周公子就不一樣了，雖然以前家境貧寒，但是現在已經高中探花，而且以後的仕途肯定是不可限量，我一個丫頭怎麼配得上他一個有官職的人呢？再說，再說……」

「再說什麼？」無憂蹙著眉頭問，想想還是這個古代的封建思想害死人啊，又是尊卑貴賤那一套。

「再說茯苓才貌平平，周公子肯定也不是因為心儀奴婢才來提親的。當日您讓茯苓去給周家母子送藥送東西，奴婢看他們的日子過得可憐，周家奶奶體弱多病，沒錢醫治，奴婢便想起了自己的娘，所以……所以便把您賞給奴婢的那根金簪子摘下來給了他們，他們肯定也是想報這根金簪子的恩情罷了。奴婢……奴婢不想因為周公子報恩才娶我，我何苦因為這一點恩情牽絆了他的一生呢！」茯苓最後哭泣地道。

聽到茯苓的話，無憂不得不重新正視眼前這個丫頭，如若換作一般的丫頭肯定是要樂死了，可是她卻能夠冷靜地想對方是不是真心喜歡自己。這份執著和倔強之中也透著強烈的自尊心和自愛之心，雖然難免也有一些封建思想作祟，但是能夠在古代有這樣的想法也是難能可貴了。

無憂笑道：「其實妳想多了，我看周公子並不是糊塗人，自然知道報恩和娶妻是兩回事，不能混為一談。大概周公子也是心儀妳，才請媒婆過來求親的。」

聞言，茯苓抬首望著無憂，眼眸中帶著一抹光亮，那抹光亮足以說明她對這樁婚事還是很期待的。

這時候，連翹忽然插嘴道：「茯苓，妳個死丫頭別作了，當心把這樁好親事給作沒了，不如趕明兒讓二小姐派人去給那個王七姑回話，就說妳同意好了。當初我聽旺兒說妳把自己唯一值錢的金簪子就這麼送人了，現在看來妳還真是有遠見，一根金簪子就換來一個好夫婿。唉，下次我也把自己的首飾送人好了。」

連翹的話立刻就讓一旁的無憂、茯苓和春蘭捂嘴笑起來，笑過之後，茯苓恭敬地對無憂道：「二小姐，容茯苓再想一想吧！」

無憂聽了，點了點頭，說：「嗯，畢竟是終身大事，多想一想也好，只是妳不要想得太久了，白白耽誤了這一樁好婚事。對了，百合的好日子已經定下來了，就在下個月的初九，如果妳答應了這門婚事，倒是可以把妳們兩個的婚事一起辦了，反正我是出兩份相同的嫁妝的。」

聽了這話，一旁的春蘭笑道：「二奶奶和二爺對下人好大方，這份嫁妝可是上千的銀子呢！」

聞言，無憂對春蘭笑道：「先別說沈言是跟著二爺出生入死的弟兄，百合和茯苓雖然跟著我的時間不長，但是她們兩個如果一起成親，我自然沒有厚此薄彼的道理。就是春蘭妳以後也覓得如意郎君的話，我跟妳二爺也不會虧待妳的，畢竟妳也是打小就在二爺身邊伺候的人。」

聽到這話，春蘭高興地福了福身子，道：「春蘭就先謝過二奶奶了。」

一旁的連翹打趣春蘭道：「春蘭，妳也要加把勁了，現在百合和茯苓一個是將軍夫人，一個是探花夫人了。」

「連翹姊姊，妳比我還大兩歲呢，妳還是先操心自己吧！」春蘭笑道。

聞言，連翹則道：「唉，好的看不上我，不好的我又看不上，我看我這輩子也只能在二小姐跟前伺候了。反正妳們都要嫁人，不如就留下我伺候主子好了。」

「可別到時候人家都兒女成群了，妳豈不是還要怪我耽誤了妳的終身？」無憂端著茶碗笑道。

一個主子幾個奴婢一起說笑著，倒是茯苓站在一旁，眼神有些失神似的。

第五十章

這日午後，薛家忽然來人報信說朱氏有生產的跡象，無憂接了訊息，便趕緊帶了幾個身邊的丫頭和藥箱藥物等，急匆匆地坐車回了薛家。

來到後院朱氏的臥房前，便聽到裡面傳出朱氏痛苦的喊叫聲，無憂身子不禁有些發顫。站在房門前來回走動的薛金文看到無憂來了，臉色凝重地步下臺階，無憂趕緊上前福了福身子，道：「女兒給爹請安。」

「免了、免了。」薛金文哪裡還有心情顧慮這些，一旁的平兒和宋嬤嬤也都神色緊張地給無憂道了萬福。

無憂問道：「娘現在的情況怎麼樣?產婆是不是在裡面了?」

宋嬤嬤趕緊回答：「在裡面了，奶奶畢竟快二十年沒有生產過了，這次肯定是要費些勁的。」

「菩薩保佑，趕快讓大奶奶生了吧！」平兒在一旁雙手合十地禱告著。

見此，無憂還是不怎麼放心，便道：「不如我進去看看吧！」無憂剛要進入朱氏的臥室，不想裡面便傳來一聲響亮的嬰兒啼哭聲。

「生了?」聽到這嬰兒的啼哭聲，薛金文也是分外激動。

「是生了。」無憂轉頭望著薛金文笑道。

一刻後，朱氏臥室的門打開了，一個產婆模樣的婦人走出來，歡天喜地衝著薛金文福了福身子道：「恭喜薛老爺，奶奶生了。」

「生了個什麼？」薛金文的表情裡充滿了期待和緊張。

「是位小少爺。」那產婆笑道。

「兒子？哈哈……」聽到朱氏生了個兒子，薛金文真是高興得都手舞足蹈了。

「奶奶生了位小少爺。」宋嬤嬤和平兒也是分外地高興。

望著眾人如此高興，無憂趕緊問那產婆道：「奶奶怎麼樣？」

「姑奶奶放心，大奶奶母子平安，一會兒裡面收拾乾淨，就可以進去看小少爺了。」那產婆說完就趕緊轉身進了臥室。

「恭喜爹喜得貴子。」無憂衝著薛金文道賀。

「好！好！」薛金文的雙手激動地交握著連說了幾聲好後，才想起來轉頭吩咐小丫頭道：「趕快去稟告老太太，大奶奶生了一位小少爺。」

「是。」那小丫頭趕緊去了。

接著，薛金文又一口氣吩咐一旁的興兒道：「趕快去大門口掛紅布條，讓廚房這幾日多蒸些饅頭和大餅，施捨給街上的乞丐。」

「是。」興兒也趕緊跑去辦了。

不多時，產婆將臥室收拾乾淨了，薛金文和無憂等人便進來看望朱氏和新生的嬰兒。只見朱氏頭髮披散著，額頭上戴著青色的抹額，虛弱地躺在床上，一看就是剛剛經歷了一場生死劫難似的。無憂見狀，趕緊上前去，道：「娘，您累了吧？」

「嗯。」看到女兒的面孔，朱氏雖然氣若游絲，還是擠出了笑容。

「大爺，您快看看小少爺。」宋嬤嬤抱著用大紅布包著的嬰兒到薛金文的跟前。

薛金文的眼睛盯著那嬰兒半刻後，眼眸中激動地透著淚光，連連點頭道：「兒子，這是我的兒子。」

看到薛金文如此激動，朱氏的臉上也露出欣慰的笑容。

薛金文看完了兒子，隨後便走到床前，坐在床邊，拉起朱氏的手，溫柔地道：「妳辛苦了。」

「沒想到你我這輩子命中還能有個兒子，真是菩薩保佑了。」朱氏感慨地道。

「我也沒想到，以為這輩子都沒有嫡子送終了。」薛金文點頭道。

看到這兩位如此情真意切，無憂也有些感慨。要知道朱氏這麼多年來受委屈就是因為沒有兒子，當一切都想開了的時候，兒子卻又在這個時候來了，也算是苦盡甘來了。無憂看那嬰兒一眼，白裡透紅的，雖然剛出生，但就能看出眉目很清秀，心裡立刻就喜歡上這個小娃兒。看了一會兒後，便道：「爹，您給弟弟取名字了沒有？」

薛金文趕緊道：「取好了，就叫薛正，妳看怎麼樣？」

「薛正？浩然正氣，是個好名字。」無憂點點頭。

「我也挺喜歡這個名字的。」朱氏笑道。

「既然妳們都說好，那麼就叫薛正。」薛金文一拍大腿道。

稍後，朱氏畢竟產後虛弱，需要休息，薛金文和無憂等人便退出臥室，來到前面的大廳說話。薛家老太太由燕兒攙扶著看過朱氏和嫡孫之後，也來到大廳，大廳裡一片喜氣洋洋的，薛老太太和薛金文都在談論著怎麼擺滿月酒等事。

「沒想到我這輩子還能抱上嫡孫，這次的滿月酒可要隆重些，把咱們的親戚朋友都請來，我要熱鬧地大辦。」薛老太太道。

「就依娘的意思辦，而且這次咱們還要去廟裡布施些銀子。」薛金文呵呵笑道。

「嗯。」薛老太太笑得春風滿面的。

坐在一旁的李氏臉上卻都是失落的表情，本來她這個側室可就是仗著正室沒有兒子才能拿一把，可是哪承想朱氏都四旬多的年紀，竟然生出兒子，可真是氣死人了。她本來還抱著一絲僥倖，希望朱氏這次會再生個女兒，卻是事與願違。她本來就已不怎麼受寵了，現在更是雪上加霜。

「聽說大爺還叫廚房裡的人日夜蒸饅頭，說是要分發給大街上的那些乞丐，那些乞丐也真是沾了咱們家二少爺的光。」李氏的嘴巴裡還在說著尖酸的話語。

好久都沒聽到李氏那些尖酸刻薄的話，無憂抬頭看了李氏一眼，只見李氏雖然嘴上如此說，臉上卻是難掩落寞之色。無憂不禁扯了扯嘴角，微微地露出一抹冷笑，然後伸手端過一旁的茶水喝了起來。

老太太和薛金文聽了李氏的話，薛金文不禁蹙了下眉頭，薛老太太則是臉色一沈，掃了一眼坐在椅子上始終沒有說一句話的薛蓉，問道：「金環，妳不是說託人又去周家說親了嗎？事情怎麼樣？託去說媒的人回來了沒有？」

聽到這話，薛蓉立刻就抬起眼眸，李氏看了薛蓉一眼，然後回答：「回老太太的話，我託去的媒婆說是今兒一早就去周家說，怎麼這都快晌午了還沒個信兒回來呢？」說著，便朝外面看了一眼，只見都要日正當中了，心下不禁也著急起來，薛蓉也是有些坐立不安。

坐在一旁的無憂聽到這話，擰了一下眉頭，看了看李氏和薛蓉那頗為緊張的神情，心想——又去周家說親？難道說的是周文鵬家不成？看來李氏和薛蓉已經知道周文鵬中了探花，大概看人家周文鵬現在高中了，不日後就會做官，後悔當初沒有答應這門親事，現在又找人去說和了吧？想到這裡，無憂心裡有些冷笑，當日不但不肯答應婚事，還那樣羞辱人家，她們還不知道周家已經託人去說茯苓了吧？

這時候，無憂回頭望了一眼跟在她身後的連翹和玉竹，今日茯苓沒有來，不知道她看到這一幕會怎麼想。連翹有些會意，望了無憂一眼，嘴角間早已經扺起一個幸災樂禍的笑容。這也難怪，依照無憂對那周文鵬的瞭解，就算這輩子不娶親，他也不會再答應薛蓉這門婚事了。

掃了一眼李氏和薛蓉那巴望的神情，薛老太太卻搖了搖頭，道：「我事先就說過這門親事不要再提了，妳們就不聽，非要再託人去說，結果是可想而知的。那日周家母子受辱而去，不記恨咱們就不錯了，現在人家高中，哪還會想再和咱們結親呢！」

聽薛老太太如此說，李氏仍舊不甘心地道：「老太太，不試試怎麼知道？也許那周家就同意了呢？」

「妳認為人家還會同意嗎？」薛老太太的眼眸銳利地掃了李氏和薛蓉一眼。

李氏卻還振振有詞地道：「老太太，雖然那周文鵬是中了探花不假，而且皇上還賜了宅子，聽說還會外放去做個六、七品的官，這下子也算是翻身了。可是他們周家畢竟家底不厚，而且在朝裡也沒有一門像樣的親戚，他們能結什麼樣的親？咱們這樣的人家他還未必能找得到呢！」

薛老太太沒有再說話，不過可以看得出薛老太太當初力主這門婚事，她們娘兒兩個不同意，還當面給人家下不了臺，薛老太太早就很不高興。誰知道周家這麼快就翻了身，而李氏又這般迫不及待地去給人家再說親。薛老太太其實早就知道結果，只是苦勸不住，既然她們要丟人那就去丟人好了，要不然還埋怨自己讓這門婚事不成。

這時候，興兒進來回稟道：「稟告老太太、大爺，二奶奶託的那個媒婆來了。」

聽到這話，薛蓉立刻緊張起來，說來也是，薛蓉今年也有十六、七歲，早已經到了訂親的年齡，可是她眼高於頂，非富非貴不嫁。然而門第高的官宦人家是不會娶她一個六品小官的庶女為正妻的，她又不願意當妾。富商之家又不願意娶個小官的女兒，人家更願意與商賈之家結親，能夠讓生意更好做。那些門第差的一般人家她又看不上，這不挑來挑去挑了兩年，終身大事還是一點著落也沒有。

本來她怎麼也看不上那個周文鵬，沒想到他一下子就中了探花，而且很快就會外放做個六、七品的官，在她眼裡已經是最好的選擇，所以她就不想再放棄，只能放下臉面讓她娘託人再去說說這門親事。

還沒等薛老太太和薛金文發話，李氏對那小丫頭道：「還不趕快請進來！」

「是。」那小丫頭趕緊去了。

薛老太太此刻的臉色已經不太好看，畢竟如果人家不願意，那丟人的可是他們薛家。一刻後，丫頭便帶著一個穿得花花綠綠的中年女人走進來。那女人抬眼看看大廳裡坐了好多人，便福了福身子，道：「給老太太、大爺、二奶奶請安。」

「免了，趕快給李嬸子看座。」薛老太太吩咐一旁的丫頭道。

那被稱為李嬸子的媒婆卻連連擺擺手道：「老太太，不必麻煩了，我還有事在身，說兩句就走。」

此刻，李氏已經按捺不住地上前問道：「李嬸子，事情辦得怎麼樣啊？」

李嬸子看了李氏一眼，張了張嘴巴，才道：「二奶奶，這門婚事就算了吧！三小姐貌美如花，咱們還是說別的人家好了。」

這個媒婆很明顯是看到大廳裡的人不少，不想給李氏和薛蓉難堪，所以便說了這麼幾句。可是李氏嫁女心切，根本就不管不顧了，拉著那媒婆道：「李嬸子，妳這話可怎麼說的？我是託妳去說這周家的，他們周家到底怎麼說啊？」

見李氏抓著她不放，李嬸子只好回答：「那周家已經相看好別的姑娘，已託人去說親了。而且……而且周家一聽我是替三小姐去說媒，那周公子……」

「他還敢怎麼樣？」見李嬸子吞吞吐吐的，李氏蹙了眉頭，薛蓉也是臉色有些凝重起來。

「人家說高攀不起三小姐。唉，要說這次那周家做事情是有些過了，您說就算以前三小姐沒看上他，他也用不著和三小姐如此置氣吧，竟然非得要娶你們薛家出去的丫頭。唉，這叫怎麼回事啊？」那李嬸子叨叨地說了兩句。

聽到這摸不著頭腦的話，李氏繼續問：「李嬸子，妳說的是什麼意思？什麼叫他們非得娶薛家的丫頭啊？」

「行了、行了，我還要去一戶人家說媒呢，我就先走了。」說完，福了福身子便趕緊走了。

「李嬸子，話還沒說完呢，怎麼妳就走了？」見李嬸子慌慌忙忙地已經出了大廳的門，李氏有些惋惜得很。

這時候，薛金文面子上掛不住了，臉色沈重地訓斥道：「告訴妳不要再說這門親事了，妳就不聽，這下可好，咱們薛家的臉面全部被妳給丟盡了。」

聽到薛金文在大庭廣眾之下這樣說自己，李氏很委屈地掉眼淚道：「大爺，我不都也是為了女兒嗎？女兒等到過年都十七歲了，現在親都還沒有定下來，你卻一點都不急，虧你還是她父親呢！」李氏的幾句話讓薛蓉也紅了眼圈，薛金文更是額上青筋凸起。

「人家媒婆來說了那麼多的人家，是妳們自己看不上，哪裡又成了我這個做父親的不操心了？」薛金文憤憤地道。

聽到薛金文和李氏的爭辯，無憂的嘴角扯了一下，心想——這個李氏和薛蓉還不知道那周家看上的是自己身邊的茯苓，這要是知道了，還不得丟臉死！這對母女也真是的，明明知道不可能的事情，還非要再請媒婆去說，這不是自取其辱嗎？這真真是被利益迷了眼睛，想嫁給好人家的心思大於一切，什麼都不顧了。

薛金文的幾句話就讓李氏說不上話來，只能嘮叨道：「總不能不挑挑不揀揀，咱們就隨便找一戶人家把女兒嫁出去吧？欸，對了，剛才那媒婆說什麼來著？說是周家放著現成的小姐不娶，非要娶咱們家裡出去的丫頭？這話是什麼意思？」

「誰知道是什麼意思。」薛金文見薛蓉這幾日都不怎麼高興，知道女兒的心裡也不好受，畢竟是他從小疼愛的閨女，就暫時忍下了氣憤，沒有再發作出來。

這時候，薛老太太也疑惑地道：「我也是覺得奇怪，剛才那李嬸子說的話是什麼意思呢？」

聽到他們的話，無憂正考慮該怎麼說，倒是一旁的連翹嘴快，馬上接道：「老太太、大爺，可能你們還不知道，前幾日那周家公子已經託人到姑爺的府上求見咱們二小姐，說是想娶茯苓為妻呢！」

連翹的話猶如一顆重磅炸彈，一下子就讓整個大廳裡的主子、丫頭、婆子們都定定地盯著她看，連翹的眼眸中很明顯有一抹微微的笑意在裡頭。

聽到連翹的話，無憂倒也沒有阻止，只是低頭喝了一口茶，心想——這件事反正也是瞞不住的，不如現在就讓她們知道好了。那李氏母女真是夠愚蠢，求親不成，人家想娶的卻是薛家陪嫁的丫頭，這才叫勢利小人該有的報應呢！

薛老太太和薛金文面面相覷了半天，李氏和薛蓉也是大眼瞪小眼，最後，李氏用不相信的語氣道：「連翹姑娘，妳這話說得是真的還是假的？人家周公子現在可是探花老爺了，聽說皇上都十分賞識，很快就會外放為官，現在會娶個丫頭為妻？就是做妾的話，一個丫頭那也是癡心妄想了。」

薛蓉的眼光定定地盯著連翹，很明顯，這話她也不相信。

聽到李氏的話，連翹趕忙辯解道：「二奶奶，連翹只是個丫頭，犯不著用這樣的話來糊弄您，再說這件事沈府裡的好多人都知道，連翹也撒不了謊。」

「是啊，這件事玉竹我也是知道的。」玉竹也趕緊附和道。

聽到這話，李氏立刻不言語了，因為這件事看來是假不了了。一旁的薛蓉卻是臉上紅一塊、白一塊的，眼眸中有著不可思議的光芒，看來還是很疑惑周公子為何要這麼做？為什麼非要自貶身價娶個丫頭為妻。

這時候，薛老太太問出了薛蓉心中所想。「這倒也奇怪了，周公子難道真的如同剛才那個李嬸子所說，只是為了羞辱咱們薛家，偏偏要娶咱們府裡的丫頭為妻？這有些說不過去吧？」

「我看那周公子是得了魔障了。」李氏很憤憤不平地道。

聽到這話，無憂終於開口道：「祖母有所不知，茯苓對周家是有恩的。當日，茯苓看到周家母子潦倒落魄，甚至連請醫看病的銀子都沒有，便把自己頭上唯一一根金簪子贈與周公子為他母親看病，那簪子還是我成親的時候賞給她的，是她身上最值錢的東西。大概周公子就是衝著這份情誼，才執意要娶茯苓為妻吧，說來周公子也是個知恩圖報的人。」

「原來如此。」薛老太太聽了點頭道。

「這麼說也真是善人有善報了。」薛金文也點了點頭。

「哼！」聽到這些話，薛蓉自然是受不了，騰地一下起來，跺腳便負氣地走了。

看到心愛的女兒被氣跑，李氏趕緊起身叫道：「蓉姊兒、蓉姊兒！」

看到女兒跑出去了，李氏有些垂頭喪氣的，便眼巴巴地望著薛金文問道：「大爺，難道這件事就沒有迴旋的餘地了嗎？」

「還能有什麼餘地？咱們薛家的臉已經丟盡了，妳還想怎麼樣？妳難道就沒有看出來，周公子是個清高的人，當日受了那樣的羞辱，他是絕對不會回頭的了。唉，妳還是多勸勸蓉姊兒吧，讓她想開點，不要再做什麼傻事了。」薛金文對李氏道。

李氏的臉上有些掛不住，不高興地道：「老太太、大爺，妾身有些不舒服，先回屋了。」隨後李氏轉頭也走了。

李氏走後，薛老太太瞥了其他人一眼，然後轉頭問無憂：「二姊，妳可答應周家的婚事了？」

聞言，無憂便回道：「祖母，雖說茯苓是個丫頭，但到底也是一輩子的事，所以我還是問問她的意思。」

「她一個丫頭能夠嫁給探花郎，可是求之不得的事，自然是會點頭的了。」薛老太太道。

無憂微微一笑，沒有多說，心想——如果讓家裡知道茯苓的心思，說不定又會起什麼風波，還是暫時不說為宜。

吃過午飯後，無憂又陪了朱氏一個下午，直到快黃昏時刻，她才戀戀不捨地告辭出了薛家大門，囑咐了幾聲送她出來的平兒等人好好照顧朱氏。

剛一進車篷，忽然看到有個人坐在馬車裡，她不由得嚇了一跳，趕緊捂住胸口，低呼了一聲。「啊。」

下一刻，只見門簾散落下來。外面已經是黃昏時刻，車篷內的光線也十分暗淡，那個人竟伸出一隻大手，一把抓住她的手腕，使勁地把她拉到他的懷裡。感覺自己的身子失去平衡，便跌入一個溫暖寬闊的懷抱，雖然她還沒有看清楚那個人的臉，但是那熟悉的大手和那溫暖的懷抱，以及他身上獨有的陽剛氣息，已經讓她能夠辨認出來是他了。

果不其然，下一刻，被沈鈞擁著的無憂抬頭看到那張英俊的臉，不由得臉上一紅，道：「你怎麼來了？」她和他的感情這些日子與日俱增，卻還沒有夫妻之實，兩人仍是以禮相待，雖然也常常會擁抱，甚至他還會親吻她，卻只限於此。就如他曾經說的，他會等到她願意的那一刻，絕對不勉強，雖然她也能感覺到有時候他已經算是在隱忍了。

「閒來無事，見妳還不回來，便悄悄過來接妳了。」沈鈞的手指捋著她的髮絲溫柔地道。

聽到這話，無憂道：「原來你是太閒了，所以才想到來接我的呀？」話語之間很明顯帶著不滿了。

聞言，沈鈞笑道：「妳最近就是這樣，總是愛挑刺，難道非要讓我說妳一日沒回來，我心裡十分想念，特意跑過來接妳，妳就滿意了？」

「肉麻死了。」無憂撇嘴道。

聞言，沈鈞扯了扯嘴角，淡淡地笑道：「唉，妳可真是難伺候，說想妳不行，說不想妳也不行，以後我都不知道該怎麼說話了。」

「那你說實話就好了。」無憂笑著用手指撫摸他那稜角分明的臉龐。

「那我就遵夫人的命。」沈鈞道。

「誰是你夫人啊？」無憂說著便把臉別過一邊，臉頰都紅了。

沈鈞卻是眉頭一低，好像恍然大悟的樣子說：「妳要不說我還忘了呢，咱們現在雖然早就拜堂成親，可是好像妳還不是我真正的夫人呢！怎麼樣？想好了沒有？什麼時候要做我真……正的夫人？」「真正」兩個字他可是說得有些重。

沈鈞的話讓無憂的面頰更紅了，平時沈鈞是很一本正經的，從來沒有說過這樣的話，所以害羞的她趕緊推開他的懷抱，啐了一口，道：「你在胡說些什麼？一點正經都沒有了，虧我以前還以為你是個正人君子呢！」

沈鈞不由得笑道：「和夫人在一起都正人君子，那還怎麼繁衍後代啊？」

「討厭，你是在哪裡學得這麼壞？」以前他可是連玩笑都不開的，最近這段時間明顯地話多，而且也風趣多了，她還真有些不習慣。

此刻，夜色已經來臨，天邊只掛著幾顆寒星，馬車內一片昏暗，只能看清楚對方的輪廓。兩個相互依偎著的人兒小聲地說著話，不時會傳出一陣歡笑聲，幾輛馬車先後奔跑在夜色的馬路上……

回到沈家的時候，夜色已經深了。

見沈鈞二人回來，丫頭們趕緊擺了晚飯。眾人知道薛家大奶奶添了一位小少爺都紛紛道賀，無憂也喜氣洋洋的，環顧了一眼屋子裡，眾人都在，唯獨少了茯苓，不由得問：「咦，怎麼不見茯苓啊？她幹什麼去了？」

連翹和玉竹是不知道的，因為她們今日都跟著無憂回了薛家，只有春蘭笑道：「回二奶奶的話，茯苓今日眼睛都哭腫了，所以不能來伺候二爺和二奶奶了。」

無憂看了一眼對面的沈鈞，不由得奇怪了起來。問：「又哭了？為什麼啊？可還是為了和那周公子的婚事？」

「不為周公子還為誰啊？二奶奶您沒在家不知道，那王七姑回去和那周公子說茯苓不肯嫁給他，那周公子一著急啊，今兒就到咱們府上來找茯苓了。」春蘭笑著道。

聽到這話，眾人皆是一怔，連翹嘴快，趕緊對春蘭道：「春蘭，我們和二奶奶都不在家，竟然錯過了這個情景，妳快說說到底是怎麼回事？」

眾人的眼神也和連翹一樣想知道答案，只見春蘭笑道：「二奶奶，您知道咱們府裡也算是門禁森嚴，外面的男子怎能隨意進來見咱們家的丫頭，周公子這幾日可是託了好多人央告著要進來找茯苓，可是都不得門路。最後還是託到旺兒媳婦那裡去，旺兒媳婦看他可憐，又知道這裡面的事，就帶著那周公子在後門和茯苓見了一面。您不知道，據旺兒媳婦說，那周公子見了茯苓眼睛都直了，一個勁兒地問茯苓為什麼不肯答應婚事，是不是一點都不喜歡他？問得茯苓一個勁兒地哭。」

聞言，無憂轉頭望著沈鈞笑道：「看來那周公子這次是墜入情網了。」

「沒想到最近這麼多人都墜入情網。」沈鈞一語雙關地道。

無憂看到他深邃的眼眸望著自己，她的嘴角一抿，便半垂下頭，雙頰似乎有些微紅。她當然知道他這句話指的是什麼。

倒是春蘭，不明就裡地笑道：「二爺說的是百合和沈言吧！二爺、二奶奶不知道，這些日子沈言一進來，百合就躲了，還玩躲貓貓呢！」今日百合也不在，婚期將即，無憂前幾日就打發她去繡成親用的衣服被褥了。

「哈哈……」春蘭一句話讓在場的人都笑了。

「那最後到底怎麼樣了？」無憂繼續問。

春蘭回答：「奴婢多的也不知道，只是聽說茯苓和周公子在後門外可是磨嘰了很久，茯苓回來的時候眼睛都哭腫了，不過最後還笑嘻嘻的，看得出是很高興的樣子呢！然後就躲在屋子裡不出來了，奴婢看她的眼睛腫著，不適合伺候主子們，就讓她在屋子裡待著了。」

聽完這話，無憂笑道：「看來咱們又要準備一樁喜事了。」

「既然是妳的丫頭，自然不能厚此薄彼，就參照百合的例一塊兒把喜事辦了。」沈鈞道。

「那咱們可是想到一塊兒去了。」無憂笑著對沈鈞說。

兩人吃過飯後，沈鈞說想去看看沈鎮，便先出去了。

屋子裡只剩下連翹在跟前伺候無憂卸妝，不禁有些好笑地道：「二小姐，今兒回薛家真是把奴婢笑死了，這回二奶奶和三小姐可是把臉面都丟盡了。這要是知道周公子和茯苓的婚事成了，還不知道在家裡多麼地懊悔咒罵呢！」

聽了連翹的話，無憂則說：「那有什麼辦法，人各有命，再說周公子這個探花郎可是被她們自己攆出家門的。」

「就是。」連翹有些幸災樂禍地點頭。

第五十一章

翌日一早，早飯過後，無憂把幾個來回話的管家娘子打發了，剛想休息一下，春蘭便進來稟告道：「二奶奶，大奶奶來了。」

自從她和姚氏合夥開了製胭脂水粉的作坊和鋪子之後，便和姚氏的關係漸漸好了。尤其這賣胭脂水粉的鋪子生意越來越好，短短幾個月不但上了軌道，還賺了幾千兩銀子，姚氏便常常來找她說說閒話，並且送吃的喝的過來，兩人的關係也有了很大的進展。雖然這個姚氏精於算計，相處起來有時候貪財了一點，但人的品性還不錯。姚氏偶爾有些小心眼，不過倒是生意上很好的合作夥伴，這鋪子裡許多常客都是她拉來的，好多都是她以前打過交道的夫人小姐，出手也很闊綽。無憂雖然不怎麼喜歡她這個類型的人，倒也還能做個朋友，尤其是商場上的朋友，可以一起賺錢。

聽到姚氏來了，無憂對春蘭道：「還不趕緊請進來。」

「是。」春蘭便趕緊去了。

一刻後，只見姚氏笑嘻嘻地帶著春花走進來，無憂早已起身迎接，笑道：「大嫂何必如此客氣，只管進來就是，幹麼還讓丫頭稟告呢？」

「不知道妳在做什麼，怕驚擾了妳。」姚氏笑著道。

「大嫂快請坐。春蘭，趕快沏茶來。」無憂張羅著。

姚氏轉身坐在八仙桌前，伸手從身後的春花手裡拿過來一個雕花的紅木匣子，笑著在無憂面前打開道：「聽說令堂這次得了男丁，我今兒一早就去首飾鋪子裡看了看，挑來挑去，挑了這個金鎖片還有這對金鐲子作賀禮去喝滿月酒呢！」

無憂看了一眼那匣子裡的金鎖片和金鐲子，金鐲子還好，小孩子戴的都有尺寸的，而那金鎖片的尺寸和分量都夠大，上面刻著長命百歲的字樣。這兩樣禮物對姚氏來說已經是大手筆了，無憂知道她是給足自己面子，便笑道：「大嫂您太客氣了，這禮物太貴重了。」

「咱們可是妯娌，現在都還在一個屋簷下住著，都是一家人，妳跟我客氣什麼呢！再說妳把那麼好的生意跟我一起做，就是給我送錢嘛，我一直都想感謝妳的。好不容易有了這麼一個機會，我還不得好好表達表達啊？」姚氏笑道。

無憂微微一笑，說：「那就謝謝大嫂了。這金鎖片和金鐲子都好看，我娘也一定會喜歡的。」

「妳既然這麼說，我就放心了。」說著，便把匣子蓋上，轉頭遞給一旁的春花。

這時候，春蘭已經把一杯熱茶端過來，恭敬地放在姚氏的面前。姚氏端起茶碗，低頭喝了一口茶，然後說：「弟妹啊，最近咱們鋪子的生意可是好得不得了，好多胭脂水粉都賣斷貨，作坊裡的人手也少了，根本就忙不過來。所以我今日來跟妳商量，看咱們是不是再多請幾個人，把作坊的規模再擴大一些。」

聞言，無憂笑道：「大嫂就算今日不來，我也想去找大嫂商量這事呢！玉竹前幾日把鋪子裡和作坊裡的情況都跟我說了，我感覺也該多請幾個人，多做一些成品出來。我想著還是從咱們家撥出去幾個小廝和婆子比較好，現在咱們家的事情少了，用不了這麼多人。一來都是咱們家裡的下人，知道性情，也知道根底，比外面請的要合用得多。這二來，他們以後的月錢就在咱們的作坊裡出，這樣也能為家裡節省些銀錢，是對雙方都有利的事。」

聽了這話，姚氏笑道：「看來咱們倆是想到一處去了，不過這事還需要向老夫人稟告一聲，畢竟是把家裡的下人撥出去。」

無憂知道自從上次沈鈞被罷官的事情之後，姚氏便不怎麼外出，也不怎麼去老夫人跟前了，大概也是感覺有些不自在吧？便很善解人意地道：「大嫂放心，這件事我自會去和老夫人說的。」

聞言，姚氏點了點頭。

無憂笑道：「我聽玉竹說大嫂這些日子也在琢磨那些胭脂水粉的研製方法了？」

姚氏一怔，便轉頭望了一眼身後的春花，春花趕緊會意地道：「奶奶，您和奴婢出來的時候火上還煲著湯呢，小丫頭們手腳粗笨，不知道該什麼時候放什麼佐料，不如奴婢回去盯著些？」

「嗯。」姚氏點了點頭，春花便退了出去。

見狀，無憂知道肯定姚氏有什麼話要對自己說，也對站在一旁的春蘭使了個眼色，春蘭也會意地退下去。

這時姚氏才不避諱地道：「弟妹啊，我也不怕妳笑話，現在妳大嫂我可是無事一身輕了，以前不但要管這偌大一個家，還要照顧妳大哥的飲食起居，想想當初可是一丁點閒工夫都沒有，我整天也是累死累活的。現在可好，妳大哥的事情自有曹姨娘操心著，用不上我了，我現在只能給自己找點事情做來打發時間。說來我還是要感謝弟妹妳的，賺多少銀子還在其次，妳倒是給我找了一個打發時間的事情做，要不然妳大嫂還不得憋瘋了？」

掃了一眼姚氏無奈的笑容，無憂道：「大嫂，妳和大哥不能總如此，畢竟日子還要過下去，這樣下去對兩位姪兒也不好。」

無憂的幾句話也算是說到姚氏的心坎裡，她的眼圈一紅，便道：「說出來我也不怕妳笑話，這幾個月我可是什麼辦法都想了。暗地裡派人去請，自己守在曹姨娘的門口等著妳大哥出來，甚至讓兩個兒子去求情，可是一點也沒有用，妳大哥根本就不吃這一套，久而久之，我就灰心了，也就任憑他去了。妳說還能讓我怎麼樣？我也早就知道錯了，難不成還要我跪在地上求他不成？唉，我是想跪下求他，可也得給我這個機會不是？」

聞言，無憂擰了下眉頭，說：「大嫂，夫妻之間的事也得講究一下策略。」

姚氏轉頭望著無憂，眼眉一挑，道：「難不成弟妹有辦法？」

隨後，無憂便上前在姚氏的耳邊耳語了幾句。聽過之後，姚氏帶著疑惑看了無憂一眼，問：「這樣能行？」

「反正已經這樣了，不如試試，萬一能扭轉乾坤呢？」無憂嘟了嘟嘴道。

聽了無憂的話，姚氏便又動了心，當下想了一想，笑道：「難為弟妹還為我這點事情操心，那我就索性再試一次好了。要是還不行，我也就不指望了，以後就守著我兩個兒子過，反正眼看彬哥兒也到了該說親的年齡，我就早點給他說一門子媳婦娶進來，以後就等著抱孫子好了。」

無憂則笑道：「大嫂也就發發牢騷罷了，妳可捨不得大哥的。」

「捨不得又怎麼樣，人家是捨得咱的。」說這話的時候，姚氏的臉上還明顯地還帶著一絲希望……

兩日後的一個早上，沈鎮由曹姨娘攙扶著來給沈老夫人請安，並且在老夫人的屋子裡閒話家常起來。

坐在繡墩上的沈鎮端詳一眼坐在炕邊上沈老夫人的臉色，笑道：「母親，近日您的臉色不錯，今年這一入冬看來身體還不錯。」

沈老夫人伸手摸了一下自己的臉，點頭道：「今年一入秋，你弟妹就幾乎每日都過來給我把脈，還給我開了幾張調養身體的方子，所以我的那些腿疼、胳膊疼，還有那個喘不上氣來的老毛病都沒有再犯。」

聽了沈老夫人的話，沈鎮笑道：「弟妹的醫術那是不用說，我的腿還能再站起來都是依靠她的緣故，而且弟妹也是個孝順的人，有她這樣盡心地侍奉您，我們也就放心了。」

說話間，外面丫頭進來稟告道：「老夫人，大奶奶過來給您請安了。」

沈鎮一怔，因為他知道姚氏每天早上都會過來請安，所以他來請安的時候就會比姚氏晚一些。這些日子倒也沒有碰到過姚氏，今日卻撞到一起了。沈老夫人聽到姚氏來了，轉頭瞥了沈鎮一眼，便不動聲色地道：「既然來了，怎麼還不請進來？正好大爺也在，妳們這些丫頭就是不懂事。」

「是。」那小丫頭聽到這話，趕緊跑出去了。

不一刻工夫，只見姚氏走進來，先走到炕前福了福身子，道：「給母親請安。」

「坐下說話吧！」沈老夫人道。

隨後，雙喜便在姚氏的身後放了繡墩，姚氏坐下來後，一抬頭，和對面的沈鎮打了個照面，臉上倒沒有任何哀傷埋怨之色，還微微笑道：「大爺也在啊。」

「正好來給母親請安。」對姚氏的寒暄，沈鎮既不熱情也不怎麼冷淡。

這時候，站在沈鎮身後的曹姨娘趕緊福了福身子道：「請大奶奶的安。」

「起來吧！」對曹姨娘，姚氏一改往日的厭惡，今日雖然說不上和顏悅色，到底也是溫和相待的。

都行過禮後，姚氏的目光並沒有像往常一樣在沈鎮的身上停留，而是轉頭對沈老夫人笑道：「母親，最近天冷了，您的身子可還好些？」

「剛才妳沒進來的時候，鎮兒正問我呢，妳沒有聽見，今年的身子有妳弟妹照看，老毛病都沒有犯。」沈老夫人回答道。對姚氏這個兒媳婦，沈老夫人現在可說是又愛又恨的，愛她辦事精明俐落，想得也周到，在自己跟前總能把自己逗笑；恨她也因為她太過精明了，有著一分私心在裡頭。可是姚氏畢竟也是沈家兩位公子的生身母親，對沈鎮也是盡心盡力服侍，現在她也受到懲罰。沈鎮這樣以妾當妻，整日都宿在曹姨娘的房裡，也不是興家之道，所以她便沒有像往常一樣冷冷淡淡地對待姚氏，今日臉色倒是溫和了許多。

姚氏也是個聰明人，看到今日老夫人的臉色非常好，便跟著老夫人的話頭說了起來。「弟妹的醫術那是沒得說，以前治好大爺的腿，這可是連太醫都束手無策。以後有弟妹照看您的身體，我們也都放心了。」

「本來我還為她管家捏著一把汗，現在看來倒是我多慮了，她把家裡料理得還不錯。聽說妳和她合夥開的那個鋪子生意也不錯？」沈老夫人笑道。

「還過得去，不瞞您說，我現在在家裡閒著沒有事情做，也怪悶得慌。倒是多虧弟妹給我找了這麼件事情做，而且還能賺些銀子，以後存著給您的兩個孫子娶媳婦呢！」姚氏今日比以往開朗了許多。

沈老夫人笑道：「是啊，唯有做過了娘，才能懂得做娘的這一片心啊！」

聽到沈老夫人和姚氏聊起了家常，沈鎮在一旁只是乾坐著，一旁的曹姨娘便藉機笑道：「大爺，您不是說今兒要去池塘裡餵餵錦鯉嗎？妾身看著現在太陽也出來了，不如趁著天色暖和去餵了？」

聞言，沈鎮道：「好吧！」隨後，他由曹姨娘扶著起身，對沈老夫人道：「母親，那兒子就先告退了。」

看到曹姨娘扶著沈鎮很親密的樣子，姚氏心裡是不怎麼舒服，不過卻是不動聲色，臉上仍舊溫和如初。

倒是沈老夫人這次卻道：「你先等一等。」

聽到這話，沈鎮頓住了腳步，道：「母親還有吩咐？」

沈老夫人笑道：「也沒什麼，只是我聽說曹姨娘繡的花非常不錯，正好我想做一件披風，不知道選什麼樣的花樣子，不如先讓你媳婦陪著你去餵魚，就讓曹姨娘留下來給我選選花樣子。」

聽了沈老夫人的話，沈鎮、姚氏和曹姨娘都非常驚訝。姚氏驚訝的是沈老夫人這不是明擺著要給自己和沈鎮製造機會嗎？因為上次放印子錢的事，老夫人幾個月來都在生自己的氣，對自己十分冷淡，這次怎麼會這麼幫自己？沈鎮也有些驚訝，畢竟老夫人對他和姚氏的事一直都沒有出聲干預。曹姨娘那就是大大的驚訝了，老夫人這次可是非常遷怒姚氏的，這幾個月來沈鎮已經都歇在自己的房裡，以前沈鎮幾個月都不見得去她那裡一次。好不容易她盼到了今日，也以為沈鎮肯定不會輕易原諒姚氏，本來她還在得意呢，因為這些年來她一直都被姚氏壓制，謹小慎微地活著。沒想到這次竟然失算了，老夫人明顯地偏幫姚氏，她不禁蹙了下眉頭。

就在眾人發愣的當下，曹姨娘笑道：「老夫人要做披風啊，正巧我那裡有許多花樣子，不如妾身先送大爺回去，順道把妾身收藏的那些花樣子都拿來給老夫人選選？」

聽到這話，姚氏心想——這個曹姨娘，以前不多言、不多語，一副受氣的小媳婦模樣，沒想到還有這樣的機智，眼一眨就能想出主意。不過姚氏並不動聲色，只看看老夫人和沈鎮怎麼說。

聽了曹姨娘的話，沈老夫人微微一笑，道：「不用那麼麻煩，我已經選好幾個花樣子，只是不知道怎麼搭配，妳就給我看看怎麼搭配、怎麼繡出來好看吧。」

「可是……」曹姨娘還想說什麼。

這時候，一直都沒怎麼說話的沈鎮卻開口了。「既然母親讓妳幫著選，妳就留下來好了，我……由妳大奶奶送回去也是一樣的。」沈鎮說最後一句話的時候，眼睛朝姚氏這邊望了一眼，姚氏的臉上則是淡淡的，沒有絲毫要跟曹姨娘爭苗頭的樣子，這實在不怎麼符合她的性格。沈鎮在心裡也感覺有些納罕。

聽到沈鎮的話，姚氏默不作聲，曹姨娘卻傻了眼，愣了一下，知道已經無力回轉，只好笑道：「那就煩勞大奶奶了，妾身給老夫人選完花樣就回去伺候大爺。」

曹姨娘的話雖然讓姚氏有些不順耳，好像沈鎮只是她的大爺似的，跟她這個正牌妻子都沒什麼關係了，不過她記住無憂告訴她的話，要示弱、示弱、再示弱。所以反而微微一笑，道：「妳放心，我肯定會把大爺安全地送回到妳房裡的。」
姚氏的這句話反而讓曹姨娘有些不好意思了，彷彿是她這個妾室在咄咄逼人似的，就連站在一旁的沈鎮都微微地蹙了下眉頭。坐在炕上的老夫人，此時說了一句公道話。「妳這話就說得過了，大爺是妳大奶奶的夫君，什麼叫煩勞她？幹什麼都是她應該的才是。」
曹姨娘趕緊訕訕地笑道：「是、是，老夫人教訓得是，是妾身一時說錯了話，大奶奶千萬不要見怪啊。」
聞言，姚氏卻淡淡一笑。「曹姨娘妳哪裡話，我不會見怪的。」說著，轉頭望了沈鎮一眼，眼光中似乎有一抹說不出的委屈，讓沈鎮的心猛地抽動了一下。
沈老夫人道：「好了，你們趕快去餵魚吧！雙喜，趕快把我選的那些花樣子都拿出來讓曹姨娘看看。」
「是。」雙喜應聲後，趕緊去找了。
「那媳婦告退了。」說了一句，姚氏便上前伸手扶住沈鎮的胳膊。幾個月了，這大概是兩個人離得最近的一次吧？沈鎮也並非無情之人，心中自然也是感慨萬千。姚氏更是不必說了，她生命的全部就是丈夫、兒子和銀子，其他的還真是入不了她的眼，心中早已經是柔腸百轉。
之後，沈鎮便由姚氏攙扶著走出沈老夫人的房間。步出房間後，春花一直都在二人身後不遠處跟著，保持著一點距離，畢竟大爺和大奶奶太久沒有單獨相處，想給他們一點空間，讓主子好和大爺能說幾句親近的話。可是，走了好長一段路，直到出了沈老夫人的院子，又穿過了一處迴廊，兩人都沒有說話，大概都不知道從何說起吧？

走著走著，眼看前面就要到往花園池塘而去的一條小徑，可是兩人卻並沒有任何想改變方向的動作。此刻，姚氏扶著沈鎮，朝那條小徑瞥了一眼，不過好像沈鎮並沒有過去餵魚的想法。這也罷了，其實剛才那曹姨娘說要扶沈鎮去餵魚也不過是個託詞罷了，沈鎮未必有這樣的想法。見沈鎮不說話，姚氏也就不提。

身後一直跟著他們的春花見狀，卻打心眼裡替主子著急，便趕緊上前去，對著沈鎮笑道：「大爺，您剛才不是說要去魚塘那邊餵錦鯉嗎？不如您和大奶奶先去，奴婢這就去尋了魚食過來給您送去？」

聽到這話，沈鎮先是蹙了一下眉頭，然後轉頭望著姚氏，不知道她會怎麼說？姚氏此刻回視了沈鎮一眼，見他不作聲，姚氏也沒有說話，心想——他是想讓她先開口嗎？換作以往她肯定是眉開眼笑地拉著沈鎮過去，可是今日她偏偏做了和自己性情不一樣的決定——就是沒有說話。

見兩位主子都不說話，春花趕緊陪笑道：「大爺放心，奴婢一會兒工夫就會尋了魚食過來的，保證不讓您和大奶奶久等。」

聞言，沈鎮見姚氏沒有說話，便緩緩地道：「不……」

這時候，姚氏立刻打斷了沈鎮的話。「不必了，大爺說的是要和曹姨娘去餵錦鯉。」

「奶奶……」聽到這話，春花是打從心裡為姚氏著急，恨不得趕緊捂住姚氏的嘴巴。

沈鎮聽了姚氏的話，覺得奇怪，在姚氏的臉上打量一刻，感覺今日的她怎麼一點都不像她呢？有些疑惑之際，沈鎮臉上沒有任何表情地道：「既然奶奶這麼說，那就不去了。」

姚氏心裡自然是有些失望，不過也沒有作聲。一旁的春花看到奶奶今日好不容易有這樣的機會，卻不知道好好把握，心裡著急之際，便越發地大著膽子又道：「大爺，奶奶這幾日一直都有熬冰糖梨湯，最適合初冬上火的人喝，奴婢看大爺的嘴唇上都有些乾了，不如去奶奶那裡喝上一碗可好？」

沈鎮這次沒有說話，朝姚氏的方向一瞥，大概已經有了想去的意思，無奈姚氏這時卻是連眼皮也沒有抬地道：「春花，妳的記性怎麼現在比我還差了？那梨湯是昨兒熬的，今兒根本就沒有熬新的，大爺怎能喝昨兒剩下的呢？大爺，不如改日妾身熬了新的再請大爺過去吧？」

聽到這樣的拒絕，沈鎮不免在春花面前有些訕訕的，心底很疑惑姚氏的改變，面上卻只點了下頭道：「也好。」

看到大奶奶如此行事，春花可皺緊了眉頭。

這時候，姚氏道：「大爺的腿不能這樣久立，不如讓妾身趕快送您回去吧？曹姨娘把大爺託付給我，您要是出了什麼岔子，妾身可擔待不起。」

聽了這話，沈鎮有些忍俊不禁，雖然姚氏嘴上這麼說，到底言語中是帶著酸意的。這樣的姚氏在沈鎮眼裡有些新鮮，不過面上卻是不動聲色，只說了一句：「那就依照大奶奶的意思，把我送回去好了。」

「是。」春花聽到這話，只能點頭稱是，趕緊上前也幫忙攙扶。

姚氏攙扶著沈鎮直往曹姨娘的住處，雖然心裡十分介意，但臉上到底還是淡淡的，沒有再說什麼。直到姚氏把沈鎮扶到曹姨娘臥室的門口，只見曹姨娘屋裡的丫頭跑了出來，看到沈鎮和姚氏趕緊福了福身子，道：「大爺，大奶奶。」

看到那丫頭，姚氏道：「妳來得正好，趕快把大爺好生地扶進屋裡去，給大爺倒茶潤潤嗓子。」

那丫頭立即上前代替姚氏攙扶著沈鎮，然後姚氏福了福身子，道：「大爺，妾身屋裡還有些事，就先回去了。」

見狀，沈鎮定定地盯著姚氏看了一眼，只見她今日打扮得非常素淡，青色的繡花小襖，外面是白色的棉褙子，下面是白綾裙子。頭髮梳的仍舊是高髻，只是髮髻上僅插著幾支銀簪子和一朵珠花，很是淡雅，和往日穿戴有些不同，看著倒也比往日更加順眼些。

雖然姚氏一開始在沈鎮的心裡並不是那麼十分心儀的人，但是自己一病這麼多年，姚氏也悉心侍候了十年，還給自己生育了兩個子嗣，再者就是這幾個月不見，心裡也惦念了。她放印子錢令自己兄弟丟了官的事情，他是十分氣憤的，可畢竟已經過去幾個月，再大的氣也差不多消了。再看看姚氏這幾個月也輕減不少，沈鎮心裡還是有些過意不去。不過姚氏現在卻不像以前那樣處處順著自己，反而有些拒自己於千里之外，而且又有下人們在，沈鎮一時之間也不好說什麼，只說了一句。「春花，扶大奶奶回去。」

一旁的春花見沈鎮看姚氏的眼神彷彿和前幾次的冷淡不太一樣，心裡剛有些希望，不想大爺這麼一說，愣了一下，只得點頭應道：「是。」

隨即，姚氏便退後兩步，然後一轉身，頭也不回地走出曹姨娘居住的小院，春花趕緊跟了過去。沈鎮望著姚氏的背影，直到她步出院子，扶著他的丫頭才提醒道：「大爺，外面冷，小心著涼，不如奴婢扶您進去吧？」

聽到這話，沈鎮才緩過神來，點了下頭，讓那丫頭攙扶著回去了。

這方，姚氏在前面自顧自地走著，春花趕緊跑上前去，不解地問道：「大奶奶，您今兒是怎麼了？往日咱們千方百計想找個您跟大爺獨處的機會都沒有，這次您倒好，一逕地把大爺往外推。」

姚氏這時也放慢腳步，說：「以前咱們什麼法子都試過，又能怎麼樣，他還不是不理會我？這次不如就死馬當活馬醫，置之死地而後生吧！」

春花不禁疑惑道：「奶奶，今日的事是不是二奶奶給您出的主意啊？」

「我現在已然沒什麼主意，也只能試試她的方法。不行不也就這樣了嗎？」姚氏說這話的時候有些頹廢的樣子。

春花也是個聰明人，偏頭想了一下，忽地恍然大悟道：「奶奶，二奶奶的意思是不是讓您對大爺……若什麼若什麼來著？」

「若即若離，欲擒故縱。」望著春花說不上來的樣子，姚氏扯了扯嘴角道。

「對、對，就是這個若即若離。奶奶，春花沒讀過什麼書，不過這個道理奴婢還是懂的。別說，也許這個方法能管用，男人就是不能太慣著。」

姚氏沒有再說什麼，不過心中只盼著這個法子有用就好了……

第五十二章

幾日後，百合和茯苓在同一天出嫁了，都是從沈家後門出嫁的。畢竟沈鈞才被罷官不久，為了不落人口實，都在後門接走新娘，儀式也不鋪張，很簡單地辦完了婚事。

雖然婚事並不隆重，無憂還是給這兩個跟著自己不怎麼久的丫頭準備了像樣的嫁妝。百合也就算了，嫁入沈言家，自然是吃喝不愁。倒是茯苓很讓人心疼，雖然周文鵬也算是有了一官半職，但畢竟家底薄，加上母親長年有病，俸祿銀子一時半會兒的也是難以為繼，所以無憂還給了茯苓一些銀子傍身。茯苓和百合自然是感激不盡，含著喜悅的眼淚出嫁。

這日早上，沈鈞和無憂洗漱後，用過早飯，便進來兩個婆子回事，之後無憂把她們打發出去，在一旁悠閒看書的沈鈞便笑道：「妳管家可是越來越順手了。」

聽到這話，無憂看了一眼坐在書案前的沈鈞，微笑道：「唉，我也是沒有辦法，老夫人非要趕著鴨子上架，現在真希望能有人來接我的手就好了。天天一起來就是領東西、領銀子、回誰家的禮什麼的，煩都煩死了。我現在可是連看醫書的時間都沒有，更別提出去騎馬了。」

「改日找個陽光和煦的天氣，我帶妳出去跑跑就是了。」看到無憂惋惜的樣子，沈鈞趕緊道。

「那你可記住你說過的話，不過怎樣也得等我弟弟的滿月酒過了再說。」無憂笑道。
正在這時候，連翹進來稟告道：「二小姐、姑爺，百合和茯苓來給二小姐和姑爺磕頭謝恩呢！」
無憂和沈鈞對視了一眼，笑道：「這也太快了吧？今兒他們才新婚三日，應該是回門的日子。」
「百合和茯苓說她們沒有娘家，就把這裡當作娘家，而且姑爺和二小姐也算她們的再生父母，便趕著過來給你們磕頭呢！」連翹笑道。
「那還不趕快請進來。」無憂笑道。
「是。」連翹趕緊應聲去了。
連翹走後，無憂笑道：「咱們今日有幸能看到一雙新娘子呢！看看嫁了人的姑娘是不是比原來更漂亮了。」
沈鈞卻是盯著穿鵝黃色褙子的無憂，很有深意地道：「我現在眼裡只有某人最漂亮，別人都入不了我的眼。」
聞言，無憂瞟了沈鈞一眼，心中雖然很喜歡他的甜言蜜語，臉上卻忍住得意地道：「我發現某人最近的嘴巴可是像抹了蜜一樣，專揀人家愛聽的說。」
「呵呵，我只是實話實說罷了。」手裡拿著一本書的沈鈞挑了下眉，自顧自地道。
沈鈞的話讓無憂抿嘴一笑，只見連翹帶著百合和茯苓走進來，無憂趕緊忍住笑，端正地坐在正座上，眼睛看到打扮得很標緻漂亮的百合和茯苓走進來。跟在後面的玉竹和春蘭拿了兩個軟墊過來，放在她們的跟前。只見穿著一身大紅色暗紋褙子、頭上戴著金釵步搖的百合，和穿著一身深粉色褙子、頭上戴著幾支華麗的鑲嵌寶石金簪子的茯苓雙雙跪倒在地，恭敬地道：「奴婢們今日已經出嫁三日，多謝二小姐和姑爺的再造之恩，奴婢們永生難忘，請受奴婢們三拜。」說完，只見她二人恭恭敬敬地磕了三個頭。

無憂趕緊笑著起身上前把二人扶起來，拉過她們的手，上下打量二人一遍。只見她們二人打扮穿戴、言談舉止，已經不能和以前同日而語，都看不出曾經是丫頭，現在一看也是個夫人娘子，遂笑道：「妳們的心意我和姑爺領了，不過以後妳們也都是夫人娘子，不必再說什麼奴婢奴婢的，以後妳們也都是主母，要有些威儀才是。」

茯苓有些臉紅地道：「二小姐，您可千萬別這麼說，什麼夫人娘子的，這可折煞了奴婢，要不是二小姐您，奴婢怎能有這段緣分呢！」

「是啊，二小姐，我和茯苓都是被人牙子轉賣的人，真真沒有想到會有今日。」百合也趕緊附和道。

無憂卻是拍了拍她們的手，笑道：「這都是妳們的命，我和姑爺也只不過是對妳們提攜一二而已。好了，趕緊坐下說話吧！連翹，看座上茶。」說完，無憂便轉身走回自己的位子上坐下來。

百合和茯苓對視一眼，二人不再推辭，在為她們擺好的繡墩上坐下來。稍後，連翹、玉竹也給她們上了茶水。二人雖然現在都是夫人娘子，不過對昔日的好姊妹仍是謙卑，連連向連翹、玉竹和春蘭等人道謝，絲毫沒有夫人娘子的架子。

隨後，百合笑道：「二小姐、姑爺，沈言陪奴婢來的，說前兩日就已經給二小姐和姑爺磕過頭，所以就沒有一起進來。」

坐在書案前的沈鈞這時道：「不錯，沈言已經給我磕過頭了，還非要進來給妳磕頭，讓我給攔下了。」

「都是自己人，不在乎這些虛禮。」無憂笑道。

茯苓也趕緊道：「二小姐、姑爺，相公本也想過來，只是皇上已經授予他官職，再過來多有不便，也怕會讓外人有不好的猜測，就讓奴婢過來給二小姐和姑爺請安。相公還說以後有用得著他的地方，只要二小姐和姑爺吩咐一聲就是。」

聞言，沈鈞問道：「周公子是不是被放了外任？」

說起這事，茯苓一臉的興奮，回答：「是。皇上授予了七品縣令，只是得前往千里之外的泉州上任。」

「泉州？是有一千多里呢，是不是離大理不遠啊？」無憂笑道。這一放外任可是夠遠的，差不多都要到現代的雲南了。

「妳說得沒錯。」沈鈞對無憂點點頭。

這時候，茯苓繼續說：「授職文書一下來，估計過不了幾日就要啟程了。二小姐，奴婢就要跟著相公上任了，不如這幾日就讓奴婢在您跟前再侍奉幾日吧？」說著，茯苓的眼睛有些微紅。

看到茯苓一臉的真誠，並不是假意奉承，無憂擰了下眉頭道：「我這裡妳不用介懷，倒是妳這一走，妳母親可怎麼辦？妳還是趁著這幾日先把她老人家的事情安排妥當為好。」

聽到主子如此體諒，茯苓說道：「我母親的身子現在還好，尤其是我嫁給相公之後，我哥嫂那裡又和從前不大一樣，對我母親侍奉得也周全。等我走了之後，會按時差人送銀子過去的，大概我母親也沒什麼事，等過幾年，我怎麼也得回來看看的。」

聽了這般安排，無憂說：「那也好，妳放心，我會讓旺兒按時過去瞧瞧，我料想妳那哥嫂也不會差太多。」

「謝二小姐周全。」茯苓低首道。

望著二人面色紅潤，眉眼間也帶著幾分喜色，無憂笑道：「看到妳們的笑容，我就知道妳們的姻緣自是不必說了，看到妳們能這樣我也欣慰，尤其是茯苓以後在外面要多多留意，百合也幫著沈言的娘料理好家事才是。」

「是。」百合和茯苓趕緊應聲。

又坐著說笑一會兒，百合和茯苓不敢叨擾過多，便起身退下去。起初一起當差的姊妹自然還有貼心話要說，無憂也不管她們，把她們都打發下去說悄悄話了。

丫頭們都下去後，一時間，屋裡只剩下沈鈞和無憂兩人，沈鈞放下手中的書本，起身走到無憂面前，道：「妳的這兩個陪嫁丫頭，搖身一變就成了官夫人。」

聽到這話，無憂一笑，道：「是啊，我卻成了沒有官的夫人了。」

他的手撫著她的肩膀，眉頭一抬，說：「妳要是喜歡，我馬上再請命上戰場，肯定能給妳掙個誥命夫人回來的。」

看他說得彷彿挺認真似的，無憂道：「算了吧！我還是喜歡能夠天天看到你，讓你天天陪著我來得好。」

聞言，沈鈞笑道：「這就更好說了，反正我現在是無官一身輕，可以時時刻刻都陪著妳，只是妳好像很忙，都沒有空搭理我。」

「我能有什麼辦法？天天讓這些家事忙得我暈頭轉向，真希望老夫人能夠把這擔子再交回給大嫂就好了。」無憂抱怨道。

「這個好像有些難。經過上次的事情母親是不會再讓大嫂管府裡的事了。而且妳管得這麼好，母親也沒道理再從妳手裡把管家權拿回來給大嫂。」沈鈞蹙著眉頭說。

「唉……」聽到這話，無憂嘆了一口氣。

看到她嘆氣的樣子，沈鈞一笑，手指在她的肩膀上一邊摩挲一邊道：「這兩日我看到沈言越來越意氣風發，那個嘴巴都笑得合不攏呢！」

聞言，無憂笑道：「那是當然的，小登科嘛，而且百合又是個絕色美人，沈言更是美滋滋的了。」

聽了無憂的話，沈鈞攬著無憂的肩膀，仰頭道：「唉，看看人家沒幾日就做了新郎官，然後就很有精神得彷彿換了個人一樣。」

無憂抬頭望望沈鈞，笑問：「怎麼，很羨慕人家做新郎官嗎？」

「嗯。」沈鈞很自然地點點頭。

聽到這話，無憂笑道：「那還不簡單？要不要我幫你物色一、兩個貌美的，給你做偏房啊？」

沈鈞眨了眨眼睛，道：「妳不早說，現成一個傾國傾城的大美人嫁給沈言了，妳還能找到什麼貌美的呀，還是算了吧！我就一輩子守著妳這個相貌平平的好。」

「好像你還挺委屈似的？」無憂不滿地道。

「哪裡有委屈？我是榮幸之至！」沈鈞把最後四個字說得很重。

聽到這話，無憂一笑，便枕在他的胸膛前說了一句。「那還差不多。」

他攬著她的肩膀，下顎抵著她的額頭，來回摩挲著。兩個人很久都沒有說話，但都能聽到彼此的心跳聲，感受到彼此的呼吸。外面雖然已經是很冷的冬日，屋子裡卻暖如春天，兩個人的臉頰都有些微紅，大概是血液循環太過暢通了吧？許久之後，無憂只感覺耳邊一陣噴灑的熱氣襲來，他的嘴唇已經在她的耳邊，輕輕地親了一下後，帶著某種渴望的氣息喃喃地問：「都已經這麼久了，我是不是也可以小登科了？」

「啊？」當她聽清楚他的問話時，明顯地一怔，然後臉頰緋紅，根本都不敢抬頭看他了，心卻是怦怦直跳，心想——他這話是什麼意思啊？是開玩笑，還是當真的？她和他這幾個月以來雖然感情極度升溫，但兩個人卻發乎情、止乎禮，像今日這般直白的話也是第一次說，所以讓無憂的心裡很慌亂。眼看又要過年，她和他成親也快一年的時間，是不是也該和他修成正果了？

沈鈞低頭看無憂那含羞帶怯的表情，便笑著推開她的肩膀道：「啊什麼啊？跟妳開個玩笑，妳還當真了？」

一聽這話，無憂卻是不幹了，伸手打了他兩下，氣惱地道：「討厭！你就知道逗弄人。」

「好了、好了，都是我的錯，行了吧？」最後，沈鈞只得抓住她的兩隻手腕。

感覺手腕一緊，無憂咬了下唇，只好作罷，不過卻是心緒難平，心裡卻在想——他真的是在開玩笑嗎？還是已經有些等不及了？要說也是，估計在這個世界上，沒有哪個男人肯跟自己玩這種遊戲。不，也許還有一個，那就是秦顯。秦顯？好久都沒有想起這個人，無憂忽然產生了一股莫名的情緒，不知他怎麼樣了？他和蘭馨過得是否還好？

看到無憂呆愣了半晌，沈鈞有些緊張地問：「怎麼了？在想什麼？不會是真的生我氣了吧？」

「喔，沒什麼，忽然想起一件事來……等我一下。」無憂趕緊平復心情，轉身走到櫥櫃前，打開後從裡面拿出一個很精緻的盒子。

「這是什麼？」沈鈞看到無憂手中那個黑漆描金盒子問。

無憂便把那盒子放在八仙桌上，伸手打開蓋子後，只見鋪著紅布綢的盒子裡躺著一只做工精細，分量也十足的金項圈，上面刻著雲紋和長命百歲等字樣，一看就是很好的東西。

「金項圈？」沈鈞疑惑地問道。

「嗯，這是我為弟弟滿月準備的，你看好不好？到時候就說是你這個姊夫特地請人去打造的。」無憂點頭笑道。

聽到這話，沈鈞笑道：「還是賢妻想得周到，等過幾日小舅子的滿月酒，我陪妳一起回去。」

「嗯。」無憂點了點頭。

幾日後，沈老夫人、姚氏、無憂和沈鈞一起乘幾輛馬車，一路來到薛家恭賀弄璋之喜。沈老夫人、姚氏等都送了像樣的賀禮，薛家人自然是高興萬分。這一日，薛家大門口也是來往賓客絡繹不絕，雖然薛金文已經四十多歲，但這可是第一次得嫡子，所以這滿月酒就格外隆重些。

廳堂之上，眾位德高望重的老夫人都坐在椅子上，年輕一些的媳婦、小姐則是站立著。朱氏抱著懷裡剛剛滿月的兒子歡喜地站在大廳中央，她身後的平兒端的托盤裡放滿了金鎖片、長命鎖、金手鐲和紅包等物件，都是來恭賀的賓客送的。今日朱氏也穿了大紅色繡著彩雀的褙子，額上戴著貂皮套，高高的髮髻上戴著五鳳鑲嵌寶石的簪子，格外的雍容華貴，再加上剛剛生產過，身體豐腴些，心情也很好，可以用滿面華光來形容。還有那懷裡的小嬰兒，白白嫩嫩的，來往的賓客無不誇讚。

「大奶奶，這小公子長得真像薛大爺呢！唉，這觀音菩薩真是保佑您啊，雖然公子來得晚了些，可是能這樣遂心真的讓人歡喜。」姚氏在一旁嬉笑奉承著。

朱氏自然也是高興不已，不過仍舊低頭看了一眼懷裡的嬰兒，笑道：「只要孩子壯實聽話，我也沒有別的所求了。」

「壯實聽話那是一定的，您看看這小公子相貌堂堂，以後肯定會有大出息的。」姚氏笑道。一旁的幾個賓客也都隨聲附和，坐在正堂上的薛老太太更是笑容滿面，臉上的皺紋更加地深了。

一直站在角落裡的李氏，臉上卻沒有多少表情，眼睛看到抱著孩子的朱氏和平兒手裡那個盛滿了金飾和紅包的托盤，還有那眾人的笑臉，她的心裡別提有多酸楚了。本來她仗著自己生了薛家唯一的男丁，在薛家多少是有些地位，可是自從那朱氏生了公子以後，她在薛家就更不受待見了，尤其是她和薛義的處境也變得非常尷尬。所以薛義也是坐在一旁，甚少言語。

站在薛老太太跟前的無憂，眼睛一掃，李氏和薛義的表情盡數落在她的眼中，這倒不奇怪，換作是誰也會失落的。不過，今日怎麼沒看到薛蓉呢？難道是因為上次的事情沒臉見人？現在整個薛家可是都知道那周文鵬已經娶茯苓為妻，據說李氏和薛蓉氣得不得了，不過也是乾著急沒有辦法，也無處發洩。

不多時，忽然一個穿著嫩粉色衣裙的人影悄然從大門裡走進來，頭髮梳得低垂，一支鑲嵌著珍珠的步搖在耳際搖搖晃晃，臉上略施薄粉，脖頸處微微露出一抹雪白肌膚，和這寒冷的天氣有些不稱。看到這情景，無憂不禁擰了下眉頭，心想——今日薛蓉怎麼打扮得如此妖嬈？按理說這滿月酒她們肯定是不屑一顧的，而且才經過那狠狠的一挫，她怎麼還有心情如此打扮出來招搖？無憂不禁在心中產生了疑問。

正在這時候，身後的連翹上前在無憂的耳邊低聲說了一句。「二小姐，今兒那個李大發也來了。」

聽到這話，無憂一怔，心想——這個李大發自從上次的事情後，不僅祖母和爹嫌了他，他自己的腿也一瘸一拐的，不願意過來現眼，便很少來往了。今兒是怎麼了？竟然自己巴巴地跑來，難道只是想巴結他們薛家？

正當無憂疑惑的時候，眼角餘光就看到薛蓉接過丫頭手裡的托盤，那托盤裡放著幾杯茶水，她便幫忙給賓客送茶水。薛蓉還特意為坐在一旁的沈鈞遞過一杯茶水，而且還有意地多看兩眼，好像還說了一、兩句話，只是沈鈞並沒有想和她說話的意思，那薛蓉就有些失落似的。

看到這裡，無憂似乎感覺哪裡有些不對，可是又說不上來。低頭想了一下，轉身把連翹叫過來，低聲吩咐道：「妳去讓沈言盯住那個李大發，讓玉竹盯著蓉姊兒，看看他們是不是有什麼陰謀。」

聽到這話，連翹來不及多問便趕緊去了。

無憂回到薛老太太身邊後，薛老太太拉著無憂的手道：「剛才妳還在，這會兒是去哪裡了？」好久不見孫女，薛老太太的臉上盡是喜悅之色。

「祖母，孫女去外面看看酒席準備好了沒有？」無憂笑道。

「那些事情妳爹都已經交代人去做了，妳今日是嬌客，只管吃好就行，不用多管那些。」薛老太太道。

「是。」無憂趕緊點頭。

隨後，薛老太太道：「我看姑爺對妳挺溫柔體貼的，怎麼嫁過去眼看快一年了，妳還沒有動靜？」問這話的時候，薛老太太的眼睛朝無憂的肚子上一掃。

薛老太太的眼光讓無憂的臉一下子就紅了，有些扭捏地道：「祖母，孫女不著急。」

聽到這話，薛老太太卻有些不滿意地道：「什麼不著急？妳這是說的什麼話？妳和姑爺歲數可都不小了，本來成親就晚，更應該抓緊才是。再說沈老夫人可也是眼巴巴地盼著呢！」

這時候，沈鈞走了過來，聽到薛老太太的話，看到無憂有些羞赧的樣子，他卻是十分大方地道：「祖母放心，我和無憂會抓緊的，明年就讓您抱上重外孫。」

聞言，薛老太太滿意地哈哈大笑。「好、好。」

無憂聽到這話，薛老太太的笑聲又這麼大，她滿臉通紅地白了沈鈞一眼，小聲嗔怪道：「你在胡說什麼呢？」

「我哪裡在胡說？我說的都是真話。」沈鈞笑著小聲道。

「不理你們了。」無憂一跺腳，轉身朝後堂走去。沈鈞見狀，對薛老太太一作揖，道：「祖母，我失陪了。」

「去吧、去吧！」薛老太太笑著揮了揮手，沈鈞便尾隨著無憂而去。

這時候，李氏和薛蓉走到薛老太太跟前，薛老太太對李氏笑道：「剛成親的小倆口都是這樣，一時誰也離不開誰。」

薛蓉很不屑一顧，眼眸中帶著羨慕嫉妒的光芒。李氏則瞥了一下後堂，道：「老太太，咱們家二姑奶奶嫁過去也快一年了吧？怎麼這肚子還沒有動靜呢？」

「到底也還沒有一年，這種事情急不來，說不定明年就能一舉得男了。」薛老太太卻是充滿希望地道。

聞言，李氏只得道：「希望能如老太太所言。」

午宴時分，男客們在外廳入席，女客們則在後堂內的花廳入席。一時間，敬酒的、傳菜的、說笑的，可以說人聲鼎沸，好不熱鬧。

李氏和薛蓉坐在一桌很不顯眼的角落裡，連李氏都沒有平時那般愛說笑、好熱鬧了，眾人都以為是大奶奶生了嫡子，她有些失落，也都不在意。不一會兒的工夫，薛蓉就先行悄然離開宴席，不一刻後，李氏也悄悄地退出花廳。

和薛老太太、朱氏、沈老夫人以及姚氏等坐在一桌的無憂，冷眼看著李氏和薛蓉今日的舉動確實有些和往常不一樣，而且簡直可以用鬼鬼祟祟這個詞來形容。她嘴角扯了一下，心想——以她對這兩人的瞭解，她們肯定又在蓄謀什麼事了，不過先由她們去吧，一會兒再打算。

薛蓉在一道屏風前站定，左右張望了一下，見四處無人，便兩隻手互相搓了一下，好像很緊張的樣子。只見李氏慌裡慌張地跑過來，也是四下看了一會兒，見沒有什麼人，才輕聲對薛蓉道：「蓉姊兒，我的心裡怎麼跳得這麼快啊？這事咱們是不是再想想，我總感覺有些不妥啊！」

看到娘如此猶豫不決，薛蓉卻很堅決地道：「還想什麼？這個機會可是千載難逢，以後想如此也沒有機會了。」

「可是……」李氏仍有些拿不準的樣子。

薛蓉卻不耐煩地問：「東西拿到了沒有？」

「拿到了。」李氏從袖子中掏出一個小瓷瓶，放到薛蓉的手中，道：「妳表哥剛才偷偷塞給我的，說這種香氣叫迷情香，只要讓人吸入一丁點就會動情，要咱們小心使用。」

「嗯。」薛蓉伸手拿起那個小瓷瓶，低頭看了一眼，又問：「您吩咐表哥按照咱們的計劃行事了沒有？」
「吩咐了。」李氏連連點頭。
薛蓉又囑咐李氏。「記住，按照咱們的計劃行事，一步也不能錯。」
李氏和薛蓉走了之後，從旁邊的牆角處閃出一個穿著墨綠色比甲的身影，剛才的話她全部都聽到了。望著她們離去的背影，眼中不禁顯現出憤恨的眸光，心想——怪不得二小姐讓自己盯著這對母女，原來她們真的是有陰謀。隨後，玉竹便趕緊轉身也回了後堂……
外廳宴請的都是男客們，薛家的家人、親屬，薛金文的同僚、朋友等也有十來桌，身為貴婿的沈鈞自然是和岳父坐在同一桌。沈鈞雖然現在沒有官職，但畢竟出身高門，兄長還有侯爵的爵位，宮內還有姊妹伺候在皇上身邊，一般人也是不敢小看的，所以有好多客人來敬酒。
這些人畢竟都是薛家的親朋，沈鈞雖然不喜歡這種應酬，看在岳父家的面子上也不得不應付，可是幾十個人都來敬酒，他不由得就有些喝高了。待到酒席進行到一半的時候，沈鈞便有些不勝酒力了。
一旁的薛家人趕緊道：「大爺，姑爺有些醉了，不如扶到客房去休息一下？」
薛金文自然是連聲應道：「對，趕快扶姑爺去客房休息一下。」
沈言一直都跟在沈鈞的身邊，他趕緊扶著已經有些醉意的沈鈞，這時一個丫頭過來領路道：「請跟我來吧！」

只見那丫頭在前面七拐八拐地走到一間客房前，沈言看了那角落裡的房間一眼，不禁問：「為什麼不去二姑奶奶原來的閨房休息？」

帶路的丫頭回答道：「二姑奶奶的閨房在後院，這裡還近些，不如就讓姑爺在這裡歇息片刻。」

「嗯。」沈言聽了，點了點頭，那丫頭便打開客房的門。沈言扶著沈鈞走進去，在那個丫頭的注視下，沈言把沈鈞安置在床上，然後就放下碎花花布的床幔。

隨後，沈言轉身朝屋外走去，臨出門前，朝這間屋子的後窗掃了一眼，並沒有讓那丫頭察覺。沈言出來後，直奔前廳的宴席，只見宴席上仍舊人聲鼎沸，賓客們喝得正酣暢。沈言眼眸朝眾人一掃，銳利地便找到那個正在喝酒，並且笑得滿臉橫肉的人，見他也是喝得臉紅脖子粗的，沈言朝旁邊的小廝使了個眼色，那小廝便會意地點了點頭。之後，沈言便趕緊轉身又去往客房的方向。

沈言回到客房前，觀察了一下四周，並沒有任何的人和動靜，便快速地推門而入。一刻後，客房的後窗被人推開，只見一道藍色身影扶著一個黑色身影跳窗而出。

剛才領路的那個小丫頭從客房出來後，便趕緊跑到後宅的李氏跟前報信，那李氏打發了那個小丫頭後，對著薛蓉使了個眼色，薛蓉會意，轉頭對身後的丫頭綠柳道：「陪我去小解。」

「是。」綠柳跟著薛蓉去了。

主僕二人到了茅廁前，薛蓉稍稍張望一下，見四下無人，便從衣袖中把一個小瓷瓶拿出來，悄悄地塞到綠柳手中，低聲道：「小心一點，別讓人發現了。」

低頭望了一眼手中的小瓷瓶，綠柳雖然很緊張害怕，但這件事到底昨兒已經交代好幾遍了，她便捏住那小瓷瓶，點頭道：「嗯。」

「去吧！」薛蓉的眼神很堅決地道。

綠柳便趕緊地去了。薛蓉望著綠柳離去的背影，眼神中充滿了堅定和陰狠，心想——她這輩子的命運和幸福可就在今日這一舉了，希望菩薩保佑她能夠順利地完成這個計劃。她知道憑她的家世和機遇，這輩子是不會有一門多風光的親事，既然如此，那就不如搏一搏，嫁給自己喜歡的男人。自從第一眼看到沈鈞的時候，她就被他英氣威武的風采迷倒了，當時她對無憂就更加地憤恨，憑什麼無憂一下子就能嫁得這麼風光，還是如此英俊瀟灑的男人？雖然這次的計劃只是嫁過去做妾，但這只不過是萬里長征的第一步，只要有了這一步，不愁以後有第二步、第三步了。

綠柳一路小心翼翼地來到客房前，左右張望了一下，見四周並沒有人，悄悄推門而入，看到床幔垂落著，裡面還傳出男人的酣睡聲。她走到床前，手有些發抖地從衣袖中掏出剛才薛蓉交給她的那個小瓷瓶，打開蓋子，屏住呼吸，手腕伸入床幔的縫隙，把小瓷瓶裡的東西都倒入床幔中。倒完後，她收起那小瓷瓶，迅速地退出房門外。出來後，見四下仍舊無人，才慌慌張張地跑走了。而這一切都落在屋頂上沈言的眼中……

這方，沈言把沈鈞扶進無憂的閨房中，春蘭早已在裡面接應，沈言便趕緊去盯著那邊。春蘭把沈鈞安置在無憂出閣前睡的床上，沈鈞有些暈乎乎的，睜開迷茫的醉眼，見是春蘭，便問了一句。「這是哪裡啊？」

「回二爺的話，這裡是二奶奶做閨女時的閨房。」春蘭笑吟吟地道。

「閨房？不是客房嗎？怎麼又跑這裡來了？」沈鈞的手摸著自己的頭道。

聽到這話，春蘭笑道：「反正一切都是二奶奶吩咐的，橫豎您一會兒問二奶奶就是了。」

聞言，沈鈞才點了下頭，道：「她還沒忙完嗎？忙完了讓她趕快過來。」醉意朦朧的他，現在真的非常想念他的嬌妻，如果現在能抱著她入睡，那就太好了。

「是，二爺的話奴婢一定傳到。」春蘭福了福身子，便退了出去。

好像又沒了動靜，沈鈞便閉上沈重的眼皮……

不知道過了多久，忽然感覺耳邊似乎有些聲響，再就是自己的肩膀有些沈，彷彿有什麼東西壓住自己的手臂似的，沈鈞不禁在夢中囈語一聲。「嗯？」

「你不是說讓我早點過來嗎？怎麼我來了，你卻睡得這樣沈？」隨後，耳邊便傳來那如同清泉一樣好聽的聲音。

忽然聽到耳邊的聲音，沈鈞的眼眸一睜，依稀看到一張俏麗的臉龐就枕在自己的手臂上，巧笑嫣然，眼眸中還帶著一抹調皮。看到想念的她，他不禁眼眸一瞇，嘴角扯出溫柔的笑意，問：「妳都忙完了？」

「算是吧！我畢竟是已經出嫁的女兒，所以萬事點到就好，不需要太過操心的。」無憂笑道。

「那就是說可以陪我睡覺了？」說著，沈鈞的大手一攬，無憂的整個身子便靠向他。他的話帶著某種歧義，讓人有其他的聯想，而且她的身子現在算是緊緊地貼著他的，雖然因冬日而穿得厚重，還是讓她有一抹灼熱的感覺。她不由得臉頰一紅，啐道：「胡說些什麼呢？」

「怎麼胡說了？就是想摟著妳睡。」說罷，沈鈞的雙臂便摟著懷裡的佳人閉上眼眸。抬頭一望，只見他閉著眼睛，一副很滿足的樣子，無憂不禁伸手去碰觸他的臉頰，而他沒有再睜開眼睛，任由她的手指在他的臉頰上摩挲。不久，帶著醉意的他竟然真的呼吸勻稱。看到他真的進入夢鄉，無憂的嘴唇扯了一扯，眼睛雖然看著眼前人的臉頰，心卻已經飛到別處，心想——這個時候大概一切也差不多要塵埃落定了吧？

沈鈞迷迷糊糊地睡了好大一會兒，忽然耳邊傳來模模糊糊的人群躁動的聲音，他不由得挑了一下眉頭，不過仍舊沒有醒來，只感覺懷中的軟玉溫香還在，他十分滿足地扯了下嘴角。

躺在沈鈞懷中的無憂一直睡意全無，看到沈鈞動了一下，她便蹙了下眉頭。因為剛才外面的聲音她也聽到了，心中其實早就盤算過，這個時候大概一切都塵埃落定了……本來，她還留有餘地的，其實只要薛蓉臨時改變主意，不去那個房間，那麼也就沒事了。看來薛蓉終究是敵不過心魔，一切該發生的還是發生了。雖然薛蓉和李氏這些年來沒少給她和朱氏使絆子，不過現在知道薛蓉一個如花似玉的大姑娘就葬送在李大發那樣的人手裡，她的心裡還是有些惋惜。

不多時，外面的嘈雜聲彷彿又高了一些，無憂不禁想——看來事情已經鬧大了。

這時候，沈鈞已經被吵醒了，他睜開惺忪睡眼，看到無憂正望著他，不由得蹙了下眉，問：「外面怎麼回事？怎麼這麼吵啊？」

無憂當然不想讓他知道今日之事，便笑著安撫道：「沒事，好像是下人們做錯了一點事情。你先在這裡休息，我去看看就回來，好不好？」她的語氣像在哄孩子似的。

聽到這話，沈鈞點了點頭，很滿足於她的語氣，說：「那妳可得快去快回。」

「嗯。」點頭後，無憂為他掖了下被子，便轉身下了床，整理一下衣服，打開門走了出去。

走出門後，只見連翹迎了上來，笑道：「二小姐，您是不是被吵醒了？」說著，她朝前院的方向望了一眼，因為這個時候前院還在吵吵嚷嚷。

無憂微微一笑，瞥了一眼前院，輕描淡寫地問：「事情怎麼樣了？」

「都如二小姐所料，現在他們人都在前廳裡。賓客還沒有送完呢，結果就鬧了這麼一齣，大爺的臉可是都丟盡了，這下子還不得整條街都知道了？」連翹的臉上露出一抹幸災樂禍的表情。

「那咱們也去看看。」無憂的臉上沒有什麼表情，說了一句，便邁步朝前院走去。

一路上，未來得及走的賓客還有下人都站在一旁議論紛紛，無憂淡淡瞥過，走到薛家大廳前，只見門前已經圍了好多看熱鬧的人。無憂提著裙子走進去，只見薛老太太和薛金文一臉鐵青地坐在正座上，朱氏和李氏站在一旁。地上跪著一個膘肥體壯的男子，那個人不用看也知道是李大發，薛蓉此刻卻是披頭散髮地由兩個丫頭扶著，看得出臉上早已經哭花了，一副悲痛欲絕的樣子。

半晌寂靜之後，薛金文怒氣沖沖地狠狠拍一下桌子，無憂長這麼大還真沒見薛金文臉色這般難看過！也是，自己未出閣的女兒竟然被人染指，而且大庭廣眾之下好多人都知道了這件事，他的臉的確是沒處擱了。

「李大發！我薛家到底和你有什麼仇，你幾次三番的要來害我的女兒？她……蓉姊兒可是你的親表妹，你真是畜生不如！」薛金文指著哭得已經沒有眼淚的薛蓉氣憤地斥責著。

這時候，李氏看著自己如花似玉的女兒竟然被折磨成如此模樣，不禁也是怒火中燒，直接走到那李大發的面前，氣急敗壞地伸手對著那肥頭大耳就是一記響亮的耳光，罵道：「大發，蓉姊兒可是你的親表妹，你這樣以後讓她怎麼見人啊？怎麼……怎麼事情成了……這樣？」她都不明白明明客房裡睡的不是沈鈞嗎？怎麼現在卻成了李大發睡了自己的女兒？雖然是一頭霧水，但是話問到一半也是不能問出口，簡直就是啞巴吃黃連有苦說不出。

「嗚嗚……我不要活了！啊啊……」薛蓉由兩個丫頭扶著真是欲哭無淚了。她明明讓她的娘把一切都準備好了，為什麼事情會發生這樣的變故？明明伺候自己的小丫頭把沈鈞領到客房裡休息，為什麼她進了那房間後，裡面躺的人卻是她的表哥李大發呢？這到底是怎麼回事？剛才她經歷了一場非人的折磨，想想自己如花似玉冰清玉潔的身子，竟然被李大發這樣的人玷污去了，一向心高的她此刻真的是想死的心都有了。

對姑母的斥責和打罵，李大發倒是一臉鎮靜，他連連磕頭，求饒道：「姑父、姑母，一切都是大發的錯。你們打大發、罵大發都可以。至於表妹，她的事大發會負責到底的。」最後，李大發轉頭望了一眼披頭散髮的薛蓉。說實話，事到如今，李大發心裡也很是費解，怎麼事情會到這一步？只記得今日他喝多了一點，起身去小解之際，不知怎的就不省人事了。然後他也不知道怎麼就跑到一張床上去睡覺，直到身上火熱地醒了，才發現事情彷彿有些不對。可是這個時候，便看到表妹衣衫不整地來到他的床上，本來他就是個酒色之徒，又是在這種情況下，他怎能忍得住呢？所以只能把表妹給……別說表妹可真是個尤物，而且還是個黃花大閨女。辦完事之後，他心裡就有了想法，那就是可以趁這個機會娶表妹為妻。一開始，他是想娶薛家二小姐為妻的，可是沒想到弄得雞飛蛋打。而表妹的美貌也是他一直覬覦的，只是之前苦於不敢下手而已，不過現在表妹可是他的人了。

「負責？你要怎麼負責？蓉姊兒一個冰清玉潔的姑娘，你負得起這個責任嗎？」薛金文怒斥道。

這時無憂悄然地坐在一旁的椅子上，心想——看來這個李大發精明得很，他是想娶薛蓉為妻吧？只是薛蓉願意嗎？不過如果她不願意，以後的日子也是沒人敢要她的，除非她也就是找個販夫走卒做丈夫了。

李大發趕緊跪著上前爬了兩步求道：「姑父，大發到現在還沒有妻室，不如就讓我娶蓉姊兒為妻。姑父姑母放心，我以後肯定會好好對待蓉姊兒的！」

一聽到這話，薛蓉卻是異常激動，她哭泣道：「我不要活了！讓我去死！」說著，便要往大廳的柱子撞頭，幸好一旁的兩個丫頭和李氏趕緊攔住她，可她仍舊是要死要活的。這也難怪，畢竟李大發要家世沒家世、要人品沒人品、要長相沒長相、要才學沒才學，而且還是個無賴，別說一向眼高於頂的薛蓉，就是一般的女兒家讓她嫁給這樣的人也是比死更難受了。

看到薛蓉尋死覓活的，薛金文畢竟心裡難受得緊，便大聲地喊道：「興兒！興兒！」

「大爺？」興兒趕緊上前聽候吩咐。

「報官！馬上給我報官！」薛金文怒火中燒地吼著。

興兒一個是字都還沒說出來，一旁的李氏便趕緊攔住興兒。「且慢。」

看到李氏出來阻撓，薛金文知道她平時很護著她的姪子，便用陰鷙的眼神瞥了她一眼，厲聲問：「難道這個時候妳還要護著妳這個畜生姪子不成？」

李氏趕緊解釋道：「大爺，妾身再怎麼疼大發，也不會不顧自己女兒的死活，今日的事情實在……是不能報官的。」

「不能報官？難道就這樣饒了這個畜生不成？還是正如同他所說，要讓我的女兒嫁給他這樣的畜生？」薛金文可是一點都看不上這個李大發。

「這……」李氏看看大廳外站著好多人，感覺有些話是說不出口的。

這時候，一直沈著臉沒說話的薛老太太發話道：「興兒，你去把所有今日來咱們府上給咱們道喜的親朋好友都送出府去。還有讓所有下人該忙什麼忙什麼去，跟前有主子貼身的幾個人伺候就行了。」

「是。」興兒聽了這話，趕緊應聲去了。

一時間，大廳外駐足的人也幾乎都走了，剛才在大廳裡伺候的婆子丫頭們也都散了。大廳內，只有幾個正主子和幾個平時貼身伺候主子的丫頭們。

見四下都是自己人，李氏才道：「大爺，這官是萬萬報不得，這要是一報官，蓉姊兒和咱們薛家的臉面可就都丟盡了。」

「現在還沒有丟盡嗎？現在整條街大概都知道這件事了，我明兒可怎麼去衙門？我這張老臉也都不用要了。」說著，薛金文伸手打了自己的臉頰兩下。

看到薛金文如此激動，李氏只能屈膝跪在地上，哭泣地求道：「大爺，我是個做娘的，出了這樣的事，我心裡自然是再難過不過了。蓉姊兒可是我寄予了最大的希望，我不惜花光了私房錢，從小就給她請老師教導琴棋書畫，真是把她當作手裡的明珠一般，就盼著她以後能有好前程，嫁個好人家。可是現在……唉，這都是命啊！人看來到底是不能和命爭的。就算是報了官，大發被囚幾年，咱們的氣是出了，可是蓉姊兒呢？蓉姊兒可怎麼辦？誰還會娶一個失了身的女人？難道真的讓蓉姊兒一個人孤老嗎？」

「家裡總有蓉姊兒一口飯吃的。」薛金文固執地道。

「可是一個女人一輩子住在娘家，身邊一個子女也沒有，她怎麼活啊？將來是要依靠誰呢？嗚嗚……」說著，李氏竟然痛哭流涕起來。

李氏的話讓薛金文一陣沈默，她說得也是有道理，當初無憂碰到這事的時候，他們也是這樣想的，更何況今日之事李大發已經做成了，蓉姊兒已經是李大發的人，只是面子上依舊落不下來罷了。

「金文，金環說的也有理，這事還要從長計議。」最後，薛老太太發話道。

聽到祖母和爹娘都有讓她嫁給李大發的想法，薛蓉馬上情緒激動起來，披頭散髮地喊道：「我死也不要嫁給他！死也不要！」

看到女兒如此，薛金文心焦，李氏哭泣，好在薛老太太比較冷靜，趕緊喊道：「妳們都是死人啊？趕快把蓉姊兒扶到房間裡去休息。」

「是。」隨後，幾個丫頭攙扶著發瘋的薛蓉出了大廳。

薛蓉被攙扶出去之後，薛金文氣憤地伸手便把一旁桌上的茶碗打翻在地，碎瓷片和茶水灑了一地。隨後，薛金文指著那跪在地上的李大發道：「來人，給我亂棒打出去。」說罷，便拂袖而去。

「大爺……」李氏哭泣地喊道。

朱氏見狀，趕緊跟了過去。

這一邊，幾個小廝聽到命令，拿著棒子過來要打那李大發。李大發見狀，已經嚇得魂飛魄散，要知道他現在有一條腿已經瘸了，再不能瘸了另外一條腿。於是，他便騰地從地上站起來，一瘸一拐地往外跑著，雖然跑得快，但到底也是挨了幾棒子，外面很快便傳來鬼哭狼嚎的聲音。

無憂見狀，只得吩咐一旁的丫頭道：「趕快扶二奶奶回房去。」

「是。」一旁的丫頭趕緊扶走哭泣不止的李氏。

無憂走到薛老太太跟前，道：「祖母，您也累了大半天，不如讓無憂扶您回去休息吧？」

「也好。」薛老太太連氣帶累的，確實已經體力不支了。隨後，便由無憂攙扶著回房了。

送薛老太太回房休息後，無憂囑咐了一旁的丫頭細心服侍著，便出了薛老太太的房間。一出來，只見連翹正在外面等著自己，眼角還帶著一抹快意。

看到這裡，無憂低聲對迎上來的連翹道：「妳把妳那歡喜勁頭收一收吧！讓別人看到還想著咱們多高興呢！」

「是，奴婢今兒也算是狠狠地出了一口惡氣。再說這事也不能怪咱們，誰讓他們算計人呢！而且竟然下作地想出那樣的主意，還多虧了二小姐您觀察入微，早早地發現了他們的陰謀，要不然現在不痛快的可就是咱們了，那樣的話您和姑爺在這個家裡還不是臉丟大了啊。」連翹道。

聽了連翹的話，無憂想想也是。李氏母女有今日的結果是她們咎由自取，她也是出於自保而已，所以剛才看到李氏和薛蓉那般模樣的罪惡感又減輕了許多，遂道：「其實只要她能改變主意，就可以免了這一劫。誰讓她這山看著那山高，從來只想著不勞而獲呢，她有今日這個教訓也是在所難免的。」

「是啊，您說本來如果她答應了那周公子的親事，現在可就是縣令夫人了，而且據說周公子殿試的時候很得皇上歡心，以後前途不可限量呢！可是她現在卻偏偏看著人家的丈夫好，也活該她有此一劫了。」連翹在一邊抱怨著。

「對了，妳可按照我的吩咐，提前把老夫人和大奶奶送回去了？」無憂忽然想起來。因為這樁醜事實在是不想讓沈家人親眼目睹，就算以後她們知道了也是道聽塗說罷了，若讓她們親眼看到這樁鬧劇，她的臉面也得丟盡了。所以，她提前就安排好人，藉故讓老夫人和姚氏先行離席回去。

連翹趕緊回答：「已經按照您的吩咐把老夫人和大奶奶送回去了。正好趕得也巧，宴席進行到一半，老夫人也累了，大奶奶就陪著老夫人回去。奴婢說二爺喝醉了，需要您的照料，老夫人趕緊說不用您送她，讓您好好照顧二爺呢！」

無憂點了點頭，道：「那就好。」

隨後，無憂先去朱氏屋裡瞧了瞧，說是薛金文正在書房裡自己生悶氣。無憂囑咐了幾句朱氏注意身體的話，又看了一眼弟弟，便離開了。

剛一進自己的屋子，就看到沈鈞已經起來，春蘭正在為他整理衣衫。他站在屋子中央，休息這不到兩個時辰，酒氣也已經解了，整個人又恢復了往日的神采。望著一身黑袍的他，眼若寒星，臉龐猶如雕刻般有型，身形偉岸，尤其眉宇和下巴透出的那抹堅毅更是讓人神往，難怪薛蓉不惜損害自己的名節，寧願做妾也要設下今日的局。看來這個沈鈞還是很有魅力的，怪不得都說京城內的許多名門淑媛和小家碧玉都很心儀威武大將軍，看來這傳說還真不假呢！

沈鈞看到無憂走進來，而且一雙眼睛看著自己發怔的模樣，不由得抿嘴一笑，道：「怎麼了？」

聽到沈鈞的話，無憂知道自己失神了，臉頰莫名地一紅。還沒等說話，春蘭已經把沈鈞腰間的腰帶繫好，便趕緊轉過頭來，福了福身子道：「二奶奶。」

「妳出去告訴他們咱們準備回程了。」無憂吩咐春蘭道。

「是。」應聲後，春蘭便出去了。

房門再次被關上後，屋子裡便只剩下沈鈞和無憂兩人。沈鈞上前，伸手握住無憂的肩膀，問：「剛才幹麼盯著我看啊？」

無憂抬起臉來，對上他那雙深邃的眼眸，笑道：「坊間都流傳許多名門閨秀或是小家碧玉都心儀威武大將軍，所以我看看威武大將軍到底是哪裡吸引了那些女子的芳心啊。」無憂的話雖然透著頑皮和開玩笑，但只有她知道自己說的是實話，只是聽著像假話罷了。

聞言，沈鈞的臉彷彿還有些紅呢！看來他也有不好意思的時候，然後道：「坊間流傳的都是些謠言，妳不可輕信。」

「是嗎？我倒感覺不像謠言呢！」無憂的眼睫毛上翹著，透著頑皮。

「現在已經沒有什麼威武大將軍，眼下站在妳面前的只是沈鈞，而且他是個白丁。那些女子喜歡的只是我頭上的光環，她們心儀的更是那個威武大將軍的名號罷了。」沈鈞很認真地道。

無憂聽了背過身子去，說了一句。「那你怎麼知道我喜歡的不是你威武大將軍的名號，而是你這個人呢？」

「因為妳不像那些女子那般膚淺啊。」沈鈞微微笑道。

「哈，你這個人真是自我感覺良好，能看上你就不是膚淺的女人。」無憂笑著捶了一下沈鈞的胸膛。

看到她巧笑嫣然又帶著一抹調皮的樣子，沈鈞臉上的笑容也在加深，他發現最近他怎麼這麼愛笑呢?彷彿一看到她,很容易就笑開了,他的手撫著她的肩膀,在這一刻,也是失神了。

看到他的眼神彷彿又幽深了,無憂也是出了一下神,心想——這就是所謂的兩情相悅嗎?他就是她今生的歸宿嗎?她和他是不是就快要修成正果了?

咚咚……咚咚……

沈鈞剛想說話,這個時候外面響起輕輕的敲門聲。

「誰啊?」無憂轉頭對外面喊了一句。

「二小姐,馬車已經備好,沈言問是否可以啟程了。」外面隨即傳來連翹的聲音。

無憂見外面天色已經晚了,便對外面回了一句。「告訴沈言立即啟程。我們馬上就出去。」

「是。」聽到無憂的吩咐,連翹便趕緊去了。

隨後,無憂轉頭望著沈鈞笑道:「天都快黑了,咱們也別在這裡叨擾,不如就趕快回去吧!」

「那待我向岳父岳母告別。」這點禮數他還是知道的。

「不用了。」無憂趕緊道。

沈鈞不由得有些疑惑,心想——他這個女婿回來喝小舅子的滿月酒,沒有理由不向岳父岳母告別就擅自離開,這也太沒有禮數。

看到沈鈞的疑惑，無憂趕緊解釋道：「喔，爹今日太高興了，多喝了幾杯，現在還在書房裡休息，恐怕沒有幾個時辰是起不來。娘你也知道，剛剛坐完月子，這又忙了大半日，身體很是虛弱，現在已經躺下休息了，你又是男子，不宜打擾。反正你我又不是外人，就不要拘這些俗禮了吧？」

這麼說沈鈞感覺也有道理，便點了點頭，道：「那就一切都聽夫人的。」

聞言，無憂抿嘴一笑，心想——家裡這件事總歸是沒有多少臉面，還是不要讓沈鈞知道為好。她剛才也吩咐了沈言，這件事情就不要讓沈鈞知道，省得他煩惱。

第五十三章

屋內，一個身穿絳紫色棉褙子三十開外的貴婦人坐在八仙桌前，八仙桌上放著許多瓶瓶罐罐，還有許多香料和花瓣等東西，她正專心地研製著胭脂水粉。

忽然，耳邊聽到一陣細微緩慢的腳步聲，這腳步聲一聽就是腿腳不方便的沈鎮的，這些年她都聽習慣了，根本就不用分辨，內心不禁一陣緊縮。不過，她仍舊坐在那裡，手上的動作並沒有停，只是她能夠感覺得到自己的心彷彿已亂了。

沈鎮進屋子後，看到姚氏坐在八仙桌前，眼眸專注地望著桌上的瓶瓶罐罐，一副很忙碌的樣子，而且眼眸一直都沒有抬一下。按照常理，自己的腳步聲比一般人的重些，她不應該會聽不到吧？注視她良久之後，沈鎮見她仍舊沒有反應，不禁有些尷尬，便低頭故意咳嗽了兩聲。「咳咳……」

突然聽到咳嗽，姚氏總算抬頭了，看到沈鎮站在不遠的地方，便趕緊起身，道：「大爺萬福。」

雖然姚氏平時非常尊敬沈鎮，但是也很久沒有像今日這般的正式，所以沈鎮有些不習慣，便上前虛扶了一把，道：「妳我夫妻，何必如此？」

聽到這話，姚氏便站直身子，嘴角扯了扯，到底是沒有笑出來，只說了一句。「可能是我有些不習慣了。」

沈鎮不禁蹙了下眉頭，望著姚氏低垂著頭的模樣，心下倒也有些愧疚，畢竟幾個月不踏她的門檻一步，這個懲罰是有些過了。更何況以往他也知道姚氏的為人，比較愛吃醋，往日要是自己多看曹姨娘一眼，她都會嘮叨個半日，他這次在曹姨娘房裡一住就是幾個月，她估計內心早已被折磨死了。看看她臉上淡淡的模樣，一點也不似從前的樣子，沈鎮心中多少還是有幾分感慨的。隨後，沈鎮便微微笑道：「怎麼？妳是在埋怨我這幾個月一直沒來看妳了？」

聽到這問話，姚氏並不急著回，只是上前扶著沈鎮道：「大爺的腿不能久立，還是坐下來說話吧！」

沈鎮由姚氏扶著坐在八仙桌前，姚氏趕緊抽回自己的手，彷彿不想和他有任何的肢體接觸，並且還往旁邊挪了兩步，和他保持一定的距離，然後轉頭朝外面喊道：「春花，趕緊給大爺沏茶來。」

「是。」外面幾乎立刻就傳來春花的聲音。

隨後，姚氏一抬眼，看到沈鎮的目光一直都在打量著她，她不由似笑非笑地道：「大爺哪裡話，妾身怎麼會怪大爺呢？這麼多年來大爺幾乎一直都是在我的房裡，現在也該輪到曹姨娘才是。妾身現在倒也習慣了，天天鼓搗這些瓶瓶罐罐，也挺好打發時間的。」

沈鎮的眼睛朝八仙桌上那些瓶瓶罐罐掃一眼，說：「妳說的是實話？」

「妾身有必要騙大爺嗎？」姚氏說了一句。

沈鎮的嘴角扯了一下，並沒有說話。

這時候，只見春花端了一杯茶水過來，放在沈鎮的面前，然後打量了兩個主子一眼，便退了下去。

一時間，房裡只剩下沈鎮和姚氏兩人，一個的眼睛在這熟悉的屋子裡掃視著，另一個則是站在一旁，眼睛垂著。兩人半天都沒有再說話，房間裡一片安靜。

接著沈鎮和姚氏有的沒的說了兩句，兩人彷彿都有些侷促。沈鎮的言語之間都很溫和，姚氏則一直都保持著冷淡。最後，沈鎮喝光茶水，看了一眼離他幾步之遠站著的姚氏，道：「給我再倒一杯熱的。」

姚氏聽了，上前伸手提起八仙桌上的茶壺，倒了一杯熱茶，再雙手奉給沈鎮。看了一眼低垂著眼簾的姚氏，沈鎮伸手去接姚氏手中的茶碗，不想，姚氏突然感覺自己的手腕一緊，隨即那個人的手便一把拉住了她。驚詫之際，她的身子傾斜，手上一抖，茶碗便掉落到地上，隨即摔在地上成了碎片。而她則被拉進了他的懷裡，坐在他的腿上，她隨即低呼出一聲。「啊……」

還沒等姚氏緩過神來，沈鎮的雙臂便攬著她的腰身，眼中帶著某種情愫，道：「都老夫老妻了，還這麼裝模作樣嗎？」

「誰裝模作樣了？」剛說了一句，外面便有人伸進腦袋來看。

沈鎮和姚氏一轉眼眸，都看到那人是春花，大概她聽到了瓷器破碎的聲音，不放心才進來看的吧？春花雖然看到了地上有茶碗的碎片，但是見到女主子坐在男主子的腿上，立刻就明白是怎麼回事，馬上臉一紅。

「出去。」這時候，沈鎮厲聲喊了一句，嚇得春花趕緊退出。

見春花走了，姚氏伸手想推開沈鎮，道：「快放開我，下人都看到了，像什麼樣子。」

沈鎮卻並不放開她，反倒很理所當然地說了一句。「妳我是夫妻，有什麼不像樣子的。」

「快放開我，聽到沒有？」姚氏卻仍佯裝冷淡的樣子。

沈鎮就是不放，只用一雙漆黑的眼眸盯著姚氏，一雙手很固執地攬住她的腰身。見狀，姚氏便也不怎麼扭捏，就坐在他的腿上，用一雙眼睛回視著他，兩個人一句話都不說。他們的眸光中彷彿都帶著很多情感，沈鎮是有些無奈，有些憐惜，有些傷感，也有些懊悔，而姚氏眼眸中更多的是委屈和幽怨，當然還有那抹對他的濃濃情意。

良久後，姚氏才總算先開口了。「你不是一直都遠著我嗎？今兒是怎麼了？是不是那曹姨娘也惹你生氣了？」

「妳就這麼認為？」聽到這話，沈鎮有些氣惱地笑了笑。

姚氏卻別過臉去，賭氣地說了一句。「要是曹姨娘也不合大爺的心意，那妾身就趕緊為大爺再尋一房好妾室，不知道大爺意下如何？」

聽到姚氏賭氣的話，沈鎮才抿嘴笑道：「呵呵，我以為妳轉性了，聽到妳這幾句話，我才知道原來妳還是妳，還是那麼愛吃醋、愛計較。」

聽了沈鎮的話，姚氏可是不依了，再也按捺不住自己的脾氣，爭辯道：「誰愛吃醋？誰愛計較？你這是什麼話？你今兒過來就是來教訓我的是不是？你要是不願意看見我，你就不來好了，何苦再來奚落我？嗚嗚……」說著說著，姚氏竟然哭泣起來。

沈鎮看到姚氏梨花帶雨的模樣，嘴角不禁扯了一下，然後雙手握住姚氏的肩膀，笑道：「好了、好了，我只是說了一句玩笑話，妳就當真了？還哭起來了。」說著，沈鎮從衣袖中掏出一方手帕，竟然溫柔地替姚氏抹起淚來。

聽了沈鎮的話，姚氏才算止住了哭聲。見他很溫柔地替自己擦著眼淚，現在又坐在他的腿上，兩個人離得很近，心裡也很受用。沈鎮這個人是很古板的，平時夫妻之間很少有這麼親密的行為，更何況剛才還有下人闖進來，姚氏覺得彷彿他此次也有些變化似的。

見姚氏不哭了，只是一雙眼睛還有些紅腫，並且還有些抽泣。沈鎮感覺她似乎也不同以往，畢竟夫妻多年，他又是個重感情的人，況且姚氏作他的妻子，對他可說是體貼入微盡心盡力的，所以便道：「這些日子妳還好吧？」

聞言，姚氏把沈鎮給她的手絹又塞回他手中，道：「自然是過得不如大爺了，大爺天天都在溫柔鄉裡，連身上的手絹都是帶著茉莉香味的。」

沈鎮低頭望了一眼手帕，這手帕自然是曹姨娘替他準備的。他在她的房中，一切起居吃用自然都是曹姨娘張羅，還把他日常使用的手帕也換成曹姨娘親手繡的，連帶上面的香味也是曹姨娘慣用的茉莉香。隨後，沈鎮把那手帕隨手扔在一旁的八仙桌上，索性道：「其實我還真不習慣茉莉香，唉，聞了幾個月的茉莉香，也不過如此。還是那清淡的菊花香適合我的鼻子。」

「呵呵……」姚氏不禁低頭笑了，鬱積在心中多日的不快也一掃而空了。

不久後，外面已經夜幕降臨，兩人坐在八仙桌前說了一些別後重逢的話。大概氣氛也有些緩和，沈鎮今日似乎很健談，對平時算是沈默寡言的他來說是很難得的，所以姚氏也很高興地陪著說話。幾個月都沒有坐在一起說說話，兩人似乎有許多話要說似的，都忘了外面的天色已經晚了……

翌日一早，沈鎮還沒有起床，靠在床邊翻看一本書，姚氏則坐在梳妝檯前由春花梳頭。金色陽光透過窗子射進屋子裡來，屋裡的氣氛也很祥和溫暖，一改往日的冷清。沈鎮回來後，這屋子彷彿也有了朝氣，姚氏的臉上也是笑容滿面，很歡喜的樣子。

春花見姚氏很高興，特意梳了個比往日正式一點的髮髻，姚氏在鏡子前左右看了看，感覺很不錯，笑道：「春花，今兒妳的頭梳得不錯。」

「謝奶奶誇獎。奶奶，今兒戴什麼首飾？」春花笑著在姚氏身後問。

姚氏想了一下，眼眸往床邊的方向掃了一眼，道：「就戴那支銀色鑲藍寶石的步搖好了。」那顏色是沈鎮最喜歡的。

「是。」春花應聲後，伸手從首飾匣子中把那支銀色步搖拿過來給姚氏戴上。

幫姚氏把頭梳好後，一個小丫頭稟告道：「奶奶，大爺的換洗衣服咱們這邊沒有了，都在曹姨娘那裡，是不是派人過去拿一下？」

姚氏望了一眼正靠在床頭看書的沈鎮，彷彿他挺入神的，壓根兒都沒有聽到這邊的說話聲。姚氏便對旁邊的春花道：「妳親自過去一趟，拿兩套大爺的裡外換洗衣服回來。」

「是。」春花剛應一聲，還沒有出去。

沈鎮這個時候卻開口了。「叫兩個小廝一起過去，把我的起居用品都搬回來。」

忽然聽到這話，姚氏沒有言語，不過嘴角早已勾起了一個很是得意的笑容，然後對著春花使了個眼色，那春花也是個伶俐的，趕緊道：「是，大爺。」說完，便扭頭去叫小廝們一起辦事去了。

春花走後，姚氏起身走到床前，坐在床邊，笑道：「大爺，要都搬回來嗎？是不是也要留兩套衣服和你平時用的東西啊？這你要想再回去住幾日也方便啊。」

沈鎮卻是不動聲色，眼皮抬都沒抬地說：「妳要這麼想也可以，把春花喊回來告訴她，按妳說的辦就是了。」

「你怎麼這麼討厭？」沈鎮的話立刻就讓姚氏不滿了，伸手把他手中的書奪了過來。

被奪走了書，沈鎮卻不經心地笑了。他一笑，姚氏也笑了。夫妻兩個相視而笑，也算是盡釋前嫌。

不多時，沈鎮的換洗衣服拿回來後，姚氏親自帶著小丫頭幫沈鎮洗漱。夫妻兩個有說有笑地吃了早飯後，正好沈鎮以前在軍中的朋友來訪，他便到書房去會朋友了。

這時候，春花也帶著兩個小廝回來，把沈鎮的起居用品都一一搬了回來。姚氏看了看，見很是齊全，並不少什麼，便吩咐小丫頭們收拾，她則坐在廳堂前和春花說著話。

「奶奶，奴婢把曹姨娘的屋子全都檢查過了，大爺的一條襪子奴婢都沒有給她留下。」春花得意地道。

聽到這話，姚氏抿嘴笑了一下，說：「妳辦事情我是最放心的。不過人家畢竟也是妳大爺正式的姨娘，妳也太不給人家留面子了。」

「奶奶，奴婢也是氣不過。那個曹姨娘咱們以前都認為她老實，是個逆來順受的人，誰知道這只是表面，其實她這個人要是得了勢，可是跋扈得很呢！您也知道，奴婢悄悄去那邊請了大爺好幾次，都是她從中阻撓，根本就不讓奴婢見到大爺，只說給傳信。這要是真把信傳了，奴婢才不信大爺會這麼多日子不往咱們這邊來。所以，奶奶，您以後可得小心這個人。」春花說出自己的見解。

聽到這話，姚氏低頭想了一下，又問：「妳今日這麼一趟，那曹姨娘可有說什麼？」

「她能說什麼啊？都是大爺吩咐的，什麼也沒說，也沒有做。只是奴婢看她的眼神有些害怕，感覺……感覺有些陰狠似的。」

姚氏說：「要是如同妳所說，這件事彷彿她也太平靜了些，估計以後還會想辦法來挽回的，妳叫人多多留意那邊就是了。」

「是。」春花趕緊點頭。隨後，便笑望著姚氏道：「奶奶，您今日的臉色真好，白裡透紅的，大爺昨兒晚上一定對您體貼得很吧？」

姚氏雖然歲數已經不小，聽到這話臉上還是一紅。昨晚她和沈鎮也算是小別勝新婚，沈鎮的確是格外的熱情體貼，現在想起來還有些臉紅呢，雖然都老夫老妻了，嘴上卻咒罵道：「死丫頭，敢拿我來取笑了？」

姚氏雖是咒罵著，但可以看得出心情十分好，春花便陪笑道：「奶奶，春花不敢取笑您，說的可是實話。咦，奶奶，看來二奶奶的這辦法還真是管用呢！」

聞言，姚氏想了想，道：「怪不得二爺被二奶奶拿得死死的，看來這個老二家的還真是有些手腕和辦法。唉，我以後還是要多和她交好才是，省得得罪了她，以後沒有好果子吃。」

「是呢！奶奶，那二奶奶其實也算是很敬重您，您犯不著多一個敵人，還是多一個朋友為好。現在不但是老二，就連老夫人都對她很欣賞，聽說下人們也都服她。」

「嗯。」聞言，姚氏點了點頭。

為好。」春花道。

進入臘月便開始準備祭祖和新年的諸項事宜，無憂自然忙得不亦樂乎。轉眼到除夕這一日，雖然沈家不比以前的新年準備得鋪張隆重，但也非常的喜慶熱鬧。一大早，沈家上下便張燈結綵，到處都掛滿紅綢和燈籠，下人們忙進忙出的，到處都洋溢著新年的氣息。

沈家的規矩，在除夕這一日早上便要一家人開始在一起吃飯，一直守歲到夜裡，象徵一家人團團圓圓的意思。沈鈞和無憂收拾停當便一起出門，沈鈞仍舊是一襲黑色鑲貂領的袍子，無憂則穿了一件大紅燙金色牡丹花的褙子，外面披著貂鼠披風，頭上戴著赤金首飾，比往日要端莊華麗許多，因為老夫人畢竟年紀大了，喜歡喜慶。

無憂剛一出自己的院子，遠遠地便看到沈鎮和姚氏帶著兩個丫頭往老夫人的院子方向走。沈鎮仍舊是一襲白色袍子，姚氏則梳著高髻，頭上比往日更隆重些，戴了不少赤金鑲嵌寶石的首飾，還戴著灰鼠昭君套，身上則是狐狸毛的皮褂子，很是雍容華貴。

「那不是大哥和大嫂嗎？」無憂朝前面一指道。

沈鈞一抬頭，笑道：「咱們跟上去吧？」

「嗯。」無憂點了點頭，兩人並肩趕了上去。

「大哥，大嫂。」沈鈞上前去先行了個禮。

沈鎮和姚氏回頭一望，只見是沈鈞和無憂兩個，他們含笑道：「二弟、弟妹啊，今兒可是難得咱們碰到一塊兒去老夫人處了。」

隨後，沈鈞上前道：「大嫂，我來扶大哥吧？」

「也好。」說著，姚氏便將沈鎮的胳膊給了沈鈞，並道：「正好我和弟妹也有些私房話要說呢，你們前面走，我們在後面跟就是了。」

沈鎮由沈鈞扶著走在前面，姚氏和無憂便在後面有說有笑地走著，姚氏還把幾個丫頭也都先打發到老夫人的院子裡去看看有什麼需要幫忙的了。

「大嫂，妳今日打扮得真好看，這頭上的昭君套很配妳呢！」無憂笑著道。

姚氏伸手摸了一下自己的頭上，笑道：「不瞞妳說，前些日子我還真是沒有心情打扮了。」

無憂抬頭望了一眼前面也是一邊走一邊說話的沈鎮和沈鈞兄弟兩個，然後收回目光道：「大嫂，我看妳和大哥恩愛更勝從前了呢！」

聽到這話，姚氏一笑，面上也有些暈紅，然後拉住無憂的手，聲音放低了一點道：「弟妹，說起來我還要感謝妳呢！這次多虧妳給我出了這個主意，沒想到還挺管用的。妳大哥感覺這次回來以後，好像比以前還愛說笑了點呢！」

無憂笑道：「只要大哥大嫂能百年好合就好了，其實我的主意還在其次，主要是大哥對妳有感情。」

無憂的話自然說到姚氏的心坎裡去，姚氏低聲笑道：「說實話，以前妳大哥很少去找那個曹姨娘，我也只以為他有點怕我罷了，要說男人誰不喜歡年輕漂亮的。」

「大嫂也是個標緻的人呢！」無憂笑道。

姚氏搖了搖頭。「唉，如今我歲數大了，就算當年再漂亮，現在也是人老珠黃。妳大哥在曹姨娘那邊一住就是好幾個月，我以為這次他們肯定是如膠似漆，再也難分開了。我也以為妳大哥心裡是不怕我的，他只是給我留著面子罷了。妳知道嗎？這幾日妳大哥一次都沒有去過那邊，那個曹姨娘外表看著老實本分，其實小心眼多得是，這幾日一直都在搞小動作，不過都不用我說話，妳大哥自己就全部給擋回去了。」

聽了這話，無憂看到姚氏的臉上一改多日的惆悵，很精神煥發的樣子。無憂便笑道：「那是妳以前錯看了大哥，其實大哥一看就是個重情重義的人，大嫂妳好福氣呢！」

「好了，別說我了，妳不也一樣有福氣？要說重情重義，他們兩兄弟可都是一樣的，妳也要好好把握才是。」姚氏拍了拍無憂的手背道。

「我會的。」要說沈鈞是重情重義的人，無憂是絕對相信的。

說話間，沈鎮和沈鈞已經步入老夫人的院子，緊跟其後，姚氏和無憂也進了院子。今兒的早飯就擺在老夫人房間的客廳裡，幾人進去後，老夫人已經坐在正座上，丫頭們正忙碌地擺飯。沈鎮兄弟兩夫妻趕緊給沈老夫人行禮請了安，沈老夫人便讓他們分別坐在了自己的位子上。

今日是除夕，又看到兩個兒子、媳婦以及兩個孫子都守著自己，不由得十分高興。這時候，幾十道精緻的菜餚也已經陸續上桌了，望著那些精緻得如同圖畫一般的菜餚，沈老夫人點頭笑道：「今年除夕的菜餚有好幾道往年都沒有見過呢！這紅的、綠的、黃的，搭配起來還真是好看！」

聽到這話，無憂趕緊陪笑道：「母親，媳婦問了一下以往的菜餚年年都是一樣的，想必大家也吃膩了，便自作主張換了幾道菜，還正擔心老夫人不喜歡呢！」

「是有些膩了，換得好。」沈老夫人高興地道。

這時候，一旁的姚氏笑道：「母親，咱們再不動筷子，菜都涼了。」

「那……」這時候，沈老夫人掃了眼一旁站立著的丫頭們，不由得皺了一下眉頭，問：「怎麼不見曹姨娘？」

沈鎮趕緊吩咐一旁的丫頭說：「趕快去看看。」

「是。」那個丫頭剛應一聲，轉頭還沒走兩步，外面便走進來一個人。

只見那人穿了一身嫩綠色褙子、白綾裙子，髮髻低綰，頭上隨意地插著幾支簪子，好像沒什麼精神，彷彿有些病容似的。她望了眾人一眼，趕緊走到沈老夫人跟前，福了福身子，道：「妾身給老夫人請安。」

「飯都開了，怎麼才來？」沈老夫人有些不悅地問。

聽到沈老夫人的責備，曹姨娘馬上畢恭畢敬地低首道：「回老夫人的話，妾身這幾日身上不怎麼舒坦，所以來晚了，還請老夫人恕罪。」

沈老夫人便問：「有沒有請大夫看啊？」

「一些小毛病，過幾日就好了。」曹姨娘趕緊道。

「既是如此，那妳今兒就別伺候了，下去用飯吧！」沈老夫人還算是體貼地道。

這時候，姚氏和沈鎮對望了一眼，姚氏趕緊說：「是啊，既然不舒服，就下去歇著吧，反正這裡有丫頭們伺候就行了。」姚氏就算是再討厭這個曹姨娘，面子上的工夫還是要做的。

哪裡知道曹姨娘卻固執地推辭道：「妾身此刻已經好了，不妨事的。」說完，便接過正在盛湯的丫頭手裡的碗，在一旁忙了起來。

見曹姨娘堅持，沈老夫人等人也沒說什麼，便和幾個兒子媳婦、孫子閒話家常。沈老夫人見兒孫滿堂，高興地道：「想想我這把老骨頭要是能活到娶上孫媳婦也就知足了。」

聽到這話，沈鎮趕緊道：「母親這是說的哪裡話，您的身體還很硬朗的。」

「是啊，您還要等著抱重孫呢！」姚氏在一旁趕緊附和道。

沈老夫人低頭一笑，便說了一句。「在抱重孫之前要是能再抱上一次孫子那就更好了。」

聞言，無憂一抬頭，正好碰到沈老夫人那銳利的眼眸，她不由得臉一紅，便垂下頭。心中自然明白，沈老夫人的話是說給她聽的。

姚氏一看這情形，笑著對沈鈞說：「二弟，老夫人的心願可就在你的身上了。」

隨後，沈鈞會意地道：「母親放心，兒子一定會讓您心想事成的。」

「哈哈……」沈鈞的話惹來在座的人哄堂大笑。

抬頭看看眾人望著他們發笑的面容，無憂不禁有些不好意思起來，趕緊拿眼光白了旁邊的沈鈞一眼。見狀，姚氏道：「好了，咱們再笑下去，弟妹可要不好意思了。對了，今兒可是準備有那靈芝燉野鴨的湯，非常鮮美，老夫人也來一碗吧？」

「嗯。」沈老夫人點了點頭，表示可以喝一碗。

姚氏轉頭看了一眼一旁站著伺候的曹姨娘，曹姨娘趕緊拿碗去盛湯，不想剛拿起勺子，看到那砂鍋裡的野鴨湯的時候，她趕緊捂住嘴巴，在一旁乾嘔了起來。

「姨娘，您這是怎麼了？」一旁的小丫頭見狀上前問道。

「……」曹姨娘來不及說話，便捂著嘴跑出去吐了。

這方，眾人忽然看到這情形，不禁都停下說話。一時間，大家大眼瞪小眼，心中似乎都有些疑惑，但是又不敢說出來，尤其以姚氏最為緊張，臉色也沈了下來。

隨後，沈老夫人便問一旁的丫頭道：「怎麼回事？」

那丫頭趕緊回答：「回老夫人的話，曹姨娘一看到那野鴨湯，不知怎的就噁心了起來，大概是這野鴨湯腥味太重了吧？」

「盛一碗過來我嚐嚐。」沈老夫人道。

那丫頭便盛了一碗野鴨湯放在沈老夫人的跟前，沈老夫人在丫頭的服侍下，拿起調羹喝了一口，才道：「味道很鮮美，並沒有腥味啊。」

這時，姚氏臉上已經沒有任何的表情，無憂看了看這情形，心想——大概是又有事情了，希望她猜得不對。

不多時，只見曹姨娘重新回來，福了福身子，道：「妾身剛才不舒服沒忍住，還請老夫人恕罪。」

沈老夫人卻不在意，而是問：「無妨。妳到底是哪裡不舒服？是不是吃壞了東西？」

聽到這話，曹姨娘好像臉上還有些羞赧，不過卻輕描淡寫地回答：「回老夫人的話，剛才妾身看到那野鴨湯上面漂著一層油花，忽然就覺得噁心，倒也沒有吃壞什麼東西，最近妾身什麼都吃不下。」

聞言，沈老夫人的眼眸一轉，十分關切地問：「可曾看過大夫了？是不是……」最後一句話沒有問出來，不過在場的人都明白是什麼意思。一時間，在場的人眼睛都齊刷刷地盯著曹姨娘看。

隨後，就在眾人的疑惑和某些人的緊張中，曹姨娘說道：「回老夫人的話，並未曾看過大夫，不過妾身也是女人，沒吃過豬肉也看過豬走路，妾身的……癸水已經遲了一個多月。」說最後一句話的時候，曹姨娘羞赧得很。

沈老夫人愣了一會兒，忽然開懷大笑起來。「哈哈……」

沈老夫人的笑聲迴蕩在整個廳堂中，無憂一抬頭，看到姚氏一時呆愣住，不過理當應該高興的沈鎮臉上，倒是看不出來高興，也看不出來不高興。彬哥兒和杉哥兒畢竟已經長大了，這種事情看到母親不怎麼高興，他們自然也談不上高興，心想——這就是有妻有妾的家庭，總是在暗地裡較勁吧？

沈老夫人便對兩個兒子笑道：「老天爺真是憐憫老身啊，剛說要再抱孫子呢，這孫子就來了！」見老夫人如此高興，曹姨娘的臉上多少也有些得意之色。

一刻後，沈老夫人看到無憂便想起什麼，趕緊道：「既然還沒有找大夫把脈過，不如就讓妳二奶奶把脈看看，這樣我也就放心了。」

聽到這話，曹姨娘一怔，便笑道：「老夫人，您忘了？咱們民間有個規矩，女人懷孕後第一次把脈要找個陽氣盛的人來，才可以把胎兒坐實了。二奶奶的醫術了得，但到底是個陰人，妾身認為為了穩妥起見，還是過幾日找個男大夫來吧？二奶奶恕罪，妾身也是太在意和大爺的這個孩子了。」說完，便朝無憂福了福身子當作是賠罪。

無憂聽到這話，自然不能說別的，只好說：「大哥的子嗣重要，我也不敢冒失地給妳把脈。」

這時候，沈老夫人點了點頭說：「嗯，咱們民間流傳的確是有這種說法，既然如此，那就等過幾日讓妳二奶奶請一位好郎中來給妳把脈吧！」

「是。」曹姨娘欣喜地點了點頭。

沈老夫人又吩咐道：「無憂，曹姨娘有孕了，咱們沈家有好多年都沒添過人丁，曹姨娘的這一胎一定得重視。妳再撥一個丫頭過去伺候，從今兒起曹姨娘的月錢、吃的用的分例都加倍。曹姨娘有什麼需要就派個人去找妳二奶奶說，都從公中的錢裡撥付就是。」

曹姨娘見沈老夫人如此重視自己的肚子，不由得眉開眼笑。姚氏則有些不悅，不過也不敢表現得太明顯，畢竟沈鎮又要添人進口，這也是喜事。

無憂笑著點頭道：「是。」

「恭喜大哥了。」沈鈞朝沈鎮道。

「多謝二弟了。」沈鎮扯了扯嘴角，彷彿笑得有些勉強。

這時的姚氏也不得不裝裝樣子，對曹姨娘道：「銀屏，既然有了身孕，以後就要多注意才是，少出來走動，好好養胎，缺什麼到我這邊來說一聲也是一樣的。」

「謝大奶奶。」對姚氏的話，曹姨娘則是福了福身子。

隨後，沈老夫人便讓丫頭又在桌前放了一個繡墩，硬讓曹姨娘坐著用飯，不用她再站著伺候。曹姨娘推脫不過，也就坐下和大家一起吃了。其間，沈老夫人可是高興得很，話也很多，眾人都陪著說笑吃喝，只有姚氏話少了一些……

燈火昏黃，姚氏悶悶地靠在床榻上，心情很不舒暢。

看到姚氏悶悶不樂的樣子，春花在一旁道：「奴婢知道奶奶心裡不痛快，不過事已至此，也是沒有辦法的事，您可不能把自己鬱悶病了。」

「本來想妳大爺回來，以為她這次是沒戲唱了，哪承想她的戲竟然才剛剛開始。」姚氏不禁有些抱怨地道。

「雖然老夫人歡喜得不得了，可是好像大爺臉上卻是淡淡的，並沒有多高興的樣子呢！」春花回想著說。

「現在他是沒怎麼高興，可是那曹姨娘要真是生個兒子，在這個家的地位可就不一樣了。現在家裡就彬哥兒和杉哥兒兩個小子，再來個丫頭肯定也是寶貝得不得了。總之，這次曹姨娘可是贏大發了。」姚氏蹙著眉頭道。

春花低頭想了一下，然後眼中帶著某種光芒地問：「奶奶，難道咱們就這樣坐以待斃嗎？」

聞言，姚氏抬頭和春花的眼光相撞，她立刻就明白了春花的意思，皺了一下眉頭，想了半晌後才決定道：「就算那個曹姨娘生個兒子又能怎麼樣？她既威脅不了我的地位，也不會對我的兩個兒子有多少影響，咱們犯不著因為這件事去冒這麼大的風險。」

春花也點了一下頭，說：「奶奶說得也是，要知道做得再隱密也有可能被人發現。上次的事情您和大爺還鬧了好幾個月，要是這事鬧出去，說不定您和大爺的情分就真的斷了。」

「所以咱們不能冒這個險。她不就是得意上幾日嗎？偏房就是偏房，還能有什麼改變？就算我死了，她也未必能夠被扶正。對了，妳以後多留意那邊，看看她還能出什麼么蛾子。」姚氏最後吩咐道。

「是。」春花趕緊應聲。

沈鈞和無憂一同回到自己的屋子，燭光暗淡，春花和連翹為二人鋪好床鋪，服侍二人洗漱完之後，便趕緊退了出去。

坐在梳妝檯前的無憂摘下髮髻上的首飾，剛一站起來，沈鈞便走到她的面前，笑道：「今兒碧湖長公主給妳下了帖子？」

「是啊，過了上元節就是碧湖長公主的小公子周歲生辰，所以便寫了請柬邀我去，我還真有些受寵若驚。對了，也許還能看到蘭馨，你知道蘭馨論起來算是碧湖長公主的表嫂呢！」一說起這事，無憂便十分興奮。

看到無憂這麼喜悅，沈鈞笑道：「那就好好地玩玩，準備一份像樣的禮物。」

沈鈞上前握住無憂的肩膀，眼眸深邃地望著她，看到她的耳邊有一縷碎髮，他用手指輕柔地為她把碎髮捋到耳後。感覺到他的溫柔，無憂抿嘴一笑，伸手握住了他的手，兩人的十隻手指相互交纏起來……

第五十四章

從初一到初六，沈家的親朋好友不是來拜年就是來走親，再加上沈老夫人年紀大了，一應出去拜年的事都是姚氏和無憂去，所以這個年下來，姚氏和無憂可是累壞了。

初七這日，好不容易過年拜年的事情告一段落，無憂打理完家事，剛坐在椅子上，端起一杯茶來想鬆一口氣，連翹手裡拿著一個提盒走了進來。

「連翹，妳手裡拿著什麼？」無憂瞄了一眼進來的連翹問。

連翹趕緊把手中的提盒放在一旁的桌子上，打開道：「二小姐，這是曹姨娘剛剛打發她身邊的小丫頭珠兒送來的點心和新鮮果子，說是讓二小姐嚐嚐鮮呢！」

無憂的眼睛朝那提盒一掃，只見放著好幾種各色的精緻糕點，還有兩樣這個季節十分難得的新鮮水果。無憂不禁道：「這不是前兩日咱們家一門老親特意孝敬老夫人的東西嗎？」那位老親祖上也有爵位，現在兒子也算是個高官，所以聖上賜了不少吃食，特意拿過來孝敬沈老夫人，還是無憂在一旁伺候的，所以她記得很清楚。

連翹趕緊道：「可不是嘛，這些東西老夫人很稀罕的，只分給了曹姨娘一些，您和大奶奶都沒有份呢！這曹姨娘也是夠大方的，奴婢看著好像給您送過來一大半呢！」

聽到這話，無憂低頭想了一下，說：「妳親自再給她送回去吧，就說這是老夫人特意給她和肚子裡孩子的東西，我怎麼能吃呢？讓老夫人知道了肯定會怪罪下來。」

聞言，連翹蓋上那食盒的蓋子，忽然又想到什麼，說：「二小姐，這曹姨娘好像對您很巴結的樣子，前些日子也是隔三差五地送過來一些大爺賞給她的吃食，是不是有什麼企圖啊？」

無憂抿嘴一笑，說：「這不是顯而易見的嗎？大奶奶無論如何是不會跟她親近的，如果不是她肚子裡有孩子，老夫人也不怎麼待見她，大概她是想以後可能有用得著我的地方吧！也許是想以後跟我走近些，就讓我和大奶奶疏遠了。總之，就是宅門裡的那一套吧！」

「哈，這曹姨娘表面上看來老實巴交可憐見的，沒想到這肚子裡還是這般有心計呢！」連翹說道。

「所以我才不想捲入她和大嫂的是非中去，再說我和大嫂是名正言順的妯娌，也不會因她而跟大嫂疏遠。總之，以後不要跟她沾染上什麼是非才是，我總感覺她這次懷孕有些怪怪的。」無憂皺著眉頭想。

「要說大爺在她屋子裡一住就是幾個月，她年輕，懷孕也是理所當然的事啊。」連翹百思不得其解。

隨後，無憂站起來，走到書案前，望著書案上的書本，道：「那曹姨娘說她並沒有看過大夫就知道自己懷孕，而距離大爺從她的屋子搬走的時間也不過幾天，按常理來說她第一時間知道自己懷孕，肯定是要和大爺說的。可是為什麼當時沒說，偏偏要到除夕早上眾人都在一起吃飯的時候才說？這真是有些讓人費解。」

「也許她是想讓老夫人等人都知道，好博取老夫人的疼愛啊。」連翹回答。

無憂微微一笑，說：「也許吧！反正也不關咱們的事，咱們就別瞎想了。對了，我吩咐妳去首飾鋪子裡打的那塊長命金鎖，打得怎麼樣了？」

「奴婢已經派人去催，店老闆說過三日就可以給咱們送來，絕對誤不了二小姐您上元節之後去宮裡參加周歲宴的。」連翹笑道。

「去吧！」隨後，無憂對連翹揮了下手。

過了上元節，這日早上，無憂一早就進宮去為碧湖長公主的小公子過周歲生日。

重華宮內外早已經張燈結綵，進進出出的有不少誥命夫人和宮女太監等，連翹站在重華宮外等候，接著一個人進了重華宮。

踏入重華宮的正殿，就發現裡面或站、或坐的已經有許多宮廷命婦。碧湖長公主身穿大紅色宮裝，頭上梳著高髻，髮髻上佩戴著五尾的金鳳釵，很是端莊高貴。

無憂趕緊低首上前去，跪在地上，道：「薛氏拜見長公主，公主千歲千歲千千歲。」

坐在正座上的碧湖長公主看到無憂來了，笑道：「趕快平身。」

「謝長公主。」無憂說了一句，便站起來。

無憂抬起頭來，正好與碧湖長公主的目光相撞，碧湖長公主笑道：「無憂，這麼久都不進宮來看本宮，妳可真是個沒良心的，只顧著陪妳的好夫君了吧？」

聽到這些玩笑話，無憂臉上一紅，趕緊回道：「長公主千金之軀，無憂不敢擅自來打擾。」

「本宮可是不怕妳打擾的，不過宮裡規矩多，本宮知道妳們都是不願意進來的。」說笑了一陣，碧湖長公主便讓一旁的宮女為無憂看座，無憂便趕緊坐下，碧湖長公主開始接見其他來祝賀的女眷。

剛剛坐下來，無憂便感覺彷彿有目光在看自己，她一抬頭，果不其然，在自己對面的一名女子正笑望著自己。突然看到她，無憂也很欣喜，馬上微笑起來，因為對面穿著鵝黃色宮裝的女子就是她的好友尉遲蘭馨。只是兩個人現在都只能好好地坐在原位，不能走動，必須等碧湖長公主接見完所有來恭賀的宮廷命婦後，才可以入席隨意活動。

大概碧湖長公主也不想鋪張吧，只有接到她帖子的人才可以進來，最後在座的女眷也只有四、五十人而已。

不一會兒工夫，乳母就把小公子崔護抱出來。只見乳母懷裡抱著一個白白淨淨、穿著大紅色綢緞棉襖的小男孩，那一雙眼睛圓滾滾的，看起來又調皮又可愛。這個小傢伙當初可是無憂想了不少辦法才生下來的，現在看到他竟然這麼大了，無憂感覺彷彿碧湖長公主生產的時候就在昨天而已。

女眷們都送上了各自的賀禮後，兩位宮女手上的托盤裡就堆滿了金的銀的玉石的寶石的珍珠的各類東西，讓人看得眼睛都花了。

等到接近晌午的時候，眾位女眷才被引入重華宮的花廳裡入席。無憂和蘭馨當然是有默契地坐在一起，兩人便小聲地說著話。這麼久沒有重逢了，兩人都有一肚子的話要跟對方說呢！

「我就知道妳今兒八成會來，一開始沒看到妳，還擔心妳不來呢！」蘭馨抓著無憂的手笑道。

「我知道妳十成會來的。」無憂笑著。

隨後，兩人應付了一下酒席，說了一些家常，好不容易等碧湖長公主過來敬了酒之後，兩人便藉故趕緊離開花廳，在一個屏風處無人的地方，開始說起了知心話。

「無憂，沈鈞對妳可好？」蘭馨很自然地問道。

「嗯。」無憂點了點頭。

蘭馨又說：「聽說沈鈞前一陣子被罷了官，我還想去看妳呢，只可惜……」蘭馨沒有說出來，因為玉郡主的事情，現在秦、沈兩家不是仇人也是差不多了。

「我明白，妳我的身分現在是不方便去家裡探望的，其實我也很想妳呢！」無憂很體貼地道。

「我當然知道妳惦記我了，要不然妳也不會悄悄地讓旺兒送那麼多莊子上的特產過來。妳倒是個有心的，還讓人送到我娘家去。唉，因為玉郡主的事情，咱們現在好像也都不宜來往了。」蘭馨感慨地道。

「對了，妳怎麼樣了？」無憂反問。

「我？還不是老樣子。」對無憂的問話，蘭馨只是輕描淡寫地帶過，然後低頭望了望無憂的肚子，問：「妳怎麼樣？有沒有消息？」

看到她看自己的肚子，無憂無可奈何地說了一句。「還沒有呢！」怎麼好多人都盯著她的肚子看呢？

聽到無憂的話，蘭馨皺了皺眉頭，眼眸中似乎帶著某種愁苦地道：「唉，我沒有消息，怎麼妳也沒有呢？」

聽到蘭馨的話，無憂也察覺到蘭馨眼眸中的那抹愁苦，她不由得怔了一下，忍不住問道：「蘭馨，妳怎麼了？是不是在相府過得不好？」

蘭馨的嘴角一扯，臉上露出一抹帶著苦意的笑容，說：「有什麼不好的？在秦家我吃得好、穿得好，而且現在秦家後宅一應大小事都是我作主，家裡的下人都對我阿諛奉承，妳說，這樣的日子能說不好嗎？」

這話越聽越不對了，蘭馨雖然話說得不假，但明顯眼睛裡帶著某種深深的幽怨，那抹幽怨怎麼好像當年的朱氏呢？想到這裡，無憂便知道是怎麼回事了，便道：「蘭馨，妳我是最好的朋友，有什麼心裡難以排解的就告訴我。雖然我不一定能幫助妳，但總也可以做妳的聽眾。」

蘭馨聽了眼眶一紅，隨後才說：「我知道妳我雖然認識不太久，而且在一起的時候也不多，卻情同姊妹。而且我這個人一沒有姊妹，二沒有親娘，有些心裡話是沒有人可以說，也就只能和妳說說了。」

聞言，無憂便知道肯定是有原因了，便繼續問：「是不是秦顯對妳不好？」

「不好？我也不知道他算不算對我不好，家裡的事情他都讓我作主，從不多過問，就連俸祿銀子、皇上賞賜的東西也都讓我保管，下人面前也給足了我面子。成親這麼久以來，我們從來沒有吵過嘴，也沒有嘔過氣，他甚至不去花樓，從來沒提過要納妾，對家裡有姿色的丫頭從不多看一眼……這樣的丈夫不知道我遇上是幸還是不幸？」說完後，蘭馨的眼睛望著無憂尋求答案。

聽到這些話，無憂心裡可謂五味雜陳，她其實已經明白了，大概秦顯還是對她太冷了吧？而且他這個冷是因為秦顯對自己的心還沒有放下。這一刻，她都不知道該怎麼來勸慰這位好姊妹了，都是因為自己，蘭馨才過得這樣不好。無憂心裡充滿了自責，而她有更多的是無可奈何，根本就無能為力。

「蘭馨，如同妳所說，秦顯不是對妳還不錯嗎？」無憂的笑容此刻有些不自然了。

「可是……可是他對我十分冷淡，每日都在忙那些公務，早出晚歸，就算每天晚上跟我睡在一張床上，我感覺他也是好冷，從來對我就沒有多餘的話。有時候幾天也只不過跟我說幾句話而已，更別說夫妻間那些該有的私房話、那些纏綿悱惻了，就連新婚的時候都沒有。

無憂，妳說這到底是怎麼回事？我怎麼感覺這麼奇怪呢？可是他在外面也沒有別的女人啊，我曾經偷偷找人打聽過，他每天除了去衙門就是在家裡，連跟朋友會面的時候都少，根本就沒有別的女人。」蘭馨說這些的時候是十分困惑的。

看到蘭馨如此，無憂只得勸道：「蘭馨，是不是妳想太多了？也許有的男人就是感情比較淡，不喜歡表達，但心裡還是有的。」

「可是……可是就算再不喜歡表達，也不會……」最後，蘭馨有些難以啟齒了，不過最後心一橫，還是說了出來。「妳知道嗎？他幾個月都不會碰我一下，這難道符合常理嗎？」

「啊？」無憂沒想到一向溫婉內向的蘭馨會把這些也說出來，也沒想到這個秦顯會如此對待蘭馨，真是有些過分了，他怎麼可以這樣對待自己的妻子呢？

看到無憂似乎有些驚訝的樣子，蘭馨又道：「我看沈鈞那個人面上十分清冷，不怎麼愛笑，也不愛說話，可是他不會也這麼冷落妳吧？」最後，蘭馨只能苦笑。

無憂便問：「秦顯今日沒有和妳一起來嗎？」

「來了，他晚一些說會過來接我一起回去。」蘭馨回答。

這時候，小宮女過來稟告道：「二位夫人，今日的午宴已經結束了，眾位夫人都陪著長公主去御花園內賞梅，不知二位夫人要不要一起隨行？」

聽到這話，蘭馨說：「不如咱們也一起去賞梅吧？秦家和長公主畢竟是親戚，我缺席不好的。」

「家裡還有些事情需要我去處理，我就先回去了。」無憂婉拒道。因為來的時候沈老夫人再三叮囑過讓她應個景就走，畢竟現在沈家不想捲入宮廷的紛爭中。

蘭馨有些惋惜地說：「好吧，不知道咱們下次見面是何日何時了。」

聽蘭馨這麼說，無憂也覺得甚是傷感，只好笑道：「以後有的是機會。」最後，二人才各自離開。

走出重華宮後，連翹便趕緊迎上來，笑道：「二小姐，可見到秦夫人了？」

「嗯。」無憂點了點頭，不過面上並沒有多少歡喜。

看到主子好像有些不怎麼高興，連翹便沒再說話，只是在身後跟著。誰知剛走出重華宮不遠，無憂忽然頓住腳步，眼睛望著前方愣住了。

看到主子忽然停住腳步，連翹一怔，然後抬頭循著無憂的目光往前方看去。只見前面不遠有一處迴廊，迴廊裡站著一個很熟悉的身影，那身影穿著紅色官服，正用專注的目光望向這邊。

「二小姐，是秦大人。」連翹在無憂的耳邊道。

「看到了。」無憂低聲說了一句。此刻，秦顯的眼光正盯著她這邊，四周並沒有人，很明顯地，他應該是在等自己吧？其實，她真是不想和秦顯見面，可是今日又不得不跟他見面，也許她應該跟他說說蘭馨的事。

無憂吩咐身後的連翹道：「妳去宮門外等我，我一會兒就來。」

連翹知道主子肯定要和秦大人說上幾句，便趕緊應聲去了。

無憂踏上迴廊，秦顯那專注的目光讓她不舒服起來。她剛想開口說話，不想秦顯卻先開口了。

「我在這裡已經等妳半個多時辰了。」

無憂的眉頭一皺，問：「有事？」

「沒事就不能見妳了嗎？」秦顯反問。

聞言，無憂張了張嘴巴，有些不知道該說什麼。

見她欲言又止的樣子，秦顯盯著無憂道：「我沒有別的意思，只是想看看妳而已。妳過得還好嗎？」

秦顯的話讓無憂無法再忍受，她往前走兩步，不想再面對秦顯，用後背對著他，道：「我過得好不好是我自己的事，秦大人未免操心太過了吧？」

身後的人半晌都沒有說話，隨後才嘆一口氣道：「妳為何要對我如此冷淡？難道妳我連朋友都做不成了嗎？」

「因為你對我並不是朋友之道。」隨後，無憂轉過身來，眼睛盯著秦顯說：「一般的朋友用得著單單在這裡等我半個多時辰嗎？一般的朋友用得著你撇下自己的妻子不管？一般的朋友用得著你如此上心嗎？」

無憂的一番問話讓秦顯後退了一步，道：「我需要時間，一段感情並不是妳說放下就能放下的。」

無憂問道：「你還需要多少時間？你和蘭馨成親多久了？快兩年的時間難道還不能讓你放下以前的種種來好好對待她嗎？」

「妳讓我怎麼對她？」秦顯背對著她問。

「對她好，對她溫柔體貼，知冷知熱。」無憂回答。

秦顯仰頭一笑，說：「看來她今日跟妳抱怨了吧？」

「沒有，只是我們閨中密友會說的一些家常話罷了。」無憂否認。

過了一刻，秦顯才道：「我能給她的我都給她了，可感情畢竟不能勉強，妳不能讓我天天裝出一副虛情假意的樣子來對待她吧？」

聽了這話，無憂也感覺很無奈，不過仍然力勸道：「我知道感情不能勉強，可是你就不能對她多關心一點？你難道不知道蘭馨對你的感情嗎？你知道你的一個笑臉一句安慰體貼的話，對她來說有多重要？而且蘭馨是個非常溫柔善良的好女子，你根本就不給她機會去瞭解，你怎麼知道她的好呢？」

無憂的話秦顯是聽不進去的，他只是苦笑道：「那為什麼妳當初不肯去瞭解我呢？如果妳肯花時間和心思瞭解我，也許妳今日嫁的就不是沈鈞了。」

「現在還說這些有意義嗎？」聽到秦顯的話，無憂不禁皺了眉頭。

「所謂己所不欲勿施於人，就是這個道理。無憂，妳是個聰明人，為什麼就不明白呢？」秦顯隨後便轉身，望著無憂說。

見他冥頑不靈，無憂知道再說下去也無益，便道：「好了，既然如此，那就不必多說了，希望你以後能夠善待蘭馨。時候不早，我也該回去了。」說完，便轉頭要走。

看她要走，秦顯一時情急，伸手抓住無憂的手腕，急切地道：「難道妳對我多說幾句話都不耐煩嗎？」

「你快放開我，聽到沒有？」雖然這個地方還算偏僻，沒有什麼人來往，但畢竟是在皇宮裡，人多眼雜的，要是被別人看到肯定會說閒話，她可不想再因為秦顯而惹任何麻煩，而且也不想給秦顯惹什麼麻煩，便趕緊呵斥他。

秦顯卻像沒有聽到一樣，一雙眼睛盯著她，手也沒有放開，執著地問：「我只想問妳現在過得好嗎？妳回答我，我馬上就放妳走。」

「你……」無憂想說什麼，不想背後卻有個熟悉的聲音打斷了她的話。

「無憂，妳真是我的好姊妹。」

忽然聽到背後有人說話，而且那個聲音是那般熟悉，無憂一轉身，驚異地發現站在迴廊外的人影竟然就是剛剛不久前和她分別的那個身影，不由得一怔。這時候，秦顯也看到了蘭馨，他的手一鬆，無憂便趕緊收回自己的手腕。只見蘭馨望望秦顯，又望望自己，好像根本就不認識他們一樣，一雙大大的眼睛已經霧濛濛，搖著頭退後兩步，彷彿根本就不能接受眼前所看到的事實。

看到她的表情，無憂知道蘭馨肯定誤會了，大概也聽到了她剛才和秦顯的談話。下一刻，便趕緊步下迴廊，上前一把抓住蘭馨的手臂，急切地解釋道：「蘭馨，事情不是妳想的那樣，妳聽我解釋！」

尉遲蘭馨卻厭煩地一抬手，把無憂甩到一邊，眼神裡帶著憤怒地嚷道：「解釋？妳還要解釋什麼？剛才你們的話我都聽到了。薛無憂，難為我一直都把妳當作最好的朋友，把什麼知心話都告訴妳，我一直都擔心妳嫁了人後過得好不好，可是妳呢？妳是怎麼對我的？原來……原來妳跟我的夫君一直都不清不楚的，妳還說我胡思亂想，妳……妳怎麼會如此虛偽？」

這個虛偽的詞讓無憂有口難辯，看到蘭馨用那種厭惡的眼神望著自己，她真是痛苦死了，只能道：「蘭馨，妳現在正在氣頭上，我說什麼妳都不會相信。但是我要告訴妳，我也一直都把妳當作好姊妹的，希望妳能過得好。」

「妳的嘴臉已經被拆穿了，何必還要這樣假惺惺呢？」蘭馨厭惡得都不想再看無憂一眼。

見狀，秦顯走過來，道：「時候差不多了，妳跟我去長公主那裡告辭吧！」

「你對我就一點也沒有可解釋的嗎？」看到秦顯的臉上淡淡的，蘭馨盯著他看。

可是，秦顯對蘭馨的話根本就無動於衷。「我和無憂沒有絲毫越軌之處，我沒有什麼好解釋的。」

「沒有越軌？你不是一直都喜歡她嗎？」尉遲蘭馨有些歇斯底里了。

「我喜歡她是不假，可是她一直無意於我。」秦顯很認真地道。

「無意於你？是不是她如果也有意於你，你就什麼也不顧了？是不是也要把我休了？」尉遲蘭馨因為過於激動，言詞也和她以往的溫婉性格大不一樣。

聽到這話，秦顯更加認真地道：「如果她有意於我，我根本就不會娶妳了。」

「秦顯，你……你是不是太過分了？難道你就不怕傷害我嗎？我是你的妻子啊！」秦顯那種不知道避諱的話，讓尉遲蘭馨很受傷。

「蘭馨，對不起，妳是我的妻子，我也一直都很尊重妳，給予妳我所能給予的一切，可是感情……我真的給不了。」說完，秦顯便頭也不回地往重華宮的方向而去。

望著秦顯那決絕的背影，無憂真不知該說什麼好了。秦顯對她來說是有情，可是對蘭馨來說那就是無情。無情的男人真的很可惡，他根本就不會為他不喜歡的女人去用心，更不會因為這個女人而改變自己，也絕對不會為這個女人去佯裝什麼。

「哈哈……」掃了一眼秦顯那冷漠的背影，蘭馨忽然仰頭冷笑起來，那笑聲簡直讓無憂都感覺有些瘆人。

「蘭馨，妳怎麼了？」無憂上前，生怕蘭馨會因為這樣的刺激而神志不清了。

可是，下一刻，停止笑後，蘭馨便帶著恨意地望著無憂，道：「薛無憂，我這麼慘妳是不是很高興啊？妳是不是感覺很有成就感？妳好姊妹的丈夫心裡念的都是妳。」

「蘭馨，我沒有……」無憂想解釋，但是解釋的聲音已經很弱。只見尉遲蘭馨伸手從髮髻中拔下一支金簪，狠狠地往自己的衣袖上一劃。接著，無憂便看到她手中提著一塊從衣袖上撕扯下來的衣料，決絕地道：「薛無憂，從這一刻開始，我與妳割袍斷義。」

「蘭馨……」無憂望著蘭馨手中那塊綢緞，眼眸中都是驚異，沒想到蘭馨會有如此激烈的行為。蘭馨一向是個溫柔賢慧的女子，沒想到她內心是如此剛烈。

「哼！」蘭馨把那塊綢緞隨手扔在無憂的腳下，便轉身追隨秦顯的方向而去。

蘭馨走後，無憂低頭望著腳下那塊綢緞，心中很不是滋味。看了那塊綢緞很久之後，彎腰伸手把那塊緞子撿起來，收進衣袖中後，緩緩地朝宮外走去。

她的步履有些緩慢，心中也很惆悵，畢竟尉遲蘭馨是她在這個時代最親密的朋友，也許從今以後她會永遠地失去這位朋友，想想以往的種種，還真是讓人感慨。

看到無憂從宮門內出來後，連翹趕緊迎上來，道：「二小姐，您回來了？秦大人有沒有跟您說什麼？」

對連翹的問話，無憂根本無心回答，只是搖搖頭，在春蘭的攙扶下上了馬車。

見主子好像不高興的樣子，連翹上了車後也不敢多問，春蘭和另一個婆子坐在另外一輛馬車在後面跟著。

撩開窗簾，無憂感覺有些氣悶，就對外面的馬夫道：「我要去城外的莊子一趟。吩咐春蘭，讓她回去告訴二爺，今晚我就在莊子住一夜，明日再回去。」

聽到無憂的吩咐後，那馬夫便停下馬車，跑到後面那輛馬車上，交代讓春蘭和那個婆子回去沈家了。稍後，馬夫才上了車，只聽到一陣馬鞭聲後，馬車便飛快地朝城外的方向奔跑。

第五十五章

天色將黑的時候馬車才進了莊子，無憂進屋後，連翹幫無憂脫下披風，早已經有小廝拿個燃燒的炭盆過來，屋子裡倒是不冷。隨後，連翹為無憂倒了一杯熱茶，笑道：「二小姐，天快黑了，晚飯您想吃什麼？」

「午宴很豐盛，我還一點都不餓呢！就是有些累了，想休息一下，妳下去用飯吧，不用在這裡伺候。」無憂坐在八仙桌前的繡墩上說。

「是。」連翹只好退了出去。

連翹走後，屋裡便恢復了安靜，無憂坐在八仙桌前，望著手中瓷碗裡那杯帶著綠色的茶水，心情卻怎麼也好不起來。本來就怕蘭馨知道秦顯喜歡自己的事，沒想到今日會這麼巧，正好讓蘭馨碰到，而蘭馨的性情又是如此剛烈，竟然到了割袍斷義的程度……

正在煩悶之際的無憂忽然感覺後腰部位突然被什麼硬物給抵住，而且背後也有氣息傳來，她不由得一皺眉頭，剛想轉頭，不想後面就傳來一個壓著聲音的男音。

「別動。」

無憂確定從來沒聽過這個男音，這聲音如果不是壓著嗓子，應該是很洪亮有力的吧？她倒是還保持著鎮靜，雖然很好奇背後的人是誰，但是沒有傻傻的回頭往後看，只問了一句。

「你是誰？想幹什麼？」

「妳不用問我是誰，我也不會告訴妳。今日我只是在這裡避避風頭，告訴妳的丫頭，讓她們趕快準備些吃的過來。」後面的人很堅決地道。

無憂心想——避避風頭？難道是流犯？還是土匪？看來是這個莊子裡沒有多少人，這間屋子又幾乎沒人住，所以這個人才會在這裡避風頭吧？不過就不知道他是不是殺人如麻的江洋大盜，自己該不該為他做事？

正當無憂猶豫的時候，背後的人肯定是著急了，便將一把匕首抵在無憂的脖子上。無憂感覺自己的脖子被一個冰冷的硬物抵住，她的眼眸一垂，便看到了那寒光閃閃的東西，讓她的汗毛都豎了起來。背後那人厲聲道：「聽到了沒有？」

無憂蹙了下眉頭，道：「你總要先放開我躲起來，要不然我叫丫頭進來，她還不得嚇死？到時候外面的人都知道了，可是給你準備不了吃的。」

聞言，後面的人考慮一下，把匕首收了起來，不過卻警告了一句。「我警告妳，不要耍什麼花招，要不然我把妳這莊子上所有的人都殺掉，包括雞犬。」

那人的聲音中似乎帶著一抹野性，彷彿不是中原人士。

「只要你不傷害任何人，我會盡力幫助你的。」無憂雖然不怕死，但這個莊子上可是有她雇來的七、八個人，他們上有老下有小，她不想讓人家為了給她幹活而失去性命。

「只要妳不動歪腦筋，我說話是算話的。」

無憂覺得那人說話間似乎有股王者之氣，雖然她並沒有看見他的長相。

隨後，無憂便起身，走到門口的方向，伸手打開房門，並且朝後面望了一眼，只見一個青色的影子立刻就躲入床鋪後面。無憂看到這個穿著青色衣衫的身影長得很魁梧，應該武功也很不錯，不過好像行動有些緩慢，也許是受傷了吧？想想這個人雖然受傷了，但是也不容小覷，現在莊子上也就只有兩個小廝、兩個婆子，還有兩個小丫頭而已，這些人全部加起來也不是這個人的對手，她還是得好好地應付他才可以。下一刻，無憂便朝外面喊了一聲。

「連翹。」

剛剛吃過晚飯的連翹聽到主子的喊聲，趕緊跑過來道：「二小姐？」

「妳去告訴廚房，讓她們弄點吃的過來，最好是兩樣葷的。」無憂吩咐著。

聽到這話，連翹不禁愣了，望著無憂問道：「二小姐，您不是說不餓嗎？怎麼又忽然想吃葷的？」

「剛才不餓，現在餓了不行嗎？哪裡來的那麼多廢話，趕快傳話去。」無憂不耐煩地道。

「是。」連翹聽了，便趕緊去了。

見連翹走了，無憂趕緊關上房門。這個時候，只見那個身影已經坐在八仙桌前，無憂還算鎮靜地走到八仙桌前，用火石子點亮屋裡的燈火。這時候，無憂才看清楚那個人的面容，只見他一張國字臉，濃眉，眼睛也不小，皮膚似乎有些黑，不過是那種健壯的黑，大概是長期暴露在陽光下的緣故吧？這個人的膚色此刻有些蠟黃，據她的觀察，應該是受傷了吧？

看到無憂的打量，那人也同樣打量了無憂一眼。他倒是不客氣地伸手就拿過一旁的茶碗倒了一杯茶，咕嚕咕嚕喝了整整一杯後，說了一句。「放心，我不會傷害妳的。我是個恩怨分明的人，對有恩於我的人，我會敬奉為恩人，不過對於傷害我的人，我也絕對不會心慈手軟。」

聽到這幾句話，無憂可以肯定這人是個武人，而且應該不是中原人士，他的右耳垂上還有個用來戴耳環的耳洞，中原男子是不會有這種耳洞的，除非是外族。

「你不是中原人吧？」無憂在那人的對面坐了下來。

聽到她的話，那個人明顯一愣，然後瞇起眼睛盯著無憂道：「妳很聰明，妳是什麼人？」

「我是這個莊子的主人。」無憂回答。

「我看妳不像一般人，不過我對妳是誰並不感興趣，我只想在妳這裡借住幾日而已。」那人說。

忽然，無憂感覺這個人說話雖然有些粗，倒是個豪爽之人，而且這人的一雙眼睛十分有神，不像是猥瑣之輩，所以也對他有了一股好感。她既是個大夫，所以便像是有職業病地問了一句。「你是不是身上有傷？」

那人一聽無憂說他有傷，忽然便警覺起來。

看到那人的表情，無憂知道他肯定是不想讓人知道自己受傷了吧？無憂便說：「放心，我沒有別的意思，我是大夫。」說完，朝一旁的几案上看了一眼，那上面放著無憂去哪裡都不離身的藥箱。

那人循著無憂的目光看了一眼那個藥箱，才算放鬆了一些戒備，然後說：「我是受傷了不假，妳能幫我醫治嗎？」

聽到這話，不知怎的無憂猶豫了一下，然後就說：「我是個大夫，救病扶傷是我分內的事，我自然會為你醫治，不過你要答應我不能傷害這莊子裡的任何人。」

「我答應妳。」那人點了點頭。

「好，現在告訴我，你哪裡受傷了？」無憂上下打量了那人一眼。

「我的肩膀被飛鏢打到了。」那人低頭看了一眼自己的左肩膀。

無憂站了起來，走到那個人的面前，伸手想看看他肩膀上的傷口。那人先是猶豫了一下，然後解開袍子，露出了似乎還在流血的傷口。看到那傷口周圍有黑色，無憂不禁皺了眉頭，問：「你什麼時候受的傷？」

「昨兒早上。」那人回答。

「有沒有找大夫看過？或者是吃過什麼藥？」無憂繼續問。

「沒有。」那人搖搖頭。

無憂望著他的傷口說：「你中的飛鏢有毒。」

聽到這話，那個人似乎早就知道，點頭說：「是的，而且這種毒有些寒。」

一刻後，無憂轉身拿來自己的藥箱，從裡面取出她的銀針，抽出一根在那個人的傷口扎了一下，拿到燭火下看了半晌，才道：「這應該是蛇毒。」

「蛇毒？」那人聽到後皺了一下眉頭。

「是的，已經不能再拖，你現在應該已經發燒了。」無憂說。

那人趕緊摸了一下自己的額頭，說：「不錯，而且我感覺渾身發冷。」那人此刻的表情已經有些緊張了。

無憂看得出他還在佯裝鎮靜，便道：「你放心，這種毒我能夠解，不過你必須一切都聽我的才可以。」

那人的眼眸在空中和無憂的眼眸相碰，雖然他的眼中帶著狂傲不羈，但是在看到無憂那雙猶如靈動小溪一樣的眼睛時，他的眼光卻是異常安詳，只是點了點頭道：「好。」

「那就好，我的丫頭要來送飯了，你先躲一下，隨後我會給你治傷。」無憂這個時候已聽到外面有腳步聲。

那個人便趕緊撫著傷口又藏到床鋪後面，外面也恰在此時響起了敲門聲。

咚咚……咚咚……

「進來。」無憂這個時候已經收好銀針，並坐在八仙桌前。

房門被推開，連翹帶著兩個小丫頭手裡端著托盤走進來。連翹笑著走到無憂跟前道：

「二小姐，廚房準備了兩葷兩素，還熬了一鍋雞湯。」房間裡便飄滿了菜香。

此刻，連翹的鼻子吸了吸，然後疑惑地四下望了望。「二小姐，奴婢怎麼聞著彷彿有一股腥味啊？」

此話一出，無憂的眼光朝床的方向看了一眼，感覺床後面的那個人似乎有些緊張，便趕緊咳嗽了一聲。「咳咳……」然後道：「妳的鼻子還真靈敏，我的癸水剛剛來了。」說這話的時候，無憂還是有些羞赧的，畢竟這麼私密的事情她說出口，床鋪後面可還有個陌生男子在聽著呢！

聽到這話，連翹驚訝地道：「啊？癸水來了？不對啊！」

「什麼不對？」無憂這個時候心裡十分緊張。因為據她觀察，在床鋪後面的那個人，武功應該很了得。剛才她用銀針扎了他的那一下，就知道這蛇毒是很厲害的，而他能夠堅持了快兩天一夜還沒有倒下，就證明他的身體很好，應該還有內力可以自行將毒素逼出身體，只是這種毒藥僅僅靠內力是逼不出來完全的。

「日子不對啊！」連翹嚷了一句，然後道：「不是還差了十來天嗎？」

「這種事也不是哪一次都準的，妳還不明白嗎？」無憂反問了一句。

連翹掩口一笑。「是啊，奴婢的就一直都不準。」

「行了，妳也累了，下去歇著吧。我吃完了也不必收拾，明日再來收拾好了。」無憂吩咐道。

連翹便帶著人下去了。

房門再次關閉，無憂趕緊起身走到門前，伸手把門閂插上了。「出來吧！」

下一刻，只見那個青色影子一閃，從床鋪後面走出來。

無憂看他十分憔悴的模樣，應該是這兩天沒吃沒喝，也沒有休息好，便道：「飯菜都來了，你快吃吧。」

那個人掃了一眼八仙桌上那些好吃好喝的，對無憂說：「妳不是說要給我治傷嗎？」

「你吃飽喝足之後才會有足夠的體力，給你解毒很需要體力的。再說我看你的身體底子非常好，也不差這一頓飯的工夫。」無憂望著那個人說。

聽到這話，那人深深地望了無憂一眼，大概感覺很有道理吧，便轉身走到八仙桌前，坐下來後，看了一眼飯菜，便拿起筷子，端起那一碗米飯，狼吞虎嚥地吃了起來……

約莫一盞茶的工夫後，飯桌上的飯菜、雞湯便被風捲殘雲般地全部一掃而空。無憂望著那光光的幾個碗盤，心想——這個人看來是真餓了，而且看體力那也是夠壯的，應該是草原上的人吧，好像對吃肉挺感興趣。

那人吃完後放下手中的碗，望著對面的無憂問：「現在是不是可以開始了？」

「嗯。把你的傷口全部露出來，我要為你扎針去毒，需要的時辰可能有點長，你不能亂動。」說完，無憂起身又把銀針拿了出來。

拿出銀針後，看到那人倒是挺聽話的，坐在繡墩上，把自己的傷口都露了出來。無憂先在他傷口附近扎了幾根銀針，看了一眼那已經泛黑的傷口，道：「我得把你的傷口清理乾淨，應該有點疼，所以你把這個藥吃下去，可以幫你緩解一些疼痛。」無憂拿出一丸藥放在那人的手心上，這是她前陣子實驗成功的麻藥，給這個人服下的話應該可以一箭雙雕。第一是緩解他的疼痛，第二這丸藥會使人渾身無力，麻醉效果可持續一天，那麼她可以早做準備，讓莊子上的人全身而退。

不過，出乎她意料的是，那個人看了一眼自己手上的丸藥後，卻一把就給扔在了地上，很豪爽地道：「不就是疼一點嗎？我不怕，來吧！」

無憂先是皺了一下眉頭，隨即用銀針在那人的穴位扎了幾針，再從藥箱中拿出一柄處理傷口用的匕首，將那匕首在燭火上燒了燒，便用匕首在那人的傷口上割去那些已經發黑的血肉。那人只是咬著牙，卻沒有發出常人都會發出的呻吟和喊叫聲。無憂知道這個人的確不是一般人，她要格外留心些才好。經過長達兩盞茶的時間，無憂才把他的傷口清理好，在他的傷口撒上金瘡藥，再用乾淨的紗布幫他包紮好。最後，才在藥箱裡拿出解毒的藥丸道：「這是百消丹，可以解除百毒，你趕快吃了。」

那人看了無憂一眼，雖然眼中有幾分疑慮，但還是選擇相信無憂，伸手接過那百消丹，仰頭吃了下去。

看他吃了百消丹，無憂便道：「該做的都做了，現在你應該好好睡一覺，休息一下，大概到明日這個時候，你的毒就會從身體裡消失了。」

聽到這話後，那人起身走到窗前的榻上，緩緩地躺下去，說實話，他已經很疲倦了，不過在閉上眼睛之前問了一句。「妳叫什麼名字？」

無憂的嘴角扯了扯，反問道：「如果我問你的話，你會告訴我你的名字嗎？」

聽了這話，那人卻冷笑了一聲，說：「我說過不要問我是誰。」

「我姓薛。」無憂這時候只說了這麼一句。

聽到這個姓氏，那人沒有再多問什麼，而是閉上眼睛。望著那人的臉龐一刻後，無憂知道這人雖然看似在休息，其實他的心神都還警覺地注意周圍的一切。她自然也不能不防，隨後，她便上了床，落下床幔，這樣她可以在縫隙中看清楚外面的情況，可是那人卻看不到自己的情況。她和衣而臥，不過卻悄悄地把剛才為那個人處理傷口的匕首握在被窩中……

天放亮的時候，無憂抵不住睏意，不知不覺睡著了，不想外面卻傳來了敲門聲。

「誰？」耳邊聽到敲門聲，無憂立刻就警醒過來。

「二小姐，我是連翹，您起來了嗎？」外面傳來連翹的聲音。

聽到這話，無憂坐起身子，撩開床幔，看到那個人此刻也已經醒了，正坐在榻上望著她這邊。和那個人的眼神對望了一刻，無憂便朝外面喊道：「我還沒有起身，妳先去準備些熱水和早飯過來。」

「是。」外面的連翹聽了，便離開了。

無憂踩上鞋子下了床，走到那個人的面前，看了看他的臉色道：「你的臉色好多了，讓我看看你的傷口怎麼樣了？」

聽了無憂的話後，那個人挺配合地解開自己的衣衫，露出肩膀。無憂低頭仔細地查看他的傷口，只見那傷口雖然還沒有完全癒合，但四周已沒有黑色的東西了，這說明毒已經全部消了。無憂微微笑道：「傷口很好，毒已經完全解了。」

那人聽罷，神情一陣放鬆。隨後，無憂把夜裡睡不著時想好的策略說了出來。「一會兒我就該回去了，要不然家裡人會不放心，到時候差人來找的話就有些麻煩了。不如我給你準備好足夠吃的喝的，你在這裡養兩天傷，然後我把莊子裡的人都打發走，之後你就悄無聲息地離開，你說怎麼樣？」

那人低頭考慮一下，點頭道：「就按照妳說的辦，不過妳千萬不要耍什麼花樣。」

聞言，無憂笑了笑，說：「我能耍什麼花樣？我連你的身分都不知道，我只是不想給自己添麻煩而已。」

那人想想也是，便沒有再多說什麼。這時候，外面又響起敲門聲，傳來連翹的聲音。「二小姐，您起來了嗎？」

「來了。」無憂朝外面喊了一聲，便低聲對那人道：「我的丫頭來了，你先躲一下，過會兒我會帶他們全部離開的。」

那人一聽，便站起了身子，在躲入床鋪後面之前，倒是很鄭重地對無憂說了兩個字。

「謝謝。」

無憂一怔，因為她發現那人眼睛裡放射著很真誠的光芒。從這抹光芒中，無憂感覺這個人並不像是個壞人，也許是因為某種原因而跟人結仇吧？下一刻，無憂輕聲地說了一句。

「希望你好運。」

那人聽了之後，點了一下頭，然後便躲入床鋪後面。無憂才走到門前，打開房門。只見連翹和兩個小丫頭分別端著洗臉盆和早餐站在門外很久了。看到無憂，連翹和那兩個小丫頭笑著走進來，道：「二小姐，您今兒的動作怎麼這麼慢啊，是不是身子不舒服啊？我特別讓廚房給您熬了點紅糖薑水呢，女人癸水來的時候，喝這個可是最好不過了。」

聽到這話，無憂不禁低頭微微一笑，心想——這個連翹，還真是把她的一句謊話當真了。

「二小姐，趕緊洗漱吧？」連翹把水盆放好後道。

「好。」無憂看了看一旁那兩個小丫頭，她們已經把早飯都放好了，怕她們在這裡看到了不該看的，便趕緊吩咐道：「妳們兩個去廚房看看有什麼點心之類的，拿一些過來，順便吩咐莊子上所有的人，收拾一下，一會兒就跟我回沈家去。」

「是。」那兩個小丫頭趕緊應聲去了。

這時候，伺候無憂洗漱的連翹好奇地問道：「二小姐，咱們馬上就要動身回去嗎？怎麼還要把莊子上的人都帶回去啊？」

洗完了臉的無憂，接過連翹手裡的毛巾，擦了兩把臉後，說：「這大冷天的莊子上也沒什麼事，不如讓旺兒帶他們去製藥作坊那邊去忙活忙活。」

「可是這邊總要留兩個人看著才可以啊。」連翹提議道。

「都是些笨重的東西，有什麼好看的？只不過還有幾頭豬而已，吩咐小廝們放著飼料，讓小廝們兩天後再過來就是了。」無憂最後道。

連翹沒再說什麼，趕緊盛了一碗稀飯道：「二小姐，吃稀飯吧！」

「嗯。」無憂點了下頭，慢慢地吃起來，看到桌上的那些小菜，再看看一旁湯鍋裡面大概還有一碗稀飯的樣子，心想——這些還夠那個人吃一頓的。

等無憂快吃完早飯的時候，小丫頭端著托盤走進來，只見那托盤裡放著兩盤糕點，並道：「二小姐，這是廚娘昨兒晚上特別為您趕製出來的。」

「放這裡吧，我一會兒帶上就是了。」無憂回答。那小丫頭便退了下去。

正在這時候，小廝在外面喊道：「二小姐，二爺來了！」

聽到這話，無憂一驚，趕緊起身走到門前，望著外面問：「你說什麼？二爺現在人在哪裡？」

「剛剛進了莊子，小的就來稟告了。」那小廝趕緊道。

這時候，無憂看到遠遠的一個黑色影子已經朝這邊走來。由於距離太遠，她看不到他臉上的表情，不過光看到那個身影，在這寒天裡就感覺異常的溫馨了。不過她也立刻意識到不能讓他進到屋子裡來，因為長年在外征戰，沈鈞的敏銳度是十分高的，也許他一進來就會發現到這間屋子裡藏著人，到時候肯定會有麻煩的。雖然知道那個人的武功不低，但是現在還受著傷，肯定不是沈鈞的對手。而且她也不想讓沈鈞再惹上什麼麻煩，所以，來不及多想，下一刻，無憂便吩咐那個小廝道：「你去看看都準備好了沒有？通知所有人，咱們馬上就準備啟程了。」

「是。」那小廝領命去了。

這方，無憂對連翹道：「快把我的披風拿來，咱們跟姑爺一起回去。」

連翹一邊伸手拿過披風一邊道：「那奴婢趕緊把點心收了。」

「不用了，就放在這裡，妳帶上房門，跟我一起走就是。」無憂吩咐道。

聽到這話，連翹很是納悶，轉頭望了一眼那八仙桌上的點心、還有那沒吃完的早飯，不由得皺了下眉，不明白今日二小姐怎麼怪怪的？

無憂轉頭見連翹還愣在那裡，便道：「聽到沒有？快隨我來。」說罷，無憂便邁步走出房門，朝沈鈞來的方向迎去。

連翹無法，只得也跟了出去，懷裡抱著無憂的披風，並按無憂的吩咐把房門也關好。

無憂走出房間後，才幾步路的工夫，沈鈞的腳步大，已經走到無憂的跟前。這個時候，太陽初昇，金色的光芒照在兩人的身上，他們的身上金光點點。金色的陽光下，無憂抬頭望著那高出自己一個頭的身影，笑吟吟地問：「你怎麼來了？」

一身黑袍的沈鈞低頭望著眼前穿著單薄的無憂，不由得蹙了一下眉，上前一把握住她的肩膀，用責備的語氣道：「怎麼穿這麼少就出來？」那聲音和神情中盡是關切，讓無憂心裡立刻生出一陣暖意。

隨後，無憂低頭看了看他握住自己肩膀的那雙大手，笑道：「我不冷的。」

正在說話間，後面的連翹已經跟上來，大概是聽到他們的對話，便趕緊把懷裡抱著的披風拿出來披在無憂的肩膀上，並道：「姑爺，二小姐一聽說您來了，什麼都不顧的，連披風都不穿就急著往外跑呢！」

無憂面上一紅，轉頭斥責連翹道：「死丫頭，嚼什麼舌根，還不趕快去看看他們都準備好沒有，準備好了，咱們就趕緊啟程回去。」

「是。」連翹笑了笑，應聲後去了。

沈鈞望著連翹走後，也對無憂露出笑容，道：「我剛來還沒有進屋子呢，咱們就要回去？我也是有些日子沒有到這個莊子來了，不如咱們在這裡待上一日可好？」

聽到這話，無憂趕緊道：「這大冷天的也沒什麼好景色，不如等春暖花開了再過來，這一日不回去我倒還挺想家裡的，咱們還是趕緊回去吧！」

聞言，沈鈞微微一笑，露出兩排潔白的牙齒，說：「既然妳想回去，那就隨妳好了，只是妳說的挺想家裡……不知道想的是沈家，還是沈家的人？」

無憂自然知道他是拐著彎地問自己有沒有想他，她卻笑道：「想問什麼你就大方問好了，何必如此遮遮掩掩、拐彎抹角的，這好像不是沈大將軍的風格啊！」

聽了無憂的話，沈鈞一怔。因為每每說到情這個字的時候，無憂不是顧左右而言他，便是說話帶著暗示，從來都不直接說出來，所以他便也學著含沙射影地說了。不想今日她卻光明正大地問了出來，沈鈞只得道：「好吧，那我就不拐彎，直接地問——有沒有想我？」說最後一句話的時候，沈鈞深呼吸了一下，語氣很鄭重。

聽到他的問話，無憂低頭笑了一下，然後很大方地回答：「嗯。」

看她點了頭，沈鈞納罕地笑了。

看到他仰頭笑著，無憂便問：「你笑什麼啊？」

「沒有，我是太高興了。」沈鈞回答。

兩個人正說笑著，小廝跑過來低頭稟告道：「二小姐、姑爺，車馬都準備好了，可以啟程了。」

聽到回稟，無憂點頭對那個小廝說：「把莊子的大門上鎖，咱們即刻出發。」

「是。」那小廝應聲後趕緊去了。

沈鈞不禁問道：「上鎖？不留個看莊子的人嗎？」

「過兩日就讓他們回來了，走吧！」不等著他再問什麼，無憂拉著沈鈞往大門的方向走去。

出了莊子的大門後，只見大門前已經停靠幾輛馬車還有幾匹高頭大馬，馬車是無憂的一輛，還有莊子上的兩輛，那高頭大馬自然是沈鈞和沈言騎來的。掃了一眼這一行隊伍，無憂轉頭對沈鈞說：「不如你今日陪我坐馬車好了？」

聽到這話，轉眼看看無憂那雙望著自己的燦爛眼神，沈鈞點了點頭，說：「榮幸之至。」

沈鈞便扶著無憂上了馬車，隨後看到眾人都上車的上車、上馬的上馬，沈鈞跟前面騎著馬兒的沈言打了一個手勢，說了一句。「啟程。」便也上了馬車，一行人便開始緩緩地前行了……

車篷內，沈鈞和無憂兩人肩並肩坐著，車窗的簾子敞開著，兩人可以望見窗外的風景。稍後，無憂便側身把頭歪在沈鈞的肩膀上，一雙手臂抱住了他那隻有力的手臂，很是依戀的樣子。

低頭望了一眼依偎在自己身側的人兒，沈鈞的嘴角扯了扯，笑道：「妳今日怎麼了？好像突然變成一隻依人的小鳥。」

聽到這話，無憂道：「那我以前像什麼？不是依人的小鳥嗎？」

「以前？」沈鈞低頭想了一下，才說：「以前的妳像一隻又漂亮又驕傲的鹿，自由自在的，不管別人做什麼，反正自己悠然自得的樣子。」

聽了沈鈞的話，無憂低頭笑了笑，然後說：「那你是喜歡鹿呢？還是喜歡依人的小鳥？」

「只要是妳，我都喜歡。」沈鈞低頭寵溺地道。

無憂會心地一笑，說：「對了，你怎麼大清早的就跑過來了？」

「還說呢，昨兒我有個朋友請吃飯，所以晚飯後才回去，可是一回去就聽春蘭說妳往莊子這邊來了。本來想當晚就過來找妳，只是城門都關了，就只能等著天明再過來。」沈鈞道。

聽他這麼說，無憂倒是相信的，因為沈家離這裡就算騎馬也得走上半個多時辰，他可是一早就過來，肯定是天剛亮的時候就出發了。所以便枕在他的肩膀上，看似無心地問了一句。「幹麼這麼急著來找我啊？」

沈鈞噙著笑盯著無憂問道：「妳是想聽實話，還是聽假話？」

聞言，無憂抬臉笑著問：「實話怎麼說？假話又怎麼講呢？」

「假話麼，就是我想妳了，所以便一大早過來。」沈鈞的手撫著無憂的肩膀道。

「那真話呢？」聽著無憂不禁蹙了一下眉頭，心想——難道真話是不想她嗎？

看到無憂擰眉，沈鈞不禁暗自發笑，然後望著注視他的無憂，很認真地道：「真話麼……就是我非常想念妳，昨兒晚上一夜睡不著，好不容易等到天亮了，便把沈言提溜起來，騎著馬就出城來找妳了。」

無憂的心馬上一鬆，異常欣喜地抿起嘴唇，露出非常燦爛的笑容。沈鈞這個人她很瞭解了，他這麼內斂的人要說出如此一番話來，肯定是很需要勇氣的。此刻他的眼神充滿了深情，雖然她並不知道這一腔深情能夠持續多久，但最少在這一刻它是那般的真切，那般讓人神往。下一刻，無憂便柔聲說：「其實昨兒晚上我也是輾轉反側地沒睡著。」

「為什麼？」沈鈞聽到這話，不由得眉毛一低。

「跟你一樣……想你。」無憂此刻的表情十分認真，她伸出手去，手指輕輕地觸摸他的眉頭、鼻子、臉頰……

「無憂……」不久後，沈鈞低低地叫了一聲，便抓住她的手，放在他的胸口上。

他的心臟跳動得很快，也很有力，無憂感覺自己都有些微微顫抖了。這一刻，她想緊緊地與他相依，緊得沒有任何縫隙，更想珍惜眼前的這一刻，真實地感受他的存在。下一刻，她緩緩地閉上眼睛。隨後，車篷裡的光線忽然暗下來，車窗窗簾被拉下，把外面和裡面徹底地隔絕，而她隨即感受到有些灼熱、柔軟而富有彈性的唇瓣覆蓋上她的。他的吻由淺入深，從溫柔到狂烈，一步一步地讓她也瘋狂了起來……

第五十六章

大約一個時辰後，馬車才緩緩地停靠在沈家大門外。夫婦二人先去給沈老夫人請了安，隨後沈鈞便有朋友來訪並跟朋友出門去了。無憂一個人回了屋子，春蘭伺候無憂換了衣衫，無憂便上了床，想休息一下。

春蘭在一旁道：「二奶奶，昨兒晚上二爺回來的時候，奴婢稟告說您去了莊子，晚上不回來了，二爺掉頭就要上莊子去找您呢！還是沈言在後面追著說這個時候外面都已經宵禁，連城門都關了，好說歹說二爺才答應隔日一早再去莊子接您，看得奴婢們都好生羨慕二奶奶您呢！」

聽了這話，無憂心裡自然是喜孜孜的，不過面上仍舊淡淡地道：「我和妳二爺畢竟才成婚不久，要是像大爺和大奶奶在一起十幾、二十年的時候還能如此的話，那才真叫人羨慕呢！」

聞言，春蘭伸手為無憂掖了下被子道：「您昨兒不在家不知道，昨兒請了一位郎中過來給曹姨娘把脈，說是已經有了兩個月的身孕，而且胎象穩固，老夫人都高興得合不攏嘴了。」

無憂低頭想了一下，總感覺哪裡不太對勁，但是又說不上來。春蘭又在旁邊說了幾句，無憂便把她打發出去了。

躺在床上，無憂腦子裡不禁胡思亂想著，那個人大概已經吃過東西了吧？其實她昨兒給他治傷的時候，用銀針封住了他運氣的穴位，因為她看出這個人的內力十分雄厚，萬一這個人的毒解除之後他有什麼異動的話，大概來一個沈鈞也不見得能把人給制住，所以，無憂便想了這個法子，讓他的內力施展不出來。不過她的銀針也只能封住穴位十二個時辰，十二個時辰之後就無能為力了，這也是她為什麼急於把莊子上所有人都撤出來的原因。雖然她感覺那個人不像是江洋大盜，但也不知道他的真實身分背景，只覺得他並不像一般人，心想兩、三天後他的傷也好得差不多，大概會馬上離開莊子吧。

這日晚間，沈鈞吃過晚飯才回來，夜色已經深了，連翹和春蘭便端著洗腳水進來。無憂坐在梳妝檯前，連翹幫無憂拔簪子，放下頭髮，春蘭則伺候沈鈞洗漱……

很奇怪，平常這個時候沈鈞和無憂還會有的沒的聊上幾句，不過這次兩人卻是誰也沒有說話。無憂背對著沈鈞，抬眼朝銅鏡中看了幾眼，發現沈鈞一直都靜靜地坐在那裡由春蘭伺候著，無憂想到今兒在馬車上的種種，臉色還有些泛紅。

連翹為無憂梳好頭之後，道：「二小姐，好了。」

「嗯。」無憂抬頭，看到銅鏡中的自己髮絲披散在腦後，上身穿了月白色小襖，裡面是碧綠色的繡花抹胸，下身穿著青色褻褲，銅鏡中的人素面朝天，沒有塗抹絲毫的胭脂水粉，一雙眼睛水潤潤的。

隨後，連翹便退了下去。

這方，春蘭也為沈鈞洗好腳，沈鈞也朝她揮了下手，示意她可以下去了。

屋子裡便只剩下沈鈞和無憂，兩個人誰也沒有說話，房間裡一片靜謐，彷彿連根針掉在地上都能夠聽到。她背對著他，他坐在床沿，眼睛望著她的背影，眼眸既溫柔又灼熱。無憂伸手拿過梳子，低頭胡亂地梳著頭髮……

不知過了多久之後，沈鈞才站起身來，穿著一身白色中衣的他緩緩地走到無憂的背後，望了還拿著梳子梳頭的她一眼，才抿嘴笑了笑說：「妳這個頭要梳到天亮嗎？」

無憂這才意識到自己梳頭的動作已經進行很久了，便趕緊把手中梳子放在梳妝檯上，抬頭望著銅鏡中的沈鈞任性地道：「我就是想梳到天亮，不行嗎？」不過說這話的時候，嘴角卻是噙著笑的。

聞言，沈鈞低頭附和道：「行。就算梳上一個月都可以，行了吧？」隨後，他的雙手便握住她的雙肩。

感覺自己的肩頭一熱，無憂含笑道：「討厭。」

望著銅鏡中的人兒，巧笑嫣然，顧盼神飛，肌膚潔白如玉，眼眸靈動，沈鈞不由得就醉了。隨後，他上前一步，讓自己的身子和她的後背再無縫隙，兩人的身體緊緊地貼在一起。身後一熱，自己的後背靠在溫熱而富有彈性的肉牆上，無憂感覺一陣舒服和心安，深呼吸了一下，竟然連身體都有些輕輕的顫動。她不禁在心中嘲笑自己，怎麼了？至於嗎？有這麼緊張嗎？

此刻，她竟然也感覺到他的身子彷彿也在微微地顫動，無憂的耳邊都能聽到他那越來越粗重的呼吸。下一刻，無憂閉上眼睛，感受完全被他的氣息所籠罩的氛圍。

忽然，身後那個人的身體卻離了自己，下一刻，她睜開眼眸，只見銅鏡中的人拍了拍她的肩膀，道：「不早了，趕緊休息吧！」說罷，沈鈞便轉身走到床鋪前，伸手去疊他的鋪蓋。每天晚上都是如此，下人都退下去以後，沈鈞會抱走自己的被褥到榻上休息。

見他如此，無憂不禁擰起眉頭，心中暗自咒罵著，這個沈鈞，到底是真傻還是假傻啊？難道他還沒有看出她今日的心意嗎？

下一刻，無憂轉過身去，眼睛直直地望著沈鈞的後背問道：「你做什麼啊？」

聽到背後之人的話，沈鈞抱著被褥轉過身來，很理所應當地回答：「鋪床睡覺啊。」

看他彷彿像個木頭一樣不解風情，無憂不禁皺了下眉，起身走到他的跟前，看了一眼他懷裡的被子說：「就把被子鋪在這裡好了。」說完，她轉身一屁股坐在床邊。

沈鈞聽到這話，不由得愣了一下，然後低頭望了望懷裡的被子，有些不明所以了。

瞥了他一眼，無憂看他此刻倒是傻得可愛，低頭笑了一下，說：「今兒我有些害怕，不如……你在這裡陪我好了。」

聽到這話，沈鈞才恍然大悟地說：「妳也有害怕的時候？」

「怎麼，不願意陪是不是？」無憂瞪了他一眼。

「願意、願意，而且是榮幸之至。」說罷，沈鈞轉身重新把懷裡的被子放在床上，然後重新鋪好。

床幔放下，遮住外面的月光，他和她並肩躺在枕頭上，兩個人彼此依偎著，不過卻沒有一丁點不合禮數的動作，尤其是沈鈞閉上眼睛，一副要就寢的樣子。抬眼望望閉著眼眸的沈鈞，無憂側身把自己的頭枕在他的肩膀上。

感覺肩上一沈，沈鈞微微睜開眼眸，看到她猶如一隻貓咪般蜷在自己的身側，他不由得便生出了憐愛之情，伸手便把她的身子摟在他的懷中。隨後，耳鬢廝磨，兩人都閉上了雙眼，床幔裡的溫度也不斷地升高，臉頰對著臉頰，皮膚挨著皮膚，不一刻的工夫後，他的呼吸便困難起來。再後來，不知道是誰主動，他們的唇瓣竟然碰到一起，接下來當然是開始天旋地轉的吻……

這個吻由淺入深，由溫柔到熱烈，隨後便一發不可收拾。不一刻後，他一個翻身，重量便全部壓在她的身上，幾經纏綿之後，他知道自己已經到了崩潰的邊緣，不過仍舊存著一絲理智。這時他抬起頭來，對著她那潔白如瓷的臉龐氣喘吁吁地道：「很晚了，我們……是不是該睡了？」

她從他那已經不均勻的氣息中判斷出他已經動了情，隨後，她扯了扯嘴角道：「是啊。」

聽到她的話，沈鈞不能確定她的心意，皺了下眉頭之後，說：「我看我還是去榻上睡好了。」

他的話好像是在問她，也好像是在自言自語，無憂的眼神此刻帶著無比的柔情，只是有些恨他的遲鈍了，索性別過臉去，說了一句。「不想陪我就走好了。」

看她似乎一副不高興的樣子，沈鈞是又急又緊張，道：「哪裡不想陪妳？只是再這樣下去，我必須得去洗冷水澡了。」

聽到這話，無憂低頭噗哧一笑。自己不表明心意，看他一副什麼都不敢做的樣子，無憂心裡倒是挺受用的，畢竟這說明他是在乎她。下一刻，無憂便伸手摸上了他的中衣，她的手很溫柔，也很灼熱，雖然隔著一層布料，沈鈞也能感覺得到她手的溫度。下一刻，只見她溫柔地拉開他中衣上的帶子，沈鈞不由得眉頭一蹙，用疑惑不解的眸光盯著她，而他眼光中的灼熱足以讓她感覺到渾身都在發熱了。

對上他那灼熱的眸光，無憂垂下頭去，臉頰上飛出兩朵紅雲，笑道：「你不是羨慕人家洞房花燭夜嗎？我看今晚倒也算是個良辰……」話說到這裡，她不好意思再說下去了，想必他就算是再木頭也能夠聽明白了吧？

突然聽到這兩句話，沈鈞自然一怔，然後驚喜的笑容便爬上臉龐，他握住她的肩膀，驚喜地問：「妳說什麼？妳願意跟我做真夫妻了對不對？」

看到他如此高興，無憂抿嘴一笑，又扭捏了一下，抗議地道：「你輕一點好不好？你把人家都弄疼了。」她摸著自己的肩膀道。

「對不起、對不起，我不是故意的。」聽到她的抗議，沈鈞馬上鬆開手道歉。

看到他緊張的模樣，無憂微微一垂首，沒有多說話，她也很緊張，因為她知道那意味著什麼。雖然她是穿越到這個時代的現代女性，但她還是緊張，緊張得要死呢！

下一刻，只聽到有人在耳邊對她喃喃地道：「妳放心，我一定會溫柔的，不會再把妳弄疼了。」

聽了這話，無憂羞赧地在他的懷裡扭捏了一下，罵了一句。「討厭。」

接著，便是良辰美景應該發生的事，只聽衣服窸窣的聲音後，便有衣衫從床幔中散落下來，接著床幔上便浮現出一對男女互相依偎纏綿的人影，再後來便是輕輕的尖叫，最後則是一粗一淺兩道呻吟此起彼伏……

天早已經大亮了，院落裡的下人都開始進進出出地忙碌起來，但今日沈鈞和無憂的房門卻始終緊閉著。知道主子們還沒有起來，所以下人們進進出出時都輕手輕腳，誰也不敢出大聲。

春蘭和連翹站在廊簷下，臺階下面站著兩個端著水盤的小丫頭，兩個人對視了一眼，春蘭小聲地道：「今日這是怎麼了？往日這個時候二爺、二奶奶可是早就起來了。」

「也許是昨兒睡晚了吧？」連翹掃了一眼那緊閉的房門道。

春蘭不禁低頭笑了一下，便上前在連翹的耳邊低聲道：「也是，二爺一日沒有見到二奶奶，估計昨兒晚上還不知道怎麼纏著二奶奶呢！」

連翹不禁也掩口笑了笑。

正在這時候，房門猛地打開了。春蘭和連翹見狀，趕緊一回頭，只見是沈鈞穿著一身中衣站在門裡，二人趕緊上前福了福身子，道：「二爺早。」

「嗯。」沈鈞點了下頭，便轉身走入屋裡。這方，春蘭和連翹趕緊和小丫頭們也走了進去。

只見無憂穿著昨兒晚上穿的小襖坐在梳妝檯前，正用梳子梳理頭髮，看得出頭上的青絲有些散亂。

連翹趕緊上前去接過無憂手裡的梳子，道：「讓奴婢來吧！」

無憂沒有說話，把梳子給了連翹，任由她給自己梳頭，眼眸在銅鏡上一掃，只見身後的沈鈞正讓春蘭服侍著穿上袍子，看得出他的精神彷彿很好似的，嘴角間都噙著笑容，一副怡然自得的樣子。眼角彷彿也向她這邊瞄著，見狀，無憂趕緊垂下了眼眸，嘴角也偷偷地上翹了一下。手摸了摸自己的臉頰，好像火辣辣的，腦海中還在回憶著昨晚那讓人臉紅心跳的情景。

這時候，一個小丫頭打掃地面，另一個小丫頭則走到床鋪前疊被子。突然，那個在床前疊被子的小丫頭尖叫了一聲。

「妳作死啊！好端端地嚇著主子了。」連翹轉頭斥責那個小丫頭。

那小丫頭便趕緊像做錯了事情似的低頭認錯道：「二爺、二奶奶，奴婢該死，實在是奴婢看到床單上都是血跡，嚇了一跳，忍不住才喊出來的。」

聽到這話，無憂不禁擰了下眉頭，心想——怎麼忘了那樁事呢？不會露餡兒吧？沈鈞也是一怔。

這時候，連翹已經走到床鋪前，朝裡面看了一眼，只見床單上確實星星點點的盡是血跡，春蘭這個時候也上前瞄了一眼，說了一句。「唉呀，可不是嗎？這是怎麼回事啊？」

無憂正不知道該怎麼把這個謊言圓過去，不想，連翹卻突然笑道：「瞧我怎麼忘了，是二奶奶的癸水來了。妳也是，幹麼這麼大驚小怪的？趕快找條新的換上就是了。」

聽了連翹的話，無憂才想起她騙連翹說自己癸水來了的事情，不想卻是今日有這樣的妙用，便扯了扯嘴角，朝銅鏡裡望了一眼。只見沈鈞正衝著她似笑非笑著，她便也會意地垂下了頭，伸手理著自己身上的衣服不再言語。

這時候，那被訓斥的小丫頭趕緊應聲道：「是，奴婢這就去找條乾淨的換上。」說罷，便去找乾淨的床單了。

隨後，丫頭們服侍沈鈞和無憂洗漱完畢，早飯便端上來。沈鈞和無憂兩人對坐著，無憂一直都是半垂著頭，因為她發現今日沈鈞的眼光時不時地就盯著自己看，讓她都怪不好意思的，尤其那眼光中似乎還帶著昨夜的灼熱。

剛喝了一口粥，不想碗裡就被放進了一個煎蛋，望著那嫩黃的煎蛋，無憂一抬頭，就看到沈鈞那張英俊的面龐，對著她笑道：「多吃一點。」

「我剛才已經吃了一個。」大早上的，她怎麼吃得下兩個煎蛋？

沈鈞卻突然來了一句。「多吃一個沒關係，補充一下體力。」

無憂的臉立刻就紅了，轉頭望望一旁伺候的丫頭，她不禁心裡暗罵著，這個沈鈞，用得著說這麼讓人產生聯想的話嗎？真是的。不過一旁的丫頭們倒沒有多想，畢竟她們都以為她的癸水來了。下一刻，無憂便白了沈鈞一眼，示意他不要亂說話。

看到無憂的眼神，沈鈞卻傻傻地笑著摸了摸頭，解釋道：「是讓妳補一下身子的意思。」

「呵呵……」這時候，連翹和春蘭可都聽到了，她們都笑出聲來。

聽到她們的笑聲，沈鈞對她們擺手道：「下去。」

「是。」隨後，幾個丫頭便趕緊下去了。

丫頭們下去後，無憂才看了沈鈞一眼，佯裝生氣地道：「你也是，什麼話咱們私底下說不行，非要在下人面前現眼？」

「我不是一時沒忍住嗎？再說我也沒有別的意思，只是想著妳昨夜累了而已。」沈鈞解釋著。

「你還說？」見沈鈞又說了一句不該說的話，無憂便有些著急了。

看到無憂著急的樣子，沈鈞趕緊擺手道：「好、好，我又說錯了。不說了，這次肯定不說了。」

看到沈鈞緊張的樣子，無憂才作罷，然後扯了扯嘴角，臉上露出微微的笑意，心想——這傢伙倒還滿緊張自己的。

看到她笑了，沈鈞也怔怔地望著她笑，房間裡洋溢著甜如蜜般的氛圍，無憂一抬眼，看他衝著自己傻傻地笑，她不由得也笑了起來。兩人你看我、我看你，此刻，她才知道什麼叫郎情妾意了……

這日午後，無憂小憩了一會兒，便閒來無事走到書案前練字。昨兒掐指一算，她從莊子回來也已經有好幾日，大概那個人的傷也好得差不多了，他的同伴也應該把他接走了，便吩咐旺兒把莊子上的那幾個人又送回去。果不其然，等到傍晚的時候，旺兒回來說莊子上什麼事也沒有，讓她放心。

不多時，房門忽然吱呀一聲輕輕地推開了。正在練字的無憂抬頭一望，只見是沈鈞邁著腳步輕輕的走了進來。

看到他回來了，無憂提著毛筆笑道：「你不是去會朋友了嗎？怎麼這麼早就回來了？」過了年後，沈鈞就一直隔三差五地去會原來軍中的朋友，有好些個原來的部屬都和他一樣辭了軍中的職務，所以他們便時常往來。

聽到這話，沈鈞訕訕地笑了一下，然後走到書案前說：「是有一個好弟兄非要讓我留下來吃晚飯，可是我知道他們家因為我留下來，肯定又會去當鋪當什麼東西，所以還是不禍害他們家了。」

聞言，無憂擰了一下眉頭，說：「你這些軍中朋友在家裡這樣坐吃山空怎麼行呢？總也要做些什麼餬口才是啊！」

「他們除了打仗什麼都不會，妳讓他們去做什麼啊？再說他們大多是性情魯莽的人，在軍營中待慣了，也見不得世上好些個不平的事情，他們一出去肯定會打抱不平惹是生非的，還不如在家裡待著呢！」沈鈞回答。

聽到這話，無憂低頭想了一下，忽然來了一個主意，說：「我倒是替他們想了一個營生。」

「什麼營生？說說。」沈鈞一聽來了興致。

「你那些弟兄們都武功了得，以前行軍打仗什麼地方也都去過，不如給他們開間鏢局，這個活兒既適合他們，也可以賺不少的銀子。」無憂笑道。

聽到這個主意，沈鈞低頭想了一下，便笑著拍手道：「對啊，我怎麼沒想到呢？妳不知道我那些弟兄這些日子可是都快悶出病來了，而且也找不到好的營生，這是個好主意。只是現在人是有了，就是……」

聞言，無憂一笑，轉身走到梳妝檯前，從匣子裡拿出兩張銀票遞給沈鈞道：「開鏢局不但要租一處寬敞的院子，還要置辦不少的馬匹和車輛，我想你那些弟兄也都沒有什麼積蓄，這些不夠的話，你再管我要就是了。」

接過無憂手中的銀票，沈鈞低頭一看，足足二千兩，他不由得推辭道：「我怎麼能要妳的錢呢！」

見沈鈞不收，無憂佯裝生氣地道：「你我夫妻一體，我的錢不就是你的錢，難不成你不把我當家人是不是？」

看到她生氣了，沈鈞趕緊摟著她哄道：「我不是那個意思，我……」

「你什麼？你以為這錢是無償給你的嗎？這是我借給你的，等賺了銀子你要連本帶息的還給我。」無憂揚著下巴說。

「就依妳所言。」沈鈞的下顎抵在無憂的額頭上。

兩人互相依偎著說些柔情密意的情話，無憂看到沈鈞定定地盯著她看，她不由得低頭望自己，說：「你看什麼呢？」

「妳現在真好看。」沈鈞的手撫著無憂的後頸和臉頰認真地道。

無憂的嘴角扯了扯，故意問：「你這話是什麼意思？什麼叫現在好看？以前不好看嗎？」

「以前也好看，不過現在更好看，是越來越好看。」沈鈞眼神深邃地道。

「油嘴滑舌。」無憂含笑低語了一句。

沈鈞則低頭在她的耳邊說了一句。「是嗎？那妳看看到底是不是油嘴……滑舌？」說完，他便垂下頭，嘴巴從她的臉頰處開始親吻起來……
「討厭，你做什麼啊？」感覺到他的吻，無憂在他懷裡扭捏著，雙手抵著他的胸膛想推開他，卻一點也使不上力氣。
她的扭捏更讓他氣血上升，他的唇立刻捕捉到她的，並且長驅直入地找到了她的丁香，隨即與其糾纏在一起。他的唇和舌是那般的灼熱，簡直就燙得她喘不過氣來。這個吻越來越灼熱、越來越狂野，當她感覺有一雙大手開始在她的身上胡亂摸索的時候，她就知道今日的事情絕對不是一個吻那麼簡單了。
果不其然，一刻後，她的身子忽然凌空而起，他已經打橫把她抱了起來。感覺一陣頭暈目眩後，看到他抱著她往床鋪的方向走去，她不禁拍打著他的肩膀叫嚷道：「你……做什麼啊？」
「該做什麼就做什麼啊。」沈鈞卻是一臉的理所當然。
「現在是大白天……」無憂抗議著。
「大白天又怎麼樣？妳是我娘子，我是妳夫君，白天黑夜對我們來說是一樣的。」沈鈞下一刻便把她壓倒在柔軟的床鋪上。
「會讓下人們笑話的……」無憂仍然在抗拒，不過聲音卻越來越小。
「我看他們誰敢笑話？敢說一個字，就打了板子攆出去……」他的聲音卻是越來越嘶啞粗重。

「你好霸道……」最後，她便由抗拒到默許，再到迎合。

而他，則是進攻，進攻，再進攻……

抵死纏綿之後，不知道過了多久，床幔中兩個相擁的人兒耳鬢廝磨，彼此說著悄悄話。

「餓了吧？」看看外面的天色已經沈下來，沈鈞輕柔地問著懷中擁著的人，因為剛才她實在是耗費了太多的體力。

「不餓。」筋疲力盡的無憂朝沈鈞的懷裡縮了縮身子，並搖了搖頭。她現在只想好好睡一覺，她連眼睛都不想睜開了，更何況是吃東西呢！

「那就好好睡一覺。」沈鈞笑道。

「我要你陪著我。」她任性地摟著他的腰。

「我就在這裡，一直陪著妳。」沈鈞保證地說。

隨後，便沒了聲音，一刻後，床幔中便響起了一粗一淺兩道均勻的呼吸聲……

第五十七章

這日臨近晌午的時候，幾個管家婆子進來回過話後，無憂喝了兩口茶水，然後看到天色已經不早了，便問一旁的春蘭道：「二爺呢？」

春蘭提起茶壺，一邊為無憂又倒了一杯茶水，一邊回答：「回奶奶的話，二爺扶著大爺出去曬太陽了。」

聽到這話，無憂點了點頭，說：「不知不覺就二月了，天氣也暖和多，大爺也是該多出來走走了。」

「可不是嗎？不過最近大爺也是常出來走動的，聽下人們說還常常去曹姨娘那邊呢！」春蘭笑道。

「曹姨娘現在懷著身孕，大爺自然是要多去看看的。」無憂道。

「不過據說只是白天裡去看看，坐一會兒就走，晚上從來沒有在那邊歇過。不過那個曹姨娘也不是個省心的，說是晚上鬧騰了好幾次，都說是肚子疼，不是吃壞東西就是噁心得要命，大爺都睡下了還過去好幾次呢！聽說大奶奶的臉色很不好看。」春蘭把聽來的一些傳聞對無憂回稟道。

無憂倒也有些同情起姚氏來，說：「原來咱們還看她可憐見的，沒想到她得了一點勢也是如此，看來大奶奶以後有得頭疼了。」

「是啊，要是再生個兒子，那尾巴還不翹上天啊。」春蘭的手指著天山的方向笑道。

無憂卻一笑，道：「縱使生個兒子又怎樣？大奶奶可有兩個兒子呢，恐怕她這輩子也撼動不了大奶奶的地位的。」說到這裡，無憂不禁愣了一下，心想——照理說這個曹姨娘是不是也有些太自不量力了？沈鎮對姚氏的感情非常深厚，從姚氏管家十幾年來沈鎮什麼事都順著她就可以看出來，而且姚氏又生了兩個兒子，地位更是不用說了。這個曹姨娘就算是有了身孕而有些生驕，可是不是有些太拿喬了點，萬一惹惱了姚氏，她可不是個好說話的人，只不過上次放印子錢的事情剛過去她不好發作而已。這件事還真是有些蹊蹺呢！

「奶奶說得也是，不過總是在這個府裡有個位置的。」春蘭嘟了嘟嘴道。

說了一會兒閒話，無憂便望了望外邊道：「這都快晌午了，怎麼連翹還沒有回來？」

「可不是，這一來一回兩個時辰早該回來了。」春蘭也看著門口道。

正說著話，外面小丫頭喊了一聲。「稟告二奶奶，連翹姊姊回來了。」

春蘭笑道：「說曹操曹操就到了，奶奶，您和連翹先說著話，奴婢去看看午飯好了沒有？」

「嗯。」無憂點了點頭。春蘭和連翹打了個照面後便出去了，連翹進來福了福身子道：「二小姐。」

「怎麼樣？我娘和弟弟都還好嗎？」看到連翹，無憂趕緊問道。

「好，都好，尤其是小少爺，長得白白胖胖的，可是比奴婢上次去又長大了不少。而且二小姐請人給做的衣服也都合適，您給大奶奶準備的補品和東西，大奶奶看了高興著呢！」連翹一一回答。

聽到這話，無憂便放心了，又問：「大奶奶可問我了？」

「那還用說嗎？大奶奶問東問西的就是不放心呢！直到奴婢說了您和姑爺這陣子好得很，大奶奶才放心，還一再的囑咐奴婢注意伺候您的飲食起居。」連翹說完後便笑嘻嘻地道：「二小姐，奴婢都跑了大半天，能不能賞奴婢茶水喝再回話啊？」

無憂瞥了連翹一眼，倒了一杯茶水給她，連翹也不客氣，接過茶碗來，仰頭咕嚕咕嚕地喝了個底朝天，然後用袖子擦了一下嘴巴道：「二小姐，奴婢有件天大的新鮮事還沒跟您回稟呢！」

「什麼天大的新鮮事？」無憂不禁好奇地擰了下眉頭問。

看到主子用疑惑的目光望著自己，連翹笑著道：「二小姐，蓉姊兒下個月初八就要出嫁了。」

無憂不禁擰起眉。「下個月初八？那不是還有半個多月？蓉姊兒要嫁給誰？」

「您猜是誰呢？」連翹用神秘的語氣道。

「賣什麼關子？難不成蓉姊兒真要嫁給那個李大發不成？」無憂瞥了連翹一眼道。

連翹便有些洩氣地道：「二小姐，您怎麼一猜就中了？真是的，還以為您怎麼也猜不出來呢！」

聽了連翹的話，無憂還真有些意外，道：「妳說什麼？蓉姊兒真的要嫁給那個李大發嗎？以她的性格應該是死也不會嫁給那個人的。」

「蓉姊兒是不願意，本來這件事也沒有人再提，畢竟她本人可是尋死覓活的，可是誰承想蓉姊兒她……竟然有了身孕。」連翹又說出一個爆炸性的消息。

「妳說什麼？有了身孕？」這個消息倒是讓無憂有些意外。

「是平兒和宋嬤嬤悄悄告訴奴婢的。說自從那件事情後蓉姊兒就很少出門，不知道哪一天就傳出她有了身孕的消息，聽說二奶奶悄悄找人抓了墮胎藥給蓉姊兒吃，可是一連吃了三服藥都沒有把胎打下來。蓉姊兒連蹦帶跳地什麼法子都試過，可是她肚子裡的孩子就是坐實了，怎麼都沒有用，可是愁壞了大爺和二奶奶。眼看著蓉姊兒的肚子就要瞞不住，也只好答應了李大發這門婚事。說是已經過了禮，日子也定下來了，現在家裡都在給蓉姊兒忙活婚事呢！」連翹趕緊道。

「那看來蓉姊兒是答應了？」無憂聽到這個消息不知道為什麼心裡有些酸酸的，但是事必有因，才有果，每個人都應該為自己的行為負責，無論是甜果子還是苦果子都要自己來嚐。

「不答應又能怎麼樣呢？畢竟現在肚子裡有了孩子，那個孩子也是個命大的，怎麼著都墮不下來。大概大爺和老太太也是看蓉姊兒可憐吧，大爺便拿出了三千兩銀子來置辦陪嫁，老太太也拿出了兩套她當年佩戴的首飾，好歹也算是把蓉姊兒給安撫下來了。」連翹回答道。

聽到這話，無憂一陣無語。連翹見主子不說話，知道主子心裡大概也不好受，畢竟也算是同胞妹子，便道：「二小姐您也不必往心裡去，那蓉姊兒和二奶奶她們有今日也是咎由自取，她們要不是想著算計人，怎麼會有今日呢？所以那句天網恢恢還真是有的。」

無憂才道：「我沒什麼該往心裡去的，總之，我做的都是無愧於心。還差半個多月就要成親了，我怎麼說也是她的嫡姊，送一份厚禮也是應該的。等午飯後妳去一趟首飾鋪子，拿幾百兩銀子去置辦兩套拿得出手的首飾然後送過去，就說是我的一番心意。」

聽了主子的吩咐，連翹應聲道：「是。不過據說這件事老太太和大爺都感覺有些丟臉，再者蓉姊兒又是庶女，就不會大操辦了。只等蓉姊兒回門的時候設兩桌酒席，就算是把婚事辦了。」

聽到這話，無憂低頭想——這樣的結局大概讓李氏和薛蓉都深感無奈吧。要知道李氏對薛蓉是抱持很大希望的，薛蓉平時也眼高於頂，有句話怎麼說來著，心比天高，命比紙薄吧！希望這次她們能夠記取教訓。不過要知道那李家可不是什麼善茬，李大發酗酒好色，而李大發的娘就是尖酸刻薄之輩，大概薛蓉嫁過去也不會有什麼安生日子過了，不過這也都是她應該自食的苦果。

這時候，外面傳來丫頭的聲音。「二爺回來了。」

無憂吩咐連翹道：「好了，下去吧！」

「是。」隨後，連翹便退了下去。

這日傍晚時分，無憂剛坐下來喝一杯茶，並打發兩個來回事的婆子，便聽到外面一片嘈雜聲。正想開口喊人問是怎麼回事，春蘭便急急忙忙推門而入。「二奶奶，老夫人身邊的丫頭過來，讓您快點去曹姨娘的住處呢！」

無憂不禁有些疑惑地問：「為何要去曹姨娘處？現在老夫人在哪裡？」

「那個丫頭說得急，奴婢只是問了一句，她只說老夫人現在已經在曹姨娘的住處，說曹姨娘下身流血不止呢！」春蘭著急地回答。

聽到這話，無憂不禁面色凝重起來，曹姨娘有孕，如果下身流血不止，很可能就是小產了。想到這裡她不敢怠慢，趕緊站起身叫上連翹、春蘭一起去了。

路上，無憂一邊快步地往前走，一邊問身後那個來報信的小丫頭道：「曹姨娘怎麼會突然下身流血？」

小丫頭趕緊跟上前回答：「奴婢也不太清楚，只是聽到曹姨娘剛才去大奶奶房裡，說是和大奶奶言語有了衝撞，大奶奶著急之下便打了曹姨娘兩個耳光，曹姨娘一時沒有站穩，便倒在地上，可能是傷了胎兒，回去後下身就一直流血不止。曹姨娘的丫頭一看不好，便趕緊去通知老夫人，老夫人現下已經在曹姨娘的住處了。」

無憂頓住了腳步，心想——姚氏怎麼這次如此不知分寸？要說姚氏強勢也是有的，但是不應該拿曹姨娘腹中的胎兒開玩笑啊。沈老夫人對曹姨娘這一胎可是異常重視的，本來上次放印子錢的事情姚氏就不為沈老夫人所喜，這次如果再把曹姨娘的胎弄沒了，恐怕她在這個家裡就沒有立足之地。要知道沈鈞兄弟兩個對沈老夫人孝順得不得了，這沈老夫人可就是這府裡的老佛爺啊。

隨後，無憂便問身後那個小丫頭說：「請了大夫沒有？妳看曹姨娘下身的血流得多不多？」

「老夫人沒到之前就請了大夫，奴婢剛才扶著老夫人進去，看到……看到曹姨娘的下身都是血啊，奴婢嚇得不得了，老夫人大概也受驚了。」那小丫頭回話的時候臉色還有些發白。

無憂沈默了一刻，春蘭趕緊上前道：「這可怎麼說，大奶奶這次可是引禍上身了！」

「咱們趕快去看看。」無憂繼續快步前行。

剛進曹姨娘住的院子，便看到有好幾個婆子丫頭進進出出地拿東西，不過都是低著頭謹小慎微的，誰都大氣不敢出，看來情形很不樂觀。

一走入屋子，一股腥味就撲鼻而來，無憂看到床鋪上躺著面色蒼白的曹姨娘，有個丫頭正收拾那沾染著鮮血的床單，旁邊站著一位提著藥箱的郎中。老夫人面色凝重地坐在一旁的椅子上，旁邊坐著沈鎮，姚氏則面如土色地站在床前，看得出她異常地害怕，看來那個丫頭所說的是不假了。

「先生，就真的沒有辦法了嗎？」沈老夫人盯著那個郎中問。

「胎兒還沒有成形，已經化作血水流下來了，老夫人還是放寬心為好。」那個郎中對沈老夫人擺了擺手道。

「唉，怎麼會這樣？老身可是白高興這些日子了。」聽到郎中的話，沈老夫人很哀傷地嘆了長長的一口氣。

「告辭了。」見沈老夫人唉聲嘆氣的，郎中便也告辭退了出去。

這方，沈老夫人看到無憂來了，便迫不及待地道：「妳來得正好，快幫曹姨娘把把脈，看看到底怎麼樣啊？」雖然明知是不中用了，但沈老夫人仍舊是寄希望於無憂。

聽到這話，無憂看了一眼那眼神中透著傷心絕望的曹姨娘，想邁步走上前去。不料曹姨娘卻突然像瘋了般地要跳下床來，哭喊道：「我的孩子！我苦命的孩子，你還沒有來到這個世上就這樣走了，我也不要活了，我不活了……」

只見曹姨娘傷心欲絕地從床上滾落下來，畢竟她剛剛小產過，身上根本就沒有力氣。看到這情況，沈老夫人趕緊命令一旁的丫頭婆子道：「妳們都是死人啊？趕快把姨娘扶到床上去。」

看到這情景，無憂便站在那裡不動了，偷偷瞧了姚氏一眼，只見她也是愣愣地站在那裡，臉上一點表情都沒有，大概也沒有想到事情會發展成這樣吧？沈鎮的臉上卻是很嚴肅，眉宇緊緊蹙著，看不出喜怒。

一個婆子和兩個丫頭好不容易把曹姨娘抬上床，曹姨娘還在痛哭流涕，口裡說著孩子命苦之類的話。這時候，沈老夫人突然厲聲地問一旁的姚氏道：「老大媳婦，這到底是怎麼回事？怎麼好端端地曹姨娘的胎兒會流了？以前看了幾次大夫不都說脈象穩固嗎？」

「這……」突然聽到沈老夫人問自己，本來就已經很慌亂的姚氏此刻是六神無主地支吾著。

「這什麼？妳實話實說就是了，我怎麼聽說曹姨娘是在妳的屋子裡摔倒的，這到底是怎麼回事？我還聽說妳打了她兩巴掌？」沈老夫人的臉色此刻十分難看。

「我也……」聽到沈老夫人都知道了，姚氏更加說不上來了。

這個時候，曹姨娘卻忽然停住哭泣，抬起頭來搶白道：「老夫人，這不關大奶奶的事，都是妾身的錯，是妾身說話不知道輕重，得罪了大奶奶，所以大奶奶才教訓了妾身，也是妾身自己沒有站好……才摔倒的……」說到這裡，曹姨娘又哭泣了起來。那種嬌弱和委屈讓在場的人都感覺異常心酸，彷彿這一切都是姚氏故意的。

聽了這話，沈老夫人仍舊是不高興地道：「就算是曹姨娘說錯了什麼話得罪妳，妳說她幾句就好了，妳也不能不知輕重打她啊。她是有身子的人，這下把她的胎都打掉了，妳可擔當得起？」

聞言，姚氏嚇得跪在地上，趕忙解釋道：「母親，兒媳真的不是故意的，兒媳也知道曹姨娘是有身子的人，所以下手並不重，只想給她個教訓罷了，可是……誰知道就……」說到這裡，姚氏轉頭望著床上的曹姨娘，心裡感覺很不對勁，今日的事情怎麼就像是失控了一樣呢？彷彿她一下子就被推入泥潭中不能自拔。

沈老夫人卻在盛怒之下，言語也不受控制了，馬上打斷姚氏的話道：「妳又不是沒有生養過。妳嫁入我沈家也快二十年了，還從來都沒有這樣不知輕重過，難不成妳是看曹姨娘肚子裡的胎不順眼才故意如此的？」

聽到這話，姚氏便哭泣著解釋說：「母親，天地良心，說實話，曹姨娘懷孕的事我心裡是不怎麼痛快，哪個女人看著別的女人懷了自己丈夫的孩子還能高興得起來？可是兒媳這次真的也就是不太高興罷了，並沒有做出一點對這個孩子不利的事情，就是連這樣的想法都沒有啊。」

姚氏的話讓沈老夫人閉口不言，不過臉色還是很難看，姚氏見老夫人似乎不相信她，便轉而對著沈鎮哭泣道：「大爺，您說句話啊，妾身真的是冤枉。」

望著跪在面前的姚氏，沈鎮不置可否，半靠在床上的曹姨娘卻忽然哭泣地說：「大爺，您不要怪大奶奶，是咱們的孩子沒有福氣，誰也怨不著……」說完又難過地哭了起來。

這時候，姚氏看到沈鎮也不說話，感覺自己孤立無援，而且是有十張嘴也說不清了，便絕望地癱坐在地上，眼淚撲簌簌地往下流……

沈老夫人最後發話了。「不管妳是不是故意的，今日的事已經發生了。鎮兒，她是你的妻子，你說這件事應該怎麼辦？」

聽到沈老夫人的話，眾人目光都集中在沈鎮的身上。要知道在這個時代，如果真的是正室嫉妒側室，並且故意殘害側室的子嗣，重則會被休並且見官坐牢的。所以姚氏一聽這話，立刻嚇得肩膀都在顫抖，她的丈夫、兒子都在沈家，如果沈鎮真的休了她，那她也真是沒有活路了。

無憂看到這裡擰緊了眉頭，不知道沈鎮會說什麼？

下一刻，沈鎮掃了一眼癱坐在地上的姚氏，終於開口道：「就罰她禁足半年，月錢也扣半年好了。」

聽到這話，姚氏等人總算鬆了一口氣。不過好像曹姨娘的神情有些茫然，大概是對這個結果不怎麼滿意吧？下一刻，沈老夫人板著臉道：「不行，這個懲罰太輕了。」

「那母親的意思是？」沈鎮問著沈老夫人。

此刻，無憂雖然不想惹事上身，但今日的事情似乎真的很蹊蹺，再說姚氏和她怎麼說也是生意上的合作夥伴，最近一段日子也相處很好。而曹姨娘這個人似乎看著就有些心術不正，雖然她屢屢向自己示好，躊躇之下，無憂還是陪笑著道：「母親，畢竟這件事還沒有弄清楚，再說大嫂也是彬哥兒和杉哥兒的娘，不看僧面也要看佛面的。」

聽到無憂為她求情，姚氏的臉上滿滿的都是謝意，不過曹姨娘卻盯著無憂看了半天。無憂知道今日的事情不能參與過多，說話也只能點到為止，這畢竟是沈鎮的家務事，便不再說話了。

隨後，沈老夫人又抬頭發話了。「禁足半年可以，不過不是在家裡，就去城郊的尼姑庵好了，在那裡修行半年，為這個孩子抄寫十遍《金剛經》好好超度。」

聽到這個發落，姚氏很震驚，瞪大了眼睛，連忙搖頭。「不……」也難怪姚氏不同意，因為在尼姑庵待上半年，那可就是與世隔絕了，這半年她是見不到沈鎮也見不到兒子，頂多也就是沈鎮念著舊情能去看看她，可是大概老夫人也是不許的。

「怎麼？妳還不服？」看到姚氏搖頭的樣子，沈老夫人心中的怒氣還沒有發洩完。上次的事情她已經留著面子了，沒想到這次又犯了如此的錯，所以她便顧不得多年的婆媳情義了。

見姚氏大概是想申辯，一旁的沈鎮趕緊制止她道：「妳還不謝母親從輕發落？」看得出沈鎮對姚氏還是很有感情的，只是礙於老夫人的怒意不敢為她求情罷了。

看到沈鎮看著自己，姚氏愣了一下，最後只得對老夫人磕了一個頭，道：「謝老夫人從輕發落。」

不過，沈老夫人並不怎麼搭理姚氏，隨即便起身，由一旁的丫頭攙扶著道：「折騰了半日，我也累了。妳回去打理行裝，明兒一早就離開，曹姨娘好生養著。」說罷，沒等眾人說話便離開了。

沈老夫人走後，一直在一旁乾著急的春花趕緊跑過來扶起姚氏。最後，眾人都相繼離開了曹姨娘的屋子。

從曹姨娘的屋子出來後，姚氏便迫不及待地攔住沈鎮，拉著他的袖子解釋道：「大爺，今日的事我真的不是故意的。今日曹姨娘過來給我請安，平時她都還算聽話順從，可是今兒不知道是怎麼了，對我是胡攪蠻纏，我欲退讓她就得寸進尺，我氣不過才出手打了她兩個耳光，可我並沒有使多大的勁啊，她不可能就這樣摔倒的……」

對姚氏的解釋，沈鎮卻蹙緊了眉頭，並沒有說話。見狀，姚氏不禁著急地搖著沈鎮的胳膊，問：「大爺，你有沒有聽到我的話啊？你我夫妻多年，雖說我這個人有時候是小心眼，可是這件事我真的是不敢做的，就算要做也不會做得這麼明顯，這不是拿石頭砸自己的腳嗎？」

不過，沈鎮並沒有多少耐性聽她說話，只是蹙著眉頭對姚氏道：「好了，妳也趕緊回去收拾收拾吧，明日一早我就派人送妳到城外的尼姑庵去。」

聽到這話，姚氏抓著沈鎮手臂的手一鬆，不敢相信地道：「大爺，難道連你也這麼狠心？咱們成親以來快二十年，我都是以你為重的。今日之事我對天發誓，如果我是有心的，就讓我遭天打雷劈。」說著，姚氏向空中伸出了三隻手指。

不過，沈鎮卻道：「妳放心，我會多給尼姑庵一些香油錢，讓妳在那裡不至於受委屈。」說完，並沒有多看姚氏一眼，轉身離去了。

「大爺……」望著沈鎮離去的背影，姚氏傷心地痛哭流涕……

從曹姨娘居所出來後，無憂仍是一頭霧水，總感覺今日之事有些怪怪的。

春蘭上前道：「二奶奶，您說大奶奶是怎麼了？就算是看曹姨娘肚子裡的那個胎不順眼，有必要做得這麼明顯嗎？就算是大爺能容得下，老夫人也容不下啊。」

聽了春蘭的話，無憂皺著眉道：「我也感覺有些奇怪，大奶奶是個聰明人，應該不至於如此糊塗的。」

「不過大奶奶的個性也是太好強了點，以前您是不知道大奶奶對曹姨娘可是刻薄著呢！現在大概曹姨娘仗著有腹中胎兒撐腰，大爺又在她屋裡歇了好幾個月，現在連老夫人都對她另眼相看，大概言語和行為上也不像以前那樣恭敬了。大奶奶會想教訓她也有可能，只是誰知道她如此嬌弱呢，隨便打兩下臉就把腹中的胎兒打沒了。」春蘭偏著頭一邊想一邊說。

無憂也想了一下，說：「咱們也就私下議論，畢竟這件事是大爺和大奶奶的家務事，咱們不便多說。」

「奶奶說得是，春蘭明白。」春蘭趕緊點頭道。她知道無憂是個省事的，對別人的事情不願多管也不願多說，省得麻煩。

這日晚間，沈鈞風塵僕僕地從外面回來，無憂看到他回來了，便對一旁的連翹吩咐道：「二爺回來了，叫人擺飯吧！」

無憂上前接過沈鈞手中的寶劍，笑道：「今兒怎麼回來得早？我還以為你和你那幫弟兄會在外面用飯呢！」連日來，沈鈞都是在外面忙活籌備鏢局的事情，都不怎麼在家的。

「鏢局的事情都已經籌備好，沒想到今兒就接了一樁生意。」剛說完，春蘭便端著水盆走進來，沈鈞便在春蘭的伺候下洗臉淨面。

無憂趕緊問：「什麼？這麼快就接到生意了？是什麼生意？」

待沈鈞擦完了臉，才轉頭回答：「是押送一批名貴的藥材，價錢給得很高，不過就是路途有些遙遠。」

「去哪裡？」無憂聽到這裡擰了下眉。

「大燕。」沈鈞回答。

聽到這個地方，無憂不禁擔憂地說：「大燕？你接了？這些年來你和大燕國可是沒少打仗，那邊的人估計很多都認識你和你那幫弟兄，這要是貿然前往會不會出事啊？」

看到無憂的擔心，沈鈞上前握住她的肩膀，笑道：「雖說我和我那幫弟兄在邊境上是沒有少打仗，但當時都是戴著盔甲，估計也不會看到真正的面容。再說現在我們都是以商人的打扮前往，就更不會被認出來了。而且都是民間的貨物交易，和帶兵的官府並不會有什麼瓜葛，放心吧！」

聽沈鈞這麼一說，無憂才略鬆了一口氣，然後又問：「我聽你的意思，你這次是不是也要跟著去啊？」其實，她已經意識到沈鈞肯定要一同前往，心裡立刻就生出了一抹深深的不捨。

看到無憂眼眸中的不捨和依戀，沈鈞抿嘴一笑，伸手理了一下無憂耳邊的碎髮，道：

「我也捨不得妳，可是這次畢竟是鏢局的第一樁生意，路途又遙遠，押運的也是比較名貴的藥材，我怕我那些弟兄們在路上萬一有個閃失。其實貨物銀子倒還在其次，但他們也都是有家小的，萬一有什麼，我沒法向他們的家人交代。」

無憂知道沈鈞的句句在理，這次的鏢他必須得去。下一刻，她伸手握住了他在她耳邊的手，把他的手心放在自己的臉頰上，臉龐感受著他手上的溫熱和因為拿兵器而產生的粗糙。看她彷彿很不捨的樣子，沈鈞又安慰道：「我走到大的州府會寫信寄回來給妳的。」

「那你要去多久啊？」無憂抬頭凝視著他的眼睛問。

「大概最少三個月，最多半年吧！」沈鈞想了一下回答。

無憂一聽立刻就皺了眉頭，道：「這麼久？」

「我會儘量趕快點的。」沈鈞保證道，眼中也盡是不捨。

和他的眼眸再次相撞後，無憂忽然鑽入沈鈞的懷抱中，把頭枕在他的胸口，有些撒嬌地道：「我現在真的有些後悔了，讓你開那什麼勞什子鏢局。」

低頭看了一眼懷裡那噘著嘴巴的可人兒，沈鈞不禁笑道：「後悔也已經晚了。」

「哼。」無憂在他懷裡扭捏地哼了一聲。

對她的不滿，沈鈞只得哄道：「好了，等我跟著押兩次鏢，他們都熟悉以後就可以天天在家裡陪妳了，到時候就怕妳還嫌我煩呢！」

「我才不嫌煩呢！我要讓你天天、時時刻刻都陪在我的身邊。」無憂仰著頭道。

望著她那倔強的小鼻子，沈鈞的眼眸不禁灼熱起來，下一刻，他伸手捧住她如白瓷般的臉頰，聲音略帶嘶啞地說：「妳以為我不想嗎？」

望著動情的他，無憂也不禁心潮澎湃起來，不知道為什麼，好像最近她也很容易動情似的，大概是受了他的影響吧，彷彿跟他每天都纏綿不夠。雖然每次也是把她累得筋疲力盡，雖然每次都是她哭著喊求饒，但她就是喜歡他纏著她的那種感覺，只有她知道，這個冷情的男子其實有一顆灼熱的心。

「連翹姊姊，飯菜來了。」這時候，外面傳來小丫頭的聲音。

「快抬進去，二爺、二奶奶都等候多時了。」連翹道。

聽到外面的人說話，無憂想推開沈鈞，但沈鈞卻站著沒動，手指都不捨得離開她的肌膚，直到無憂瞪了他一眼，壓低了聲音道：「趕快放手，讓下人看到了笑話。」

這時候，沈鈞才鬆手放開她，無憂趕緊側了側身子，隨後，連翹便帶著兩個抬著提盒的小丫頭進來。那兩個小丫頭把飯菜從提盒裡拿出來，連翹幫忙擺著飯菜，都沒有注意在不遠處站著的沈鈞和無憂。這時候，無憂多少還有些臉紅，望著雙頰粉紅的她，沈鈞上前一步，低頭在她耳邊低聲說了一句。「誰敢笑話咱們，我就把她攆出府去。」

「好了。」一聽到這話，無憂抬頭以眼神制止他不要胡說。沈鈞就閉嘴不說話了，只是伸手暗暗握住了她的手，兩個人的手指互相交纏，無憂低頭望著他們交纏在一起的手指，抿嘴微笑著。

隨後，飯菜都擺好了，連翹便瞄了這邊一眼，見男主子和女主子彷彿情意綿綿的樣子，她不由得抿嘴笑了一下，然後故意大聲一點說：「二小姐、姑爺，晚飯擺好了。」

聽到連翹的話，無憂衝著沈鈞笑道：「吃飯了。」說完，手指便掙脫了沈鈞的手，轉身走到八仙桌前坐下來。

看到無憂坐了下來，沈鈞也轉身走過去，坐在緊挨著她的位子上。

看到他這次並不是按慣例坐在自己對面，而是坐在和自己緊挨著的位子，無憂不禁一怔，看到連翹這個時候回身去盛飯了，不禁低聲問：「你今兒怎麼坐在這裡了？」

「想和妳離得近一點。」沈鈞不動聲色地低聲回答。

聽到這話，無憂心裡還是很受用的，只是礙於連翹在此，她不好意思說別的，便低下頭來暗自歡喜。這時候，連翹把兩碗飯分別放在沈鈞和無憂的面前，大概也看到沈鈞今日坐的位置有些奇怪，不過並沒有說什麼，當然明白是怎麼回事了，這些天男主子和女主子可是膩歪得很呢！

沈鈞衝著連翹擺了下手。「下去吧！」

「是。」連翹可是巴不得，待在這裡夠難為情的。

轉頭望望和她肩並肩吃飯的沈鈞，無憂感覺好像是校園裡的一對情侶，記得前世好多在校園裡談戀愛的戀人們都是這樣在食堂吃飯的，那個時候她沒有談戀愛，看到人家一對一對的，心裡羨慕得很。沒想到上一世沒有實現的願望，在這一世也算是實現了吧，雖然他們並不是在校園。不過想想他就要去遠方了，很久才會回來，心裡不禁又有一番惆悵。

看到她似乎有些不高興，沈鈞蹙了下眉頭，問：「怎麼了？」

下一刻，無憂抬起頭來，問道：「你什麼時候走啊？」

「後天一早。」沈鈞正色地回答。

聽到這話，無憂驚詫地道：「這麼趕？」

「對方著急，沒有辦法。」沈鈞說。

聽到這話，無憂看著眼前的飯菜竟然無法下嚥了，心想——這麼說和他只有一天兩夜的時間可以在一起了？不對，頂多也就算是兩夜吧，明兒白天他肯定不在家，鏢局裡肯定有許多事情需要料理。想想這麼快就要分別，她的心也沈悶起來。不過心裡卻也是有些嘲笑自己——薛無憂，妳怎麼現在變得像小女人一樣了呢？加了上一世妳可是活了沒五十年也有四十幾年了，怎麼還像個小女孩一樣？

唉，怎麼說呢？這就是情吧，不管什麼人，多大歲數，遇到了總是一樣的表現。

看到無憂彷彿很哀愁的樣子，沈鈞趕緊拉過她的手，一再地保證道：「我明日會早一點回來陪妳的。今晚也都是妳的。不對，一會兒吃過了飯，我得去跟老夫人說一聲，再跟大哥去說一聲，然後就回來陪妳，好不好？」

聽了沈鈞的話，無憂心裡很受用，抿嘴一笑後，便趕緊道：「對了，大哥那邊你今晚就不要去了，恐怕他是沒有心情的，不如明日找個時候再告訴他好了。」

「怎麼了？」聽到這話，沈鈞不由得問道。

看到沈鈞還不知道，無憂道：「曹姨娘的胎滑了。」

「怎麼會這樣？」沈鈞一聽便蹙了眉頭，因為他知道曹姨娘的這一胎老夫人可是很重視的。

「我聽小丫頭說是曹姨娘去給大嫂請安的時候，不知道說了什麼話衝撞了大嫂，大嫂就打了她兩個耳光，沒想到她就摔倒在地上，胎就沒了。」無憂回答。

聽到這話，沈鈞沈默了一刻，然後問：「對這個孩子母親是十分重視的，大哥倒還在其次。」

「是啊，母親十分震怒，已經發落大嫂去城外的尼姑庵裡思過半年，大哥只是一言不發，不過好像也是有些不忍的。」無憂說。

「這麼嚴重？那大嫂可得受苦了。說什麼時候去了嗎？」沈鈞問。

「明日一早，我已經讓下人準備了一些東西，明天一早我便去送送大嫂好了。」無憂說。

沈鈞點了下頭說：「也好，妳就代我向大嫂問好吧，我就不去了。唉，本來以為我走了，大嫂在這個家裡還能幫幫妳，現在她也要去半年，家裡和母親就全部讓妳辛苦了。」說著，沈鈞的眼眸中充滿了歉意的光芒。

看到他的眼光，無憂抿嘴笑道：「你放心吧，母親身邊有雙喜周全，我也就是平時過去請安、把把脈什麼的。至於家裡的事情，現在不同往日了，家裡家外的事情比原來可是少了一大半，再說我現在也都輕車熟路。你只要把你的鏢押好就是了，這些都不用操心。」

聞言，沈鈞拍了拍她的手背，道：「我知道，有妳這個賢內助我是很放心的。」

「是你有福氣，能娶到這麼好的賢妻。」無憂調皮地揚著下巴望著他。

「妳真是老王賣瓜了。」沈鈞歡喜地捏了一下無憂的小鼻子。

「快吃吧，都涼了。」隨後，無憂催促道。

「嗯。」沈鈞拿起筷子來，兩夫妻一邊吃一邊說著家常話……

這一晚的纏綿自然不在話下。

第二日一早，無憂便早早起來，帶著連翹和春蘭提著兩個包袱和一個食盒一路去送姚氏。

昨兒夜裡，姚氏自然是一夜難以入眠，本來盼著沈鎮能夠過來和她話別一下，可是等了半宿也沒看到沈鎮回來，不禁有些心寒，索性也沒有讓春花去請。不過春花按捺不住出去詢問了一下，知道沈鎮並沒有在曹姨娘那裡，是去書房歇著了，姚氏才不那麼傷心。垂淚了半宿，還是春花好說歹說的，才算是躺下歇了一會兒。春花見主子沒有心情收拾，便自作主張整理了一些衣物細軟和用具，畢竟那個尼姑庵裡是異常清苦，她們主僕二人去了也不至於太難過了。

一早，幾個丫頭和婆子把姚氏的行李一路搬到府門外的馬車上，姚氏一步三回頭地從自己住處一直走到大門口，還是不見沈鎮來送。雖然心下大概知道他是不會來送自己，眼睛還是不死心地直朝門裡望著，腳步也在大門口處躊躇著。剛轉身要走，卻聽到背後忽然有腳步聲，以為是沈鎮來了，趕緊轉過身子去，眼眸中都透著一抹興奮。不過當看清來人是無憂並帶著幾個丫頭的時候，不禁有些失望，卻仍舊強打著精神笑了笑，說：「弟妹，這麼早的天，妳還跑一趟做什麼？」

看到姚氏肩膀上披了一件青色的繡花披風，眼睛似乎有些紅腫，髮髻低垂，也沒有像往常一樣戴什麼貴重的首飾，只插著兩支素白的銀簪子，看得人都怪心酸的，以前的八面威風真是都不敢想了。無憂上前微微笑道：「大嫂，別的也幫不上妳，只能連夜讓丫頭們找了一些日常用的，還有一些能放一段時間的吃食給妳帶上了。」說著，便回頭看了一眼，連翹和春蘭把包袱和食盒遞了過去，春花帶著一個婆子趕緊接了。

看了一眼那些東西，在此刻倍感無助的姚氏感動地拉住無憂的手，說：「弟妹，真沒想到我竟然有今日的遭遇，更沒想到能夠體貼我的竟然是妳了。」

看到姚氏的傷感，無憂心裡也是酸酸的，便笑道：「大嫂別這麼說，其實還是有許多人關心妳的。二爺不便前來，昨兒還一再囑咐我一早趕快過來送送妳，別錯過了呢！」

聽到這話，姚氏則說：「二弟也算是有良心，沒枉這些年我照顧他。唉……」

聽到姚氏嘆氣，無憂四下看了看，便明白是怎麼回事，所以勸道：「大哥大概也是有些不方便，畢竟老夫人正在氣頭上，再說曹姨娘也剛剛失去了孩子，他也得做給別人看，大嫂妳就別往心裡去了。去了城外要照顧好自己，要是缺什麼少什麼，就差人捎個信回來，我馬上派人給妳送去。要是有機會，我也會去看妳的。不過也許過個幾日老夫人的氣消了，馬上就能接妳回來也說不定呢！」

無憂的話姚氏並沒有全部聽進去，卻感激地道：「我記住了，只是我那兩個孩子還要託付給妳，好歹妳幫我看著點，有什麼事也派人去告訴我一聲。」

「大嫂放心，無憂會留心的。」無憂點頭道。

「嗯。」姚氏便也放心地點了點頭。

一刻後，無憂便目送兩輛馬車緩緩地離開了。站在那裡，無憂不禁有些替姚氏心酸——姚氏這個人說不上多麼的寬厚良善，但是對沈鎮和兒子們可是全心全意的，尤其對自己的夫君可以說二十年如一日，不離不棄。今日卻讓一個妾室如此算計，老夫人也就算了，畢竟是婆婆，而且老人家也都是以子嗣為重，這也無可厚非，可是沈鎮做得就有些過了，連送都不來送一程，似乎有些說不過去了。

看到那馬車漸行漸遠，站在無憂身後的連翹道：「二小姐，這大奶奶看著也怪可憐的。大爺也真是的，竟然連送都不來送一程，剛才我聽幾個丫頭悄悄說昨兒晚上大爺也沒去大奶奶那裡呢！」

這時候，春蘭接道：「這宅門裡不是東風壓倒了西風，就是西風壓倒了東風，正室和偏房爭鋒吃醋是常有的事。」

聽到這話，無憂倒也是深有體會，以前在薛家的時候朱氏和李氏不也是鬥爭了一番嗎？因為李氏年輕貌美以及生了兒子，朱氏就徹底地敗下陣來。大概許多人都以為朱氏就此是一敗塗地了，可是哪承想朱氏的後勁足，兩個女兒爭氣，自己又在四旬多的年紀生了兒子，那個李氏卻是每況愈下了。

「這男人啊，都是沒良心的東西。」連翹在一旁說了一句。

聽到這話，無憂告誡道：「我看妳是骨頭鬆了，想挨打了是不是？這樣咒罵主子，讓人聽到有妳好受的。」

連翹馬上意識到在背後中傷大爺被有心人聽了去，那可是要闖禍的，趕緊笑道：「奴婢只是心裡氣憤罷了，一時嘴快就說出來了。」

看到連翹意識到自己的口誤，便道：「以後注意點就是了。好了，二爺明天一早就要啟程了，咱們趕快給二爺收拾東西去要緊。」

「是。」隨後，連翹和春蘭便跟著無憂回了屋子。

第五十八章

這晚，無憂一直等到快二更天的時候，沈鈞才風塵僕僕地回來。

沈鈞從外面進來，站在離門不遠的地方，無憂迎上一張笑臉。沈鈞走進來，嗔怪道：「這麼晚了妳不休息，站在這裡等我做什麼？」

「明天一早你就走了，你還沒有看我給你準備的行裝呢！你快過來看看，少了點什麼，趕快叫人找來，省得路上誤事。」無憂說著便拉著沈鈞走到那個大木箱前。

低頭看到那個開著蓋子的大木箱，見裡面衣服、鞋子、靴子、用具什麼的應有盡有，沈鈞不禁笑道：「妳也太興師動眾了，哪用得著這麼多東西？只要帶上兩雙靴子、兩件換洗的衣服就好了。」

「我都收拾出來了，還是多帶著以備不時之需。」無憂笑道。

「也好，到時候還可以分給其他弟兄們。」沈鈞說了一句後，眼角餘光發現一旁桌上有張紙條，拿過來一看，不禁擰了眉頭，低聲唸道：「棉袍一件，夾袍兩件，汗衫兩件，靴子四雙……這是？」沈鈞抬眼望著無憂問。

「喔，這是清單。」無憂笑著上前伸手接過沈鈞手中的紙張。

「清單？」沈鈞有些不明所以地問。

瞥了一眼盯著自己看的沈鈞，無憂一邊把手中紙張摺起來一邊道：「我怕遺漏了什麼東西，便列了一張清單。」

聽到這話，沈鈞的眼眸一黯，深深地望著眼前的人兒，一股暖流流淌過心間。看到他那專注的眼眸，無憂面色一紅，對外面喊道：「連翹、春蘭。」

「奴婢在。」不一刻，連翹和春蘭走了進來。

「叫人來把這箱子抬出去，明天一早二爺要帶著走。」無憂吩咐道。

「是。」連翹和春蘭一個上前蓋上蓋子，另一個便出去叫人來抬箱子。

不多時，進來兩個小廝把箱子抬走了，連翹和春蘭打來洗腳水伺候沈鈞夫婦洗漱完畢後，她們便識趣地退下去。無憂坐在梳妝檯前把髮髻鬆散下來，穿著白色中衣的沈鈞走到無憂身後。在銅鏡中看到他過來了，無憂轉過身子，一把抱住沈鈞的腰身，把臉貼在他的腹部，萬分依戀地道：「從現在開始還有三、四個時辰你就要走了。」

聽到無憂帶著萬分傷感的話，沈鈞心裡也不是滋味，畢竟他也不想分離的。伸手摸著她的頭，他勉強笑道：「我也捨不得妳，這幾個時辰都是妳的。」

「嗯。」無憂輕輕嗯了一聲，便微微閉上雙眼，讓自己的臉感受著他的溫度。

這一刻，兩個相愛的人緊緊地互相依偎在一起，感受彼此的溫度，呼吸著彼此的氣息，希望時間能夠永遠停留在這一刻，希望明日的黎明永遠都不要到來。

不知道過了多久之後，兩具年輕的身體溫度驟然升高，房間裡也瀰漫著曖昧的氣息。隨後，無憂只感覺一陣暈眩，身子便騰空而起，再次睜開眼眸的時候，只見她已經被他打橫抱起，他那雙幽深的眼睛此時更加深邃、灼熱了，那眼眸中的光芒射在她的身上，讓她渾身都感覺火辣辣的。明早要分離了，她當然知道今晚的纏綿肯定是少不了，她也只能用全心迎合來表達自己的愛意和不捨。下一刻，她被他輕輕放在床鋪上，床幔落下來後，微弱的燭光下兩道未著寸縷的身體互相糾纏，糾纏，再糾纏。

這一次，他如同狂風驟雨般的熱烈，讓她絲毫都透不過氣來，而她再也不顧以往的矜持，他似乎也感受到了今日的她和往日不同，尤其是那種從來沒有過的熱情讓他更加入迷。他把她燃燒得灰飛煙滅，再也找不到原來的自己。她也感受到了以前從來沒有過的感覺，那種感覺既痛苦又快樂，一會兒她恍若在地獄般的難受，忍受著煎熬，一會兒後她又直接沖上了雲霄，享受著無比的歡愉，那種快樂讓她不能自已，身體彷彿已經不是她的了。在雲端的時候，她抑制不住尖叫出聲，他看到她如同一朵夜間的百合，一次又一次地把她送上雲端……

最後，在黎明之前，他才放開幾乎要昏過去的她，她閉上眼睛沈沈地睡去，而他也抓緊這不多的時間趕快休息一下，因為再過半個時辰後他便要出發了。

喳喳喳喳……

睡在床幔中的人耳邊聽到了許多麻雀的叫聲，她煩躁地翻了個身，想繼續睡，可是剛翻過身子，彷彿突然想起了什麼似的，猛地睜開眼睛。朝外面一望，只見陽光已經透過床幔射進來，她不由得一驚，一下子從床上坐了起來。轉頭望望旁邊的枕頭，已經空無一人，偌大的床上只剩下她一個，心想——沈鈞呢？隨後，她伸手撥開床幔，朝外面喊道：「連翹、春蘭。」

下一刻，只聽門一響，連翹和春蘭一前一後地走了進來，笑道：「二奶奶，您醒了？」

「二爺呢？」無憂急切地問。

這時候，無憂身上還未著寸縷，只有被子裹在她胸前，後背披散的頭髮也有些散亂，脖子胸前都是紅色紫色的吻痕。看到無憂的樣子，連翹和春蘭不禁有些臉紅，畢竟她們還都是沒有嫁人的大姑娘。大概是看到了她們異樣的眼光，無憂趕緊縮回手，讓床幔擋住自己的身體，不過心中卻是有些著急。

「二奶奶，二爺天剛矇矇亮的時候就走了。」春蘭回答道。

「什麼？」聽到這話，無憂不禁有些著急，她可是想起來送他的，怎麼他自己悄悄地走了？又趕緊道：「趕快把我的衣服找出一套來。」說著，她便要起床。

「是。」連翹應聲後去櫥子裡找一套衣服出來。

無憂接過衣服後，便趕緊穿戴起來，一邊穿一邊問著幫忙她穿衣服的春蘭。「現在什麼時辰了？」

「再一個時辰就到晌午了。」春蘭看了看天色回答。

「什麼？」聽到這話，無憂不禁愣了。

大概是看出無憂想趕緊穿戴好去追送沈鈞吧，一旁的連翹蹙著眉頭說：「二小姐，這個時候姑爺大概早就出了城，您估計是追不上了。」

抬頭看看外面的天色，這個時候太陽都放射出耀眼的光芒，確實是追不上了，無憂失望地轉身坐在一旁的床上，道：「妳們怎麼也不知道叫我一聲？」本來她是想騎馬送沈鈞到城外，想想好久也沒有騎馬了，還可以跟他多待上一會兒。畢竟，昨兒夜裡實在是筋疲力盡了，都沒有好好地跟他說話呢！

「是姑爺不讓奴婢們叫醒您的，說是您……昨兒夜裡沒有睡好，讓您多睡一會兒，讓我們都不要叫您。」連翹只得回答道。

聽到這話，無憂面上一紅，這個沈鈞，真是的，說話也沒個遮攔，然後道：「他走的時候可還說了什麼？」

「說讓奴婢們好好伺候您，就沒別的了。」連翹回答。

「知道了。我想自己待一會兒，妳們先下去吧！」無憂衝她們揮了揮手。

「可是您還沒有洗漱用早飯呢！」一旁的春蘭道。

「我不餓，也不想吃。」此刻的無憂整個人都沈浸在離別的惆悵中，哪裡還有心情吃飯洗漱啊？

見狀，連翹伸手拉了拉春蘭，示意她趕緊出去，春蘭會意，隨後便出去並帶上了房門。

她二人走了之後，無憂的眼眸掃了一眼淩亂不堪的床上，彷彿還帶著沈鈞的氣息。她輕輕側臥在床上，閉上眼睛，鼻端都能聞到屬於他的氣味，彷彿他還在她的身邊，心中卻是不斷自責——怎麼自己睡得那般死？怎麼他起來一點感覺都沒有？不過大概他也是故意的吧？肯定是不想吵醒自己，所以才輕手輕腳地走了，心中不禁又感動於他的體貼。

手指在摸著床單的時候，忽然從枕頭邊上摸到一個堅硬尖銳的東西，無憂不禁奇怪起來，睜開眼睛，看到在枕頭邊上躺著一支很漂亮的鑲嵌著藍色寶石的銀色簪子，做工很精巧，一看就是一樣精緻的首飾。伸手拿過簪子，無憂看了半天，嘴角泛起笑容，心裡當然知道這肯定是沈鈞送給她的，大概看她還睡著便放在枕頭邊上了吧……

這沈鈞也真是的，怎麼昨晚不先拿出來呢？不過大概是昨晚沒有來得及吧？想想他們只顧著那個什麼，哪裡還顧得上這些呢？笑過之後，無憂把那簪子插到頭上，心裡彷彿又滿滿的了……

時光飛逝，一轉眼就是兩個多月，春日過去，初夏來臨，風似乎都變得熱呼呼了。兩個多月來，無憂自然是每日都想念沈鈞，特別是在寂靜的夜裡，思念的潮水更是如同排山倒海而來，不過好在她有許多事情需要忙碌，家務、莊子、製藥作坊、鋪子等。

這日，只聽外面亂糟糟的，無憂不禁擰了眉頭，又聽到外面突然有人喊出事了，她不由得心下有些不安起來，遂叫連翹進來問話。

連翹走進來回答：「不知怎的今日什麼人都不允許上街了，剛才幾個婆子回來說街道上都是官兵，不許任何人走動，說是街上的店鋪都關門了，大街上沒有一個人呢！」

無憂擰了眉頭，便問：「是咱們一條街如此，還是全京城都如此？」

「旺兒已經出去打聽了，還沒有回來。」連翹道。

隨後，無憂出了屋子，往前面大門的方向走去，心裡卻想——到處都是官兵？要知道沈家居住的這條街上也都算是達官顯貴，如果只有這條街戒嚴，那麼肯定是這條街上有什麼人家犯了事；如果是全京城都戒嚴，那麼肯定是出了震動朝廷的大事。不過聽到這個消息，她倒不怎麼擔心了，因為現在沈鈞已經是一介布衣，朝廷上有再大的事情也跟他沾不上邊。沈鎮雖然頭上有個侯爵的爵位，但是鮮少外出，更不會過問朝廷上的事情，所以沈家應該能夠置身事外的。她的娘家薛家更是和達官顯貴沾不上邊，薛金文只不過是個六品不入流的小吏而已。

等無憂走到大門口的時候，這裡已經聚集了十數個下人，都在那裡議論紛紛的。看到無憂過來，個個低頭行禮道：「給二奶奶請安。」

「免了。」無憂說了一句，便邁步往前走到大門檻，朝外看了幾眼。只見外面的街道上確實是有許多官兵，而且是每隔幾丈遠便有一隊官兵，手裡都提著刀劍，面上也是凶凶的，不准任何人上街，看到比較可疑的便全都帶走。

看到這些，無憂退回來，望著那十數個下人問道：「誰能告訴我外面究竟發生了什麼？」

這時候，姚氏的陪房周新家的站出來道：「回二奶奶的話，奴婢們剛剛聽說全京城現在都戒嚴了，不管是老百姓、還是達官顯貴誰家的人，沒有特許都不能隨意走動呢！大街上連買菜買東西都不許了。」

這已經印證了無憂心中的猜測，又問：「那妳知道是出了什麼事嗎？」

「不知道。」那周新家的先是搖了搖頭，又看看另外幾個人，那幾個人也是什麼都不知道。

聞言，無憂低頭想——大概這次是涉及到皇權鬥爭了吧？那皇宮裡現在也是血雨腥風了吧？好在姊姊只是個普通的女官，應該不會參與到宮廷鬥爭中去。對了，是不是皇上和謝氏一族的較量已經有了結果？她實在是想不出誰在京城還有這麼大的勢力，能讓皇上動如此大的干戈？

正在這時候，有人喊了一聲。「旺兒回來了！」

聞言，無憂一抬頭，看到旺兒慌慌張張地從側門閃了進來，看到無憂站在此處，愣了一下，便跑過來行禮道：「二小姐。」

「外面究竟發生了什麼事？」無憂急切地問。

旺兒趕緊上前小聲地回道：「二小姐，小的剛才冒死出去找幾個朋友打聽了一下，說是這次皇上收拾了謝家。」

聽到自己的猜測果然對了，又問：「這麼說謝家是倒了？」

「不但是謝家，和謝家一切有關連的親戚，來往過密的朋友和門生全都罷官的罷官、查問的查問、流放的流放，據說一共涉及了好幾千人呢！反正具體的小的的朋友也是一知半解。現在外面亂得很，都不准隨意走動了。」旺兒趕緊回答道。

聽到這話，無憂眉頭更加深鎖，因為她突然想到秦顯，秦家現在和謝家可是姻親關係，而且自從玉郡主嫁到謝家後，秦謝兩家更是來往甚密，這次會不會也受到牽連？

這時候，周新家的上前陪笑道：「二奶奶，現在都不讓上街，送米送菜的也不給出來，咱們府上的吃食也只夠維持個兩、三日，以後可怎麼辦啊？」

「現在是非常時期，上上下下都儉省些，有什麼就做什麼，先度過這幾日再說吧！」無憂回答道。

「咱們這些人不打緊，可是老夫人那邊……」周新家的有些為難地道。

「當然是什麼都先緊著老夫人了。對了，這件事先別告訴老夫人，咱們家大小姐在宮裡做娘娘，別讓老夫人多想了才是，省得讓她老人家擔憂。」沈老夫人最擔憂的就是宮裡有什麼事，生怕女兒在宮裡受到牽連日子不好過，所以平時宮裡有些什麼傳聞出來，都不敢告訴她。

「是，奴婢會讓下人們把嘴巴封嚴的。」周新家的道。

「嗯。」無憂點了點頭，然後看了看外面那些官兵來回巡邏，便告訴門上的人道：「既然不讓進來也不能出去，就索性把大門關上幾日好了。你們該幹什麼都幹什麼去，別在這裡看熱鬧了。」無憂最後吩咐道。

「是。」眾人紛紛點頭，不敢說別的。

雖然眾人都瞞著沈老夫人朝廷上的動盪，但畢竟好幾天都不讓出門，也不給走動，沈老夫人身邊的人也都不是瞎子，兩日後沈老夫人還是都知道了。這日早上，無憂過來請安，一大早就看到曹姨娘也在，正陪著沈老夫人說話。

請過安後，無憂便坐在一旁，沈老夫人望著無憂道：「我知道妳怕外面的事情嚇著我，所以不讓下人們告訴我，可是這種事情是能瞞得住的嗎？再說我雖然老了，但是朝廷裡出了這樣的大事，我怎能不關心呢？要知道這謝家若是倒了，可是對咱們沈家大大的有益呢！」

聽到沈老夫人嘴裡似乎帶著嗔怪的意思，無憂趕緊道：「其實也並不是有意瞞著老夫人，實在是還沒有弄清楚這裡面的事情，我想等事情弄清楚了再來稟告老夫人不遲，省得老夫人白白擔憂了。」無憂也明白，以前沈鈞被言官彈劾的事情多半就是謝家在背後指使，一來是沈鈞握有兵權，並且對當今聖上忠心耿耿，謝家一直都對沈鈞有所忌憚。而且玉郡主又嫁入謝家，她也是痛恨極了沈鈞，所以也算是挾怨報復吧？這次謝家倒了，沈家自然是歡喜的。再說還有沈家大小姐在宮裡是昭容的位分，這些年來一直都被謝貴妃壓著，也不怎麼得皇上寵愛，大概以為這謝貴妃一倒，對沈昭容多少也是有益的吧？

聞言，沈老夫人笑道：「妳整天待在家裡，什麼時候能知道事情的來龍去脈啊？今兒街上已經允許人走動了，妳大哥一早便出去打聽了。」

「是嗎？」這個無憂倒是沒有料到。

「是啊，大爺一早就出去找他那些相熟的朋友，有幾個家裡也都是有爵位的，而且家裡也有人做高官，肯定知道這裡面的事情。」這時候，坐在一旁的曹姨娘笑道。

無憂微微一笑點了下頭。自從這位曹姨娘的孩子沒了之後，她在老夫人跟前便有了幾分顏面，來給老夫人請安的時候，老夫人也會留她看座說上幾句話。府裡的人也都正視她了，畢竟現在大奶奶不在府裡，大爺身邊只有她一個妾室，說不定什麼時候她就還會懷上子嗣。不過無憂聽身邊的人說，沈鎮很少去曹姨娘那裡，倒是曹姨娘隔三差五地就要跑到沈鎮的住處送湯送水關懷備至，不過沈鎮彷彿都不怎麼熱情。自從姚氏走後，沈鎮一直住在姚氏的屋子裡，哪裡也不去，也沒有在曹姨娘的屋裡歇過，曹姨娘就算是過來獻殷勤，也沒有在姚氏的房間住下的道理，所以她也算是十分尷尬的。

無憂又陪著坐了一會兒，喝了一杯茶，外面便有丫頭進來稟告道：「老夫人，大爺回來了。」

隨後，在眾人的翹首企盼下，只見穿著一身絳紫色袍子的沈鎮在小廝的攙扶下走了進來，行禮道：「兒子給母親請安。」

「趕快過來坐下，外面到底發生什麼事了？」沈老夫人已經沈不住氣了。

沈鎮應聲後便在小廝的攙扶下坐下來，看到老夫人神態焦急，便道：「母親，這次謝氏一族是真的倒了。謝氏除了當今太后外，其餘人等都被砍頭的砍頭，流放的流放，恐怕是就此要消沈百年了。」

沈老夫人一怔，問：「那謝貴妃呢？」她最關心的還是宮裡的事情。

「謝貴妃已經被貶為才人，搬到太后的宮裡去了。聽說這次太后以死相逼皇上，不要動謝氏一家，但是皇上卻一點都不為所動，大概太后和皇上之間的母子情誼就此也斷了。」沈鎮回答。

沈老夫人嘆了一口氣，望著無憂和曹姨娘道：「要知道太后這一生可是富貴至極，在先皇那裡就很受寵愛，為皇家生下兩位皇子，自從當今皇上登基後更是威風八面，朝廷和後宮都是他們謝家說了算。不過水滿則溢，畢竟現在當權的是當今聖上，事情做得太過了，讓聖上怎麼能忍呢？可是這個常山王呢，他在邊關鎮守又手裡握有重兵，太后又一直偏寵於他，當年還差點讓先皇廢長立幼，這次難道皇上不怕常山王會反了嗎？」

聞言，沈鎮擰了下眉頭，說：「兒子聽一位可靠的朋友說，早在一個月之前皇上就派人去邊關控制住常山王，所以常山王的兵權也自然是解除了，這次皇上才會無所顧忌地收拾了謝氏一族。」

無憂聽了，倒是一怔，心中立刻生出了預感，那就是這件事彷彿和沈鈞有關係。因為常山王駐守的地方正是大齊和大燕的邊境，並且是軍事要塞，這次沈鈞押運貨物前去大燕，這個軍事要塞就在必經之地，難道這一切都是巧合嗎？

沈老夫人卻道：「那些朝廷裡的事情咱們不必操心，不過這宮裡的事情對你妹妹倒是件好事。這麼多年來那個謝貴妃仗著太后和父兄的勢力在後宮作威作福，別的妃嬪都是敢怒不敢言。而且她一個人霸占著皇上，都不讓別的妃嬪傍身的，我暗地裡聽說皇上至今沒有子嗣多半也是她在暗中搗鬼的緣故，這下沒有她在宮中作威作福，也許你妹子還能得到皇上的寵愛也說不定呢！」

「是啊，妹子這些年在宮中受苦了。」沈鎮點了點頭。

「老夫人，也許咱們家娘娘以後還能生個皇子也說不定呢！」一旁的曹姨娘插嘴道。

沈老夫人聽罷開懷大笑。「呵呵……時來運轉，這也是有可能的。」

沈鎮又道：「對了，這次秦家也受了牽連。」

「這是一定的。自從玉郡主和謝家結了親後，他們謝秦兩家就沆瀣一氣了。這次秦家的人是怎麼處置的？」沈老夫人面色有些凝重，畢竟沈家和秦家交好多年，還差點成了兒女親家，只是後來反目成仇。

「秦丞相和老夫人都被流放，倒是皇上念在秦顯沒有過錯，並且又是聖上的姑表兄弟，便從輕發落，只是被削職。但是玉郡主就沒有那麼幸運，她嫁入謝家後驕橫跋扈，也被流放了。」沈鎮回答。

聽了這話，無憂心裡稍稍安了一點心，心想——據說玉郡主嫁入謝家後就性情大變，以前只是小女孩的任性，嫁作人婦之後變得跋扈囂張，做了不少尖酸刻薄的事情，有今日的結果也算是咎由自取。好在秦顯一直都是循規蹈矩，這次所幸沒有受到牽連，他沒有事，那麼蘭馨也肯定沒事了。

「玉郡主以前也是個不錯的孩子，倒是可惜了。」沈老夫人聽了嘆了一口氣。

沈鎮臉上帶著一抹笑意，道：「母親，兒子聽幾個朋友說這次謝家被連根拔掉，而最近邊關也不怎麼消停，皇上很有可能重新啟用二弟呢！」

聽到這話，沈老夫人也是十分歡喜，說：「那倒好，那樣鈞兒也不用再去開什麼勞什子鏢局了。你二弟走了也有兩個多月了吧，估計再兩個多月也就能回來了。」提起沈鈞，沈老夫人一臉的慈祥。

「是啊。」沈鎮連連稱是。

坐在一旁的無憂卻有種感覺，好像沈鈞從來都沒有離開過朝廷，而且皇上似乎一直在重用他。

又說笑了一會兒，見沈老夫人有些倦了，眾人也都起身告辭。無憂帶著春蘭回到自己的住處，還有幾個婆子等著回事呢！

第五十九章

接下來的日子，無憂一直都在暗中打聽沈鈞的消息。除了沈鈞剛離開的那一個多月給她寫了兩封信，之後便一直都沒來信息了。

她一直有種感覺，這次皇上這麼大動作肯定少不了沈鈞的參與，但她畢竟接觸不到朝廷重臣，根本就沒辦法打聽到什麼消息。再說就算是朝廷重臣，估計這次的事情也是秘密進行的，恐怕除了少數幾個人之外，是沒有人知道的了。不過現在大局已定，無憂已經不用擔憂沈鈞的安危，據說常山王已在被押解進京的路上，大概再過些日子等局勢徹底穩定，沈鈞也該回來了吧？

大概十來日之後的一個早上，無憂剛起來，坐在梳妝檯前由連翹幫著梳頭。雖然是清晨，但是外面也已經有些熱意，畢竟現在已經到了仲夏，時候倒是過得很快。

「昨兒讓妳打發人給大奶奶送的東西送到了嗎？」無憂望著銅鏡中的自己問。想著天氣越來越熱，無憂便讓人找出一些姚氏和春花沒有來得及帶走的夏日衣衫，並且還捎帶一些銀子和新鮮的糕點水果送過去。畢竟在那個尼姑庵裡，這些新鮮的東西大概也是吃不上的，想想那個姚氏也是怪可憐的。

「送到了，回來的人說大奶奶問您好呢！而且還說正好看到大爺的人也悄悄地送東西過去。」連翹趕緊回道。

聽到這話，無憂望了銅鏡中的連翹一眼，說：「算來大奶奶去尼姑庵也有三個月了吧？據說大爺一次都沒有去看過，只允許兩位公子去探望兩次，我說大爺也不是一個無情的人呢！」

「不過回來的人說大奶奶和春花在尼姑庵裡過得還不錯，大爺應該花了不少銀子打點。奴婢覺得大爺並不像那種薄情之人。對了，據說這三個月大爺都沒有在曹姨娘的屋子裡歇過呢，倒是看到曹姨娘常常圍著大爺轉。」連翹隨後便把傳聞說出來。

聽到這話，無憂便垂下頭，心想——那個曹姨娘給人一種怪怪的感覺，說她柔弱吧，起初給人的印象是，但現在又好像很有心計似的，總之，她就是有一種曹姨娘不是善類的感覺。不過曹姨娘不把手伸到她頭上，她也懶得理會，畢竟曹姨娘是沈鎮的妾室，要教訓也自有人教訓的。

正在說話間，玉竹從外面走進來，急切地道：「二小姐，我娘來了，說是有天大的事要回您呢！」

聽到這話，無憂一愣，心底多少有些緊張，趕緊起身問：「可是我娘和弟弟有什麼事了？」平兒可是朱氏的貼身侍女，平時都跟在朱氏的身邊，有什麼事不派個別人來，沒道理非讓平兒跑一趟。

「我娘急匆匆的，她急著要見二小姐，不過奴婢看我娘臉上倒是喜孜孜的。」玉竹趕緊說一句話讓無憂定住心神。

聽到這話，無憂才鬆了一口氣，吩咐道：「還不趕快請進來。」

「是。」應聲後，玉竹便趕緊出去了。

不一刻後，只見玉竹帶著平兒進來，平兒眉開眼笑地福了福身子，道：「給二姑奶奶請安。」

「快免了。玉竹，還不快給妳娘拿個小腳踏來。連翹，上茶水點心來。」無憂吩咐道。

隨後，玉竹便拿了腳踏來，平兒便坐在腳踏上，連翹忙著倒茶水拿點心。

「怎麼今兒讓妳親自跑一趟？」無憂趕緊問。

平兒接過連翹送上來的茶水，喝了一口，異常高興地回答：「二姑奶奶，咱們家這次有天大的好事了。」

「什麼天大的好事？難不成爹升官了不成？還是發了幾萬兩銀子的財？」無憂想不出來還能有什麼好事。

「比這個還要光耀門楣呢！」平兒的臉上帶著一抹神秘地道。

「快說來，到底是什麼天大的喜事？」無憂這個時候也有些坐不住了。

「是咱們家大小姐，皇上冊封咱們家大小姐為賢妃了。」平兒隨後便扔出一個爆炸性的消息。

聽到這話，無憂不禁愣了半晌，心想——姊姊被冊封為皇妃了？這也太突然了。不過想想當今聖上那儒雅威嚴的樣子和姊姊倒是真的挺般配的，雖然後宮的鬥爭永遠無法停歇，但是總比姊姊一輩子在宮裡虛度年華孤獨老死要強得多。此刻，她真不知道要替姊姊高興還是擔憂？

倒是一旁的玉竹和連翹早已經雀躍歡呼起來。「咱們家大小姐被皇上冊封為皇妃了？唉呀呀，這真是天大的好消息，大奶奶和大爺肯定是高興壞了吧？」

「是啊、是啊，這旨意剛剛頒下來，就有好多人都得到消息，現在咱們家門前馬車都排了好遠，都是來賀喜的親友。大奶奶便趕忙派奴婢過來跟二姑奶奶說一聲，怕打發小丫頭過來說不明白。」平兒笑嘻嘻地說。

過了一會兒，無憂才笑道：「沒想到姊姊和皇上還有這一段機緣。」

「是啊，本來奶奶還為大小姐發愁呢，說是在宮裡一生都不能夠嫁人，沒想到她真是多慮了，大小姐嫁的是這世上最尊貴的男人呢！對了，大爺也已經被提升為吏部侍郎，大奶奶是三品誥命夫人，就是老太太也封了三品誥命夫人，皇上還賞賜了好多金銀珍珠玉石的。」平兒趕緊道。

聽到這話，無憂微笑著點點頭，心想——薛老太太和薛金文這麼多年來一直都以沒有嫡子來光耀門楣而抱憾，可是他們估計萬萬沒有想到讓薛家一門榮耀的竟然是姊姊吧？還有那個李氏，當初設計姊姊進宮，大概也沒有料到姊姊會被冊封為皇妃吧？看來各人真是有各人的機緣。

「對了，聖旨已經指明明兒前晌讓大奶奶、您還有小少爺進宮去面見賢妃娘娘呢！」平兒這時候才把最要緊的說出來。

聽到這話，無憂才無比興奮。「真的？太好了！我已經好久沒有見到姊姊了，真是很想她。估計娘也是高興壞了，對了，姊姊還沒有見過弟弟呢！」

「是啊，本來老太太也想去的，只是身子骨實在是支撐不住，心裡還不好受呢！」平兒道。

無憂便蹙了下眉頭說：「從去年冬天祖母的身體就每況愈下，這一天其實她都盼了有大半輩子，沒想到還是不能進宮去。」

「要不說呢！唉，這老太太啊……」說到這裡的時候，平兒左右望了望，才低聲道：「恐怕是熬不過今年冬天了。」

無憂沈默不語，心中和平兒所想的一樣。據她的醫術看來，老太太的所有器官都已經開始衰竭，再加上這個時代醫療設施有限，恐怕是沒有多少時日了。

翌日一大早，無憂便收拾停當，一路坐著馬車來到宮門外。等了一刻後，朱氏的馬車也來了，母女兩個在宮門外的馬車上等候傳喚。

馬車裡，坐著朱氏、無憂，還有平兒抱著剛剛半歲的弟弟。抬頭望去，只見朱氏梳著高髻，頭上插著華麗的金玉首飾，身上也是誥命的衣裙，很是莊重華貴，無憂便笑道：「娘，您打扮得真是雍容華貴呢！」

朱氏低頭望了一下自己，笑道：「沒有料到這輩子還能穿上正三品的誥命衣服，而且還是託了我女兒的福。」

「娘，說不定這還沒到頭，哪天您還能當上一品誥命夫人呢！」無憂笑道。

朱氏一笑，又忽然抓住無憂的手，說：「倒是妳，一會兒我會向妳姊姊求情，沈鈞也該被復用了，到時候妳也是誥命夫人的。」

無憂卻趕緊搖頭道：「娘，您千萬別跟姊姊提這事。」

「這有什麼？雖然妳姊姊現在貴為賢妃娘娘，可到底是妳的姊姊啊。妳放心，妳姊姊的品性我知道，她斷然不是那種不顧自己親人死活的人。」朱氏開解無憂道。

「不是，我自然知道姊姊不是那種薄情的人，只是姊姊現在剛剛被冊封，姊姊也有姊姊的難處。再說伴君如伴虎，姊姊的日子也未必好過，就先不要提這事，畢竟妳我母女三人見個面實屬難得，還是等沈鈞回來再說吧！」無憂說出了自己的想法。

聞言，朱氏微微一笑，拍了拍無憂的手背，道：「難為妳能夠設身處地為妳姊姊著想，那一會兒咱們就不提了。」

「嗯。」無憂點了點頭。

馬車外這時傳來旺兒的聲音。「大奶奶、二小姐，宮裡派人傳話來了，讓妳們二位趕快進宮去，咱們家娘娘已經在等候了。」

朱氏和無憂對望了一眼，趕緊道：「快、快！咱們只能在妳姊姊處逗留一個時辰呢！」

說著，朱氏和無憂便在丫頭們的攙扶下下車。隨後，便由平兒抱著小公子尾隨著朱氏和無憂進了宮門，皇家重地，除了被傳喚的人，是不允許閒雜人等隨意進出的，所以其他下人都在外邊等候。

昭陽殿裡，到處一片金碧輝煌，全是黃金打造的正座上坐著一位身穿鵝黃色宮裝，頭上戴著鳳凰金釵，恍若神仙的妃子，兩旁各站著長相清秀的宮娥。薛柔坐在正座上，一雙眼睛望著朱氏和無憂以及平兒懷中抱著的嬰兒打量。

無憂看到姊姊，朱氏看到女兒，自然是一番激動，不過都沒有忘了如今薛柔的身分可是不一樣了，便趕緊不約而同地跪倒在地，口中呼道：「參見賢妃娘娘，娘娘千歲千歲千千歲。」

看到母親和妹妹都向自己下跪行禮，薛柔情急之下想站起身來，卻忽然想到宮中的規矩，趕緊道：「趕快平身。」這時候，一旁的兩名宮娥趕緊過去把朱氏和無憂扶了起來。

朱氏和無憂站定之後，薛柔和她們四目相對，甚是感慨。薛柔看到平兒手中的孩兒時，不禁含淚笑道：「這就是我那弟弟嗎？」

「是啊，趕快抱過去讓娘娘看看。」朱氏吩咐一旁的平兒道。

「是。」平兒應聲後，抱著孩子走向高高的臺階，薛柔亦站起來摸著那孩童的小臉蛋，喜愛之情溢於言表。

望著女兒如此喜歡自己的小兒子，朱氏的眼中也都是淚光。

看了一刻之後，薛柔抬頭問：「祖母和爹可都還好？」

「好、好，妳爹和祖母得了皇上的加封，可是高興得不得了，只是妳祖母的身體從去年就……有些衰弱了。」朱氏最後擔憂地道。

聽到這話，薛柔也有些感慨地道：「是啊，祖母的年紀大了。」

這時候，只見一位太監從殿外走進來，低首稟告道：「啟稟賢妃娘娘，皇上說今兒有幾位封疆大吏從外省進宮，不能陪薛夫人和沈夫人說話了，今兒中午皇上把自己的御膳賜給兩位夫人，請賢妃娘娘相陪就是了。」

聞言，薛柔笑著點頭道：「替本宮謝過皇上。」

「奴才告退。」那太監低首退了出去。

隨後，薛柔轉頭對身旁的宮娥道：「本宮看時候也不早了，不如就移駕東廂房先喝些茶點，也候著皇上御賜的午膳吧！」

「是。」那宮娥便趕緊點頭去了。

這方，薛柔走下座位，一手拉著朱氏，一手拉著無憂，笑道：「這裡規矩多，咱們母女姊妹去廂房好好說說話。」

東廂房內，屋子佈置得很清雅，一點也不像正殿那樣威儀。八仙桌前，薛柔坐在正座上，朱氏和無憂分坐兩邊，平兒抱著小公子在炕上玩耍，薛柔一邊陪著朱氏和無憂喝茶水一邊說話。

幾句家常過後，無憂笑著問道：「姊姊，妳怎麼忽然就被冊封為賢妃了？妳和皇上是不是……」說到這裡的時候，無憂笑而不語。

朱氏到底是對自己女兒心切得很，看到薛柔彷彿有些不好意思，便趕緊問道：「是啊，我也感覺不對勁。柔兒啊，妳和皇上不只這幾日的情分吧？」當今聖上除了以前的謝貴妃，還沒有一人被冊封妃位，宮中只有幾個位分低微的嬪妃，現在謝貴妃降為才人，所以賢妃就是宮中最高的妃嬪，可以說是代掌後宮了。

心想瞞不過她們，薛柔點頭承認道：「反正現在我和皇上也沒什麼顧忌，不瞞妳們說，我和皇上其實……在一起也有好幾年的時光了。」

聽到薛柔的話，雖然無憂早在意料之中，還是有些驚訝的，朱氏則是驚訝不已，趕忙問：「什麼？妳和皇上……都好幾年了？妳這孩子，這天大的喜事妳怎麼也不告訴為娘呢？妳知道我這些年來有多為妳擔憂，還以為妳這輩子只能孤獨老死宮中了。」

聞言，無憂趕緊陪笑道：「娘，這麼大的喜事姊姊肯定是第一個就想告訴咱們的，只是姊姊一定是有苦衷的。」

這時候，薛柔才道：「娘、無憂，在這個宮中以前都是太后和謝貴妃她們姑姪倆一手遮天，根本就不會允許別的妃嬪受到皇上寵愛，更別說是生下皇上的子嗣。雖然宮中也有幾個妃嬪，但是地位都不高，最多也就生過一、兩個公主，皇上也不怎麼寵愛她們。皇上讓我不見光也是為了保護我，如果不是這樣，恐怕女兒有十條命也保不住了。」

聽到薛柔的話，朱氏和無憂兩個對視了一眼，這時候，一直在旁邊伺候的薛柔的貼身侍女薔薇替主子辯白道：「二位夫人，其實娘娘心裡時時刻刻都在惦念著您們。娘娘心裡也苦，哪個女人不想有個名分，光明正大地和皇上在一起？娘娘常常在背地裡掉眼淚呢！還有就是娘娘有時候也會派人去打聽你們的近況，尤其一年多前知道了沈夫人在娘家的事情，可是急得不得了，特意求了皇上，借著碧湖長公主生產的事情把沈夫人召進宮來，又在好多青年才俊中選了沈將軍，求得了皇上的賜婚，娘娘真的是用心良苦啊。」

聽到這話，無憂瞪大了眼睛盯著薛柔，她萬萬沒有想到自己和沈鈞的婚事竟然是姊姊在皇上面前求得的，不過細想也是，皇上怎麼會知道自己這麼個無名小卒呢？

這時候，薛柔斥責薔薇道：「薔薇，妳今日的話太多了。」

「奴婢實在是想讓二位夫人知道您是十分關心她們的，只是身處在深宮之中，有好多的不得已罷了。」薔薇最後也嘆息了一聲。

聽到薔薇的話，抬頭望望薛柔，她的臉上也是寫滿了無奈，朱氏則是伸手握住了薛柔的手，道：「柔兒，娘知道這些年妳一個人在宮裡不容易，娘沒有責怪妳的意思，只是太擔憂妳了。」

「娘，女兒都明白。」薛柔點了點頭笑道。

時間過得很快，用過午膳後又說了些私房話，轉眼就到了該出宮的時辰，雖然萬般不捨，但皇家重地也是無奈。朱氏、無憂和平兒抱著小公子，只得拜別了薛柔，一步三回頭地出了昭陽殿。

送走朱氏等人，無憂坐在馬車上，眼眸沒有焦距地望著外面的風景，心卻已經飄到了遠方。這次從姊姊那裡證實了自己的想法都是真的，當初皇上罷免沈鈞的官職是在保護他，因為兩位丞相都視他為眼中釘，皇上只得把他放在家中，不參與朝政。沈鈞一直都是皇上的近臣，這次押鏢也只在掩人耳目，其實是去為皇上辦事的。當日姊姊回家省親的時候，塞給自己的那枚扳指竟然是御賜，想想這些真如同在夢中一樣……

大理

雲朵飄在湛藍的天空中，世子府白牆黑瓦的建築有些江南的味道，府裡進進出出的文職和武官絡繹不絕，丫鬟和男僕在繁花錦簇的府裡來回穿梭。

一座高大的建築內，雕花窗子開啟著，不時地吹進一陣陣清風。站在清雅房間內的人一身銀白色的衣衫，一雙濃眉大眼分外有神，一隻耳朵上還戴著綴著碧玉環的耳環。他手裡端著一杯茶，緩緩地邁步上前，仰頭望著掛在牆上的一幅畫，神情甚是專注。只見那畫上畫的是一位站著的女子，頭上梳的髮髻和身上的衣服卻不是大理人，一看就是中原人士。那名女子的頭髮簡單地綰在頭上，髮髻上只插著幾支簡單的簪子，身上的衣裙飄逸脫俗，尤其一雙眼睛如湖水般清澈，靜謐中又透著一抹靈動。看畫的人沈浸在欣賞畫作中，嘴角扯了扯，泛出一個淺淺的帶著某種回憶的笑容。

門外，大理世子最信任的臣子千夜朝雕花窗子裡望了一眼，然後問一旁的侍女道：「最近世子還是常常盯著那畫看嗎？」

聽到這話，冷翠蹙了下眉頭回答：「是啊，每天都要看上一、兩個時辰。世子這兩個月除了去世子妃那裡兩次外，府中其餘侍妾那裡是一次也沒去過。千大人，那幅畫上的女子到底是誰啊？」

聞言，千夜的眉頭一蹙，點了點頭道：「是個大齊女子。」

「看來世子爺是喜歡上那個大齊女子了？」冷翠問。

千夜並沒有回答冷翠的話，而是道：「冷翠，這件事不要和任何人講，包括世子妃，知道嗎？」

伶俐的冷翠一聽便明白了，馬上笑道：「千大人放心，冷翠明白。」

「嗯。」隨後，千夜點了點頭，便轉身離開了。

千夜回去後，一個人回了房間，坐在自己的房間裡猶豫不決，心想——世子是何許人也，不但英名蓋世，過不了幾年將是大理國主，現在卻為一個女子這樣牽腸掛肚，看著世子清瘦了不少，一直跟在段高存身邊多年的千夜心裡很不是滋味。在房間裡來回走了幾次之後，他毅然地下了一個決定，對外面喊道：「來人。」

這日，無憂坐在八仙桌前一件一件地聽著管家婆子們來回話。剛剛打發那幾個婆子走後，無憂才有時間喝口茶水，心中卻在想——據前幾日大爺從他的朋友處打聽來的消息，說沈鈞可能再過不久就可以回朝了，她真是興奮不已。整日都在盤算著他什麼時候能回來，回來以後做什麼吃的，準備好他的衣物，還有好多的相思情話要對他說，總之，心就是一直浮著似的。

正走神之際，只見春蘭手裡拿著一個信封進來道：「二奶奶，城外咱們家大奶奶借住的尼姑庵裡送福袋來了，順便還捎來大奶奶給您的一封信。」說完，便將手中那封信以雙手遞過來。

聽到姚氏送信給自己，無憂笑道：「是嗎？大嫂也會給我寫信？據我所知她好像很少寫字的。」

「是啊，大奶奶在娘家的時候也認不得幾個字，都是到咱們府上，大爺才教了她不少。」春蘭笑道。

無憂把信拆開，打開信紙一看，便道：「大嫂一個人在廟裡很寂寞，說是讓我過兩日去陪她說說話，並說廟裡的送子娘娘很靈驗，讓我去許個願。」

春蘭笑道：「大奶奶說的極是，您和二爺成親都一年多了，這次二爺回來後，您說什麼也得懷上一胎才是。」

聞言，無憂的面上一紅，便岔開話題道：「那兩個女尼走了沒有？」

「還沒呢！每年都來咱們家送福袋，以前都會給她們些茶水和素點心吃，所以她們都會休息一會兒再走的。」春蘭回答。

無憂低頭想了一下，吩咐道：「這次既然她們捎來大奶奶的書信，而且大奶奶又在她們的廟裡住著，就給兩個紅包打賞一下她們。並且讓她們給大奶奶捎個信，就說我大後日一早便過去陪她半日。」

春蘭趕緊道：「是，那奴婢去辦了。」稍後，春蘭便出去了。

春蘭走後，無憂把姚氏的書信放在了一邊，伸手拿了一本醫書看起來。自從管了家事後，又有些生意上的事情紛繁複雜的，所以她專心研究醫術的時間便大大地減少了。現在心中又滿滿的都是對沈鈞的思念，看著常是心事重重的，腦海中都是和沈鈞那段甜蜜日子的回憶。

過沒多久之後，春蘭回話道：「二奶奶，那兩個女尼拿了紅包後便千恩萬謝地走了，並保證一定把您的口信帶到呢！」

「嗯，那就好。」無憂聽後點了點頭。

兩日後的早上，早飯過後，無憂便打扮停當。由於天氣炎熱，她穿了一身水藍色帶暗紋的褙子，一條白綾裙子，裡面露著粉色抹胸，頭上的髮髻綰在腦後，佩戴一副銀色的首飾，看起來既清爽又俐落。昨兒她就回稟老夫人，起初老夫人聽說她要去看姚氏還有些猶豫，等聽到是去求子，立刻眉開眼笑起來，因為她也知道那座廟裡的送子觀音是很靈驗的，便欣然應允了。雖是生姚氏的氣，但畢竟婆媳多年，這麼多年來姚氏在她的跟前也兢兢業業，所以也吩咐丫頭給姚氏帶了一些消暑的東西。

無憂坐在八仙桌前，用一點酸梅湯，春蘭進來笑著回道：「二奶奶，所有的東西都裝上馬車，可以出發了。」

「嗯。」無憂先點了點頭，忽然又想起了什麼，轉頭對一旁的連翹道：「把防曬油拿過來。」

聽到這話，連翹拍了一下腦袋，道：「對啊，您還沒有抹防曬油呢，這麼大熱的天會把皮膚都曬紅的。」說罷，趕緊去拿來幫無憂塗著。

看到無憂在皮膚上抹著防曬油，一旁的春蘭笑道：「二奶奶，要說這防曬油還真神奇呢！以前我們這些下人有時也會在夏天的大太陽底下做活，每次都曬得臉上脖子手上發紅，自從抹了這個就不怕，聽說最近鋪子裡又賣斷貨了。」

「是啊，今年咱們鋪子裡的防曬油可是全京城頭一份呢，不管是達官貴人家的夫人小姐，還是奴僕和平民百姓家的大姑娘小媳婦，都一窩蜂地跑到咱們鋪子裡來買。奴婢聽玉竹說，現在作坊裡又多請了好幾個人在做，光是今年這防曬油一項，就不知多賺了多少銀子呢！」連翹一邊幫無憂抹一邊道。

這防曬油是無憂今年新研製出來的產品，一開始還怕這個時代的女人不認這個，沒想到一上市就來了個滿堂彩，一下子就賣空了。她是學醫的，對化妝品裡的成分也知道一二，在現代的時候也研究過化妝品一段時間，沒想到來到這裡還真是用上了。現在這個化妝品的作坊和鋪子雖然是後開的，但並不比那間製藥作坊少賺。

無憂笑著一邊往手上塗著防曬油一邊道：「女人麼不分貴賤窮富都是愛美的，但凡能對容顏起一點作用，她們都捨得花錢。」

「可不是嘛，萬一臉不好看，男人就不喜歡了呢！」春蘭的手突然撫著自己的臉道。

一旁的連翹笑著打趣道：「妳還沒嫁人呢，懂得還挺多。」

連翹的話讓春蘭憋了個大紅臉，支支吾吾道：「我……我沒吃過豬肉，還沒見過豬走路嗎？」

「呵呵……」看到春蘭的樣子，連翹和無憂兩人一陣哄笑。

正在這時候，只見玉竹跑進來，手中拿著一封信，走到無憂跟前低聲道：「二小姐，這是大爺給您的信。」

聽到這話，無憂收住了笑容，低頭看了一眼玉竹手裡的信封，腦中立刻有了無數的聯想——大概這封信裡是和沈鈞有關的消息吧？顧不上多想，便伸手接了過來，拆開信封，急切地攤開信紙，只見信上只有區區兩行字。掃了一眼後，嘴角便泛起了帶著喜悅的笑容，小聲地道：「大爺的朋友打聽到二爺也許很快就能回京了。」

「真的？」幾個丫頭都是驚喜異常。

「嗯。」無憂點了點頭，囑咐道：「這件事先不要說出去，大爺說這幾日等消息確定了，便找個機會告訴老夫人，省得讓老夫人她老人家嚇壞了。」

「是。」幾個丫頭都低首應道。

無憂把那封信摺好後放在首飾匣子裡，起身道：「好了，啟程吧！這一路上怎麼也要奔波一個多時辰，到時恐怕都要到晌午，咱們天黑之前還得趕回來呢！」

「是。」連翹等人便趕緊出去準備了。

一刻後，無憂便來到大門口，只見大門外已經停了兩輛馬車，一輛高大一點的馬車自然是為無憂和連翹準備，另一輛裝著給姚氏帶的東西，還有兩個陪著出門的婆子。春蘭和玉竹扶著無憂上了車後，無憂囑咐她們兩句便啟程了。

由於時候還早，雖然是在城裡，但是行人和馬車還少得很，馬車行駛的速度很快，不過無憂此刻是沒有什麼心情欣賞外面的風景，心中總是想著剛剛看到的那封信上的內容。沒想到沈鈞這麼快就要回京了，思念又如同開了閘的潮水般湧來。四個月了，雖然每天都是數著日子過來的，但是好像他離開的時候還是昨天，他的氣息她彷彿還能聞得到。只是不知道這個「最近就要回京」是要多久？從邊關到京城這一路上怎麼快也總得走一個多月吧？不對，那是帶著一些軍隊需要的時間，如果人數少騎馬如飛的話，頂多也就是十天八天的就回到京城了。

出城門的時候，連翹轉頭看一眼愣神的無憂，見她半天都不說話，不由得打趣道：「二小姐，是不是一聽姑爺要回來，您的心就如同熱鍋上的螞蟻一樣啊？」

無憂一聽，笑著咒罵道：「死丫頭，竟然敢消遣起我來了？」

「奴婢實在不敢消遣主子，奴婢說的可都是實話。自從姑爺走了以後，二小姐您是吃也不好，睡也不好，還總是一個人呆愣愣地坐著，奴婢可是都看在眼裡的。您看看您，姑爺走後都瘦了，您得趁著姑爺沒回來前多吃點，養胖了以後姑爺回來才不會責罰我們。」連翹笑道。

無憂知道雖然這些話是有點調笑，但也句句是真的。下一刻，她便有些臉紅地說：「胡說什麼？也不怕讓人家聽了笑話。」

「您和二爺是夫妻，有什麼都是名正言順的。」連翹道。

聽到這話，無憂笑了笑，便轉頭伸手撩開窗簾，朝外面看了一眼。只見馬車早已出了京城的西大門，馬車快速地行駛在官道上，道路兩旁都是高大的樹木，茂盛的樹葉遮擋住了烈日的陽光，四周傳來樹上蟬鳴的聲音，溫熱的風兒一吹，到處都是沙沙的聲響。過了沒多久，官道上便分叉出三條路，馬車往最偏遠的一條路上轉了彎，再往前面走幾十里就是一座很高大的山，姚氏修行的尼姑庵就在那座山腳下。由於這座山上也沒有多少村民，山的周圍也沒有什麼村子，這條路上是十分僻靜的，再加上又是烈日當頭，所以路上連個行人也沒有。

這時候，馬車裡悶熱得難受，連翹把早就準備好用冰塊冰著的酸梅湯倒了一杯遞給無憂，道：「二小姐，喝碗酸梅湯涼快涼快吧！」

「嗯。」這時候的無憂也是出了一身汗，便伸手接過連翹手中的酸梅湯，低頭喝了一口。這時候，外面傳來一聲急切的馬兒嘶叫聲，接著馬車車輪撞到一塊硬物上並且驟然停止，無憂和連翹都往前方倒去，無憂手中的酸梅湯連帶著杯子也摔在馬車上。

「啊！」無憂和連翹都尖叫了一聲。

這時候外面的樹林中忽然竄出了七、八個穿著黑色夜行衣，手中拿著刀劍的人來，上前指著兩個馬夫厲聲道：「別動！要不然宰了你！」

忽然聽到馬車外的聲音，趴在馬車上的無憂和連翹對視了一眼，無憂便飛快地坐起來，伸手撩開車簾，往外一看，只見幾個手裡拿著刀劍的蒙面黑衣人已經制伏了兩個馬夫，另一輛馬車上的兩個婆子早已經嚇得磕頭求饒。其中一個蒙面人走到自己這輛馬車前，他手中的刀在陽光下放射著耀眼的光芒，讓人不寒而慄。只見那人的眼光上下打量著無憂，又看了一旁的連翹，開口問：「妳就是薛無憂？」

聽到對方直呼她的名字，無憂便知道這夥蒙面人是衝著自己來的。雖然她膽子很大，但這種事情還是第一次碰到，也不知道對方想要怎麼樣，便盯著那黑衣人問：「你們是什麼人？到底想幹什麼？」

「奉命行事，恕不能奉告。」那個人只是冷冷地說了一句，便轉身朝他的同伴做了一個手勢，另外幾個人便飛快地把另一輛車上的兩個婆子趕下車，並且把那兩個馬夫也踢下馬車。隨後，那幾個黑衣人便奪了他們的馬車，並且做好了出發的準備。

見狀，無憂看出他們並不想傷害自己，好像是要劫走自己，有些驚慌地道：「你們是不是想要銀子？趕快放了我們，你說個數，我馬上就可以給你。」

那個黑衣人聽了卻是一陣哈哈大笑，說：「呵呵……妳以為我們是為了幾兩銀子才冒這麼大的風險嗎？老實點，要不然妳就要吃苦頭了。」一說罷，那人便把無憂和連翹往馬車裡一推，他的臂力很大，無憂和連翹一下被推到馬車的最裡面，還沒等抓好平衡，只見那人便坐在馬夫的位置上，手中的鞭子猛地抽打著馬屁股，馬兒在下一刻便沒命地往前奔馳起來。無憂和連翹則是尖叫一聲，感覺自己坐在一輛如飛的馬車上，她們的雙手抓緊了一旁的把手，生怕自己會滾出馬車去。

兩輛馬車絕塵而去，留下那兩個馬夫和兩個婆子嚇得面如土色地坐在地上，過了好一會兒後，那兩個馬夫才反應過來。「怎麼辦？二奶奶和連翹姑娘被那些人劫走了！」

兩個婆子則是呼天搶地的喊道：「啊呀呀！這可怎麼辦啊？把二奶奶弄丟了，咱們回去肯定性命不保啊！」

一時間，四個人在原地你看看我、我看看你，誰都不知道該怎麼辦才好。回去報信吧，幾個人都不敢，坐在那裡發了一會兒愣，不過最後還是趕緊往回跑。主子丟了，板子肯定是要挨的，只能趕緊回去報信，看看能不能想辦法把二奶奶找回來了。

兩個馬夫和兩個婆子大熱天往回跑，幸好半路上遇到一輛馬車，便出錢雇了下來，一路飛馳地回到沈家。

老夫人此刻正吃了午飯已經午休了，雙喜聽到這個消息不敢怠慢，趕緊回了沈老夫人。沈老夫人一聽，立即起身，讓丫頭去請沈鎮過來。

不一會兒的工夫，那兩個馬夫和兩個婆子已經跪在沈老夫人屋子裡的正堂上。聽完了他們的回話，沈老夫人可坐不住了，嚇得面如土色，詢問著坐在一旁的沈鎮道：「鎮兒，這可怎麼辦？要不要報官啊？唉呀，怎麼會出這樣的事情呢？這無憂要是有個好歹，我可怎麼向鈞兒、還有無憂的娘家交代啊？」

看到老夫人一副受驚的樣子，雖然沈鎮也十分著急，卻不敢表現出來，生怕沈老夫人被嚇病了。低頭思索了一下，問跪在地上的四個人。「你們說他們劫了二奶奶和連翹就走了，有沒有留下什麼字條索要銀子之類的？」

聞言，幾個人相互看了一眼，然後都把頭搖得跟撥浪鼓一樣，道：「沒有啊……」

聽到這話，沈鎮道：「難道他們不是為財而來？難道弟妹以前和誰結仇了不成？」

這時候，一個婆子道：「二奶奶一向不出門，能跟什麼人結仇啊！那蒙面的人大概有七、八個，個個都拿著刀劍，這要是得罪也得罪不了那些人吧？說不定也是求財，大概過個一日半日的也許會送個信來呢！」

低頭想了一下，沈鎮又說道：「這幾日吩咐下去，外面不管來什麼人要見咱們家正主子，或遞書信甚至口信，都給我來回話。」

「是、是。」所有人都稱是。

隨後，沈鎮對沈老夫人道：「母親，我在刑部還有幾個朋友，不如讓我去問問像這樣的事情該怎麼辦？一下子就報官，萬一那些人是求財的，怕是會害了弟妹的性命。再者，出了這樣大的事情，二弟不在家，不如也把弟妹的娘家父親請過來商量商量才好。」

「對、對，瞧我都老糊塗了，你趕緊去辦吧！」沈老夫人一連點頭。

「是。」沈鎮點了頭，吩咐下人們幾句便派人去辦了。

第六十章

當無憂睜開眼睛的時候，已經躺在一張黃花梨木雕花床上，只見床頂吊著青色帶花紋的帳子，在這夏日裡很是清爽。轉頭一望，屋子裡都是黃花梨木的家具，家具比起大齊來要輕巧得多，房間的家具和佈置都有些異域風情，不似大齊的樣子。這到底是哪裡？她可以確定自己從沒有來過這個地方。

她疑惑地從床上坐起來，忽然發現手腳都有些發軟，彷彿使不上力的樣子，蹙了下眉頭，她知道自己應該是中了軟筋散之類的迷藥，撫撫痠痛的脖子，她大概已經昏睡了很長時候了吧？帶著滿心的疑惑，她看到了門的方向，不顧一切地邁步上前打開房門，剛想走出房門，不想外面卻有兩個穿著士兵模樣的男子伸手就攔住自己的去路。

「妳不能出去。」其中一個男子道。

無憂不禁有些氣憤，瞪著其中一人問：「這是什麼地方？趕快放我出去！」

那兩個人不但不回答她的問題，而且用手中的刀劍攔住她的去路。「我們是奉命行事，請妳趕快進去。」

「你們……」無憂正和他們交涉之際，只見一個彷彿是白族打扮的年輕女子走了過來，對無憂很和善地道：「妳醒了？咱們進去說話吧！」

無憂打量了這女子一眼，她頭上戴著白族女子常戴的帽子，身上穿的也是白族女子的繡花衣衫，大概只有十七、八歲，長相姣好又白淨，一雙眼睛大而明亮，很討人喜歡。無憂看看門前把守的那兩個男子板著臉，大概什麼也問不出來，便轉身走進屋子。

隨後，那個手裡端著一盆溫水的白族女子也進來，一邊把水盆放在臉盆架上一邊笑道：「薛姑娘，我叫銀花，是專門伺候您的，以後您要是有什麼吩咐就儘管叫我好了。」

無憂抬眼望了銀花一眼，問：「妳怎麼知道我姓薛？」

銀花一笑，轉身一邊拿毛巾放在水盆裡浸濕邊笑道：「是千夜大人告訴奴婢的。」

無憂繼續問：「千夜大人是誰？」

這時候，銀花把擰乾的毛巾遞到無憂的面前，笑道：「薛姑娘，您先擦把臉，稍後奴婢再回答您的問題。」

無憂低頭掃了一眼銀花手上的毛巾，便拿過來擦了一把臉和手，同時銀花已經為她捧上一杯熱茶，笑吟吟地道：「薛姑娘，您喝杯茶潤潤嗓子吧！」

把毛巾塞回給她，無憂伸手接過茶碗，帶著疑問地喝了一大碗，她好像已經很久沒有喝過水了，真是口渴得很。喝完以後，把碗遞給銀花說：「我還要一碗。」

「好。」銀花又倒了一杯茶水遞過來。

無憂再次喝完之後，把茶碗放在八仙桌上，抬頭望著銀花道：「妳還沒有回答我的問題呢！」

銀花這時笑著回答：「千夜大人是咱們世子爺身邊最得力的人，掌管著咱們大理整個禁衛軍，又是世子爺的護衛長，不但文武兼備，而且人品正直，可是咱們大理不可多得的青年才俊呢！」

聽到這個銀花把這名叫千夜的人誇得天上有地上無的，無憂不禁有些好奇地擰了一下眉頭，當聽到大理這個詞的時候，她不由得問道：「大理？妳是說這裡是大理？世子是誰？就是大理皇帝的兒子嗎？」

「是啊，這裡是大理沒錯啊。世子爺也是當今皇上唯一的子嗣，以後肯定要做皇上的。」銀花理所當然地看著無憂。

無憂不禁愣住了，心想——大理？她怎麼跑到雲南來了？要知道大齊地處中原，離這裡可是有幾千里。記得那日她是被幾個黑衣人劫持了，那個叫千夜的和自己又有什麼關係？到底是誰指使那些人把自己劫持到這裡來的？他們到底有什麼目的？無憂還是無法理解。

看到無憂呆愣的模樣，銀花笑道：「薛姑娘，您肚子餓不餓？想吃什麼儘管吩咐奴婢就是了，千夜大人可是特意請來大齊的廚子在府裡專門給您做飯呢！」

無憂抬頭茫然地望著銀花，心想——看來自己被劫持到這裡肯定是跟那個叫千夜的有關了。而且這個人似乎對自己還很友善，請大齊的廚子給自己做飯？這有些誇張了點，他們到底想做什麼？無憂一把抓住銀花的手問：「對了，連翹呢？她去哪裡了？」無憂忽然想起當日她是和連翹一起被劫持的。

「連翹？」銀花有些不明所以地問。

「就是和我在一起的姑娘，她叫連翹。」無憂解釋道。

聞言，銀花才明白了，說：「這個千夜大人沒有吩咐，所以奴婢也不知道。」

無憂不禁對連翹的安全有些擔憂，蹙了下眉後，便道：「銀花，請妳轉告你們那個千夜大人一聲，我想見他。」

聞言，銀花笑道：「薛姑娘，千夜大人平時很忙，大部分時間都不在府裡，不過等他回來，我一定會替妳轉達的。」

隨後，銀花從櫥櫃裡拿出一套乾淨的裡外衣服，說：「這是千夜大人特別吩咐人給您做的大齊款式的衣服，您試試合不合身？對了，為了您的安全著想，千夜大人吩咐不讓您隨便走動，有什麼需要朝外面喊一聲就好了，馬上就會有人過來。您要是悶了，千夜大人也吩咐人給您準備了些解悶的書，要不然您還可以喊奴婢過來聊天。」

「知道了。」無憂這時候是聽不進這些的。

「那奴婢去給您傳飯。」銀花說了一句就退了出去。

房門再次關閉，房間裡靜得連一根針掉在地上都能聽到，對無憂來說真的很憋悶，感覺心中有一股氣都喘不上來似的。那個叫千夜的人，他好像對自己的飲食起居安排得非常仔細周到，他到底是什麼人？幹什麼費那麼大的勁把自己劫持到這裡來？

無憂想了半天也想不出所以然來，索性便不想了。站起來走到書案前，只見上面放了足足有二、三十本書籍，竟然有好多都是關於醫術方面的，還有一些大理的見聞和風土人情方面的書，也有幾本是大齊的書，看到這些書，無憂不禁更加疑惑——醫書？難道這個千夜還知道自己會醫術嗎？彷彿這個人對自己十分瞭解。想到這裡，無憂不禁有些心驚，這個人對自己如此熟悉，她對他卻是一無所知。

這日晚上，新月如鈎，千夜的府上燈火通明，一座水榭中擺著幾張桌子，桌上放著數十道精緻的菜餚和美酒。今晚千夜在府上設宴請了世子段高存以及十幾位大理的將領。喝了幾杯後，段高存便對眼前的美酒和翩翩起舞的歌姬索然無味，便站起來先行退席，眾人趕緊起身相送。

走出水榭後，千夜在段高存身後緊緊跟著，輕聲道：「世子，千夜想獻上的禮物您還沒看呢！」

段高存現在是一點心情也沒有，只擺手道：「罷了，你自己留著用吧！」

千夜卻笑道：「小的怎麼敢？要是哪天世子知道了還不剝了小人的皮嗎？」

聽到這話，段高存不禁愣了一下，然後停住腳步，轉頭望著這時候低首不語的千夜，問：「千夜，你不要給我故弄玄虛，到底是什麼禮物？趕快說。」

見段高存有些不悅了，千夜趕緊道：「是……是一個人。」

「人？」段高存更加疑惑了。

抬頭望了一眼段高存那盯著自己的銳利眼眸，千夜又補充了一句。「一個女人。」

聞言，段高存便有些厭惡地道：「你以為我是好色之徒嗎？我雖然也喜歡美女，但是今晚我對美女沒興趣。」說完，段高存轉頭就走。

「是一個大齊的女人。」千夜趕緊在段高存的背後說了一句。

聽到這話，段高存馬上就頓住腳步，「大齊」兩個字讓他有些驚訝，這兩個字彷彿是他的軟肋。下一刻，段高存緩緩轉過身來，嘴巴張著，眼眸中有些驚異。

看到段高存的表情，千夜低首道：「小人知道世子爺最近為什麼悶悶不樂，見了這個人，世子爺肯定會像以往一樣快樂瀟灑的。」

聽了這話，段高存已經意識到什麼，但還是有點不太敢相信，立即上前兩步，來到千夜的面前，聲音都有些嘶啞了，低聲問：「現在人在哪裡？」

「在後院。」千夜回答。

「馬上帶路。」段高存此刻的心如同被巨大的海浪拍擊的海岸，怦怦作響。

「是。」千夜應聲後，趕緊轉身引領段高存往後院走去。

不知不覺已經在這間屋子裡住了好幾日，無憂還是不知道連翹的消息。銀花說千夜大人非常忙碌，沒有時間來見她，只告訴她，和她一起的那個侍女現在很安全，住在別的地方。無憂雖然很著急，但也沒有其他辦法。每日只能像隻鳥兒一樣被困在這籠子裡，雖然茶飯不思，但仍舊逼自己吃一點，畢竟她還要保存一點體力，萬一有機會逃脫這個地方呢？只是苦於不能和連翹見面。

無憂偷偷觀察這個地方，看守十分嚴密，這個房間連扇後窗都沒有，前面的門窗都有人看守，從窗子裡往外望去，不時就有一隊巡邏的軍士在前方經過，看來她一個不會什麼功夫的女子想要逃脫，還真是不切實際。只是不明白那個叫千夜的人為何要把她千里迢迢地從大齊劫持過來，她到底對他有什麼用？

閒來無聊，腦海中時常想著沈鈞現在是否已經回到京城了？只要他一回來，肯定會查出自己被劫持到這裡來了吧？她對他很有信心的，他肯定能找到並救出自己的。

大概一更天的時候，千夜引領段高存來到無憂居住的房屋前。千夜朝前方亮著燈火的窗戶一指，低首道：「世子，人就在屋子裡。」

段高存抬頭朝前一望，只見前面屋子的房門和窗戶都緊閉著，門前有四個軍士守著，柔和的燭光從窗櫺裡流瀉出來。一看到那燭光，他的腦海中就想起了那張清麗的面孔，那雙幽靜而帶著靈氣的眼睛。段高存在這裡站了足足有半盞茶的時間，他才邁開腳步朝那間屋子走去。他身後的千夜望著世子的背影，嘴角扺起了一個微笑。

段高存走到門前，伸手推開眼前的房門。吱呀，只聽房門一響，正坐在屋子裡胡思亂想的無憂卻是一點反應也沒有，因為她以為又是銀花進來給她送茶水點心之類的，除了銀花，這幾天從來沒有別人進來過。

段高存推開房門後，只見一個穿著青色衣服的女子正托腮坐在八仙桌前，眼眸一瞇，他細細地打量起那身影。一刻後，他深呼吸一下，便邁步跨入門檻，並且反手關閉上房門。

這時候，無憂突然感覺有一束很銳利的眼光正投注在自己身上，耳邊也聽到一陣腳步聲，這腳步聲雖然細微卻很沈穩，根本就不是這幾日以來銀花的腳步聲。無憂便立刻抬起頭，當她看到一個穿著白色袍子外面套著金色紗罩衣的魁梧男子走向自己的時候，她立刻呆住了。眼前的這人怎麼這麼面熟，彷彿在哪裡見過？無憂腦海快速地搜索著這個人的面孔，看她究竟在哪裡見過這個人。

看到無憂望著自己端詳的眼神，段高存的嘴角扯起溫柔的笑意，道：「怎麼？才幾個月不見就不認識了？」

聽到這個聲音，無憂一怔，好熟悉的聲音，隨後她馬上認出眼前站著的人就是幾個月前她在自己莊子上碰到的人，不禁輕聲道：「是你？」這時候，她的眼睛上下打量著眼前的人，只見他一頭黑髮披在肩膀上，耳朵上戴著大大的耳環，濃眉大眼中有一抹與生俱來的威儀，白色的袍子外穿著金色的紗罩衣，異常的華貴。雖然幾個月前他身上只穿著普通的布衣，但也難以掩飾他身上的那抹尊貴之氣。

段高存一笑，露出兩排潔白的牙齒，道：「妳終於認出我來了。」

「你到底是誰？」無憂蹙著眉頭問。

「大理世子段高存。」這一次，段高存毫不猶豫地說出自己的身分。

昔日她救下的這個人竟然是大理世子，他的名字叫段高存。以前在書本上她也看到一些，大理最近幾十年在番邦裡算是比較強大的國家，兩代皇帝都勤政愛民，尤其是當今皇帝和世子都非常重視軍事，軍隊的實力也是很強的。震驚之餘，無憂的眼眸一瞇，對段高存道：「你既然是大理世子，為何要去我們大齊？」

「嚮往中原文化，想去見識一下。」段高存揚著下巴回答。

「就這麼簡單？」無憂不禁疑惑地問。此刻，她腦海中想——肯定不會這麼簡單。他堂堂一國世子，不顧個人安危去大齊，肯定是有什麼企圖，再說那天他身中劇毒，莫非被大齊的官兵發現了他的蹤跡？最近大齊和大理兩國屢屢在邊境上互鬥，而且世人都知道當今皇帝和他的兒子對大齊一直都有覬覦的野心。

對這個問題，段高存沒有正面回答，而是轉頭望著燭光道：「這次大齊之行雖是九死一生，但是我一點都不後悔。」說完，轉頭望著無憂一臉堅定地道：「因為我遇到了我這一生最摯愛的東西。」

無憂一擰眉頭，沒有多想，只是有些急切地道：「當日我也算是救了你，你為什麼要派人把我和我的侍女綁到這裡來？」

聞言，段高存蹙了下眉頭，心想——這件事情肯定是千夜做的。這些日子他腦海中也曾經有過這樣的想法，卻一直都保持冷靜，沒有付諸行動，雖然心裡責怪千夜自作主張，但是他對此事並不生氣。他實話實說地道：「如果我說這件事我壓根兒就不知情，是底下人私自做的，妳會相信嗎？」

「不會。」無憂回答了兩個字，然後道：「大丈夫做了就承認，難道大理世子還不敢承認自己做的事情不成？」

段高存聽著蹙緊了眉頭，立刻爭辯道：「我絕對是個大丈夫，對於沒有做過的事情自然無須承認。」

「哼！」無憂不相信這件事情他是不知情的，畢竟他是大理世子，底下人不會先斬後奏吧？那他要是一生氣，還不要了那個千夜的腦袋？

看到無憂對他的話嗤之以鼻，段高存問道：「妳不相信？」

無憂厭煩地別過臉去，心想這個段高存到底是什麼意思？他千里迢迢把自己劫持到這裡來，有什麼目的？難道是和沈鈞有關嗎？難道他大理有想和大齊開戰的打算？想到這裡她不禁心裡有些慌慌的，因為沈鈞畢竟是大齊年輕一輩的軍事將領中優秀的人才之一，自己不會因此當了人質吧？不過這個說法還是有些牽強，因為如果開戰，皇上也不見得會讓沈鈞掛帥出征啊……

看到無憂根本不屑一顧的表情，段高存有些氣惱，轉身走到門前，伸手打開房門，對外面大喊了一聲。「千夜。」

這時候，一直在外面守候的千夜聽到世子的叫喚，愣了一下，他以為世子肯定會在屋子裡多停留一些時間，但還是趕緊快步上前，低首道：「世子。」

「進來。」段高存冷聲說了一句，便轉身走進屋子。

見世子彷彿很生氣，千夜不敢怠慢。這時候，段高存指著千夜厲聲問：「千夜，你為什麼要私自把薛姑娘綁到這裡來？是誰給了你這麼大的膽子？」說完，段高存便伸手打碎了八仙桌上的一個瓷杯子。

千夜趕緊單膝跪地，拱手解釋道：「世子，小人該死，小人不該自作主張把薛姑娘綁到大理來。可要是給小人再一次的機會，小人還是會這麼做的。」

「你……」段高存聽了不禁更加惱怒。

無憂則轉頭看著千夜，不知他將要說出什麼話來。

隨後，千夜誠懇地道：「世子，小人跟著您也不是一年、兩年了，您從大齊回來後便茶不思飯不想，小人實在是不忍心看到您對薛姑娘如此牽腸掛肚，所以才自作主張把薛姑娘綁到這裡來。薛姑娘，一切都是小人的錯，請妳不要怪罪世子。」說完，千夜便單膝跪在無憂的跟前。

無憂有些傻眼，轉頭望著段高存，見他站在那裡沒有說話，難道是默認了？什麼意思？對自己牽腸掛肚？難道這個段高存對自己有意思？天哪！怎麼會這樣？這也有點太戲劇化了吧？

這時候，段高存轉頭對無憂道：「現在妳相信了吧？這件事我確實是不知情的。」

無憂不禁有些好笑，說：「你們是主僕，我怎麼知道你們不是事先串通好的？」

聞言，段高存有些負氣地道：「好，我會證明給妳看這件事我到底知不知情。」說罷，轉頭對千夜道：「既然你知錯，就應該接受懲罰，去外面領一百軍棍吧！」

聽到這命令，單膝跪在地上的千夜有些吃驚，畢竟一百軍棍打下來，就算是再壯實的小夥子也是非死即傷，當下，外面的幾個守衛和銀花聽了都著急得不得了。

無憂雖然沒見過被打軍棍是什麼情形，但也知道一百軍棍的懲罰是不輕的，說不定會出人命。下一刻，千夜只說了一句。「小人領命。」說完，從地上站起來轉身往外走。

這時候，銀花跑進來跪在地上替千夜求情道：「世子爺，一百軍棍打下來，千夜大人不死也會重傷，還請世子爺看在千夜大人在您鞍前馬後的分上從輕發落吧！」銀花說著已經嚇得流下了眼淚。

雖然段高存也有些不忍，但仍舊堅持道：「他自作主張，這就是僭越，不給他點教訓，以後豈會有人服我？」

「銀花妳不必為我求情，這是我應該接受的懲罰。」千夜說著便繼續往外走。

此刻，坐在八仙桌前的無憂看到這個段高存彷彿不是說著玩的，這個千夜雖然是活該，但要是為這件事枉送性命倒也有點可憐，畢竟他也是為主子著想。再說萬一把他給打死了，連翹可就不知道去哪裡找了，所以無憂便說了一句話。「你們主僕不用使這樣的苦肉計，就算是打了，我也不會相信的。」

段高存皺眉道：「妳到底要怎麼樣才肯相信我？」

「放了我的侍女，讓我們回大齊去，我就相信你。」無憂大聲地道。

段高存有些猶豫，見此無憂冷笑道：「怎麼？這次你證明不了了？」

「千夜，薛姑娘的侍女呢？趕快把她帶過來！」段高存厲聲道。

「是。」千夜趕緊道。銀花見世子不提打軍棍的事情，趕緊跟著千夜退了出去。

聽到他叫千夜去帶連翹了，無憂心下有些欣喜，便打鐵趁熱地道：「世子，連翹回來後，請你馬上放我們回大齊。」

此刻，段高存當然不想立刻答應她，便說：「等妳的侍女回來再說，畢竟回大齊也要有一番周折。」

「什麼周折？」無憂有些心急。

「大理和大齊相隔幾千里，而且邊境地帶很是混亂，還要經過一段很長的無人區，妳們兩個姑娘家沒有可靠的人護送怎麼回去？這些當然都需要安排和謀劃的。」段高存蹙著眉頭道。

聽了段高存的話，無憂想想也有理，語氣便緩和一些，道：「那希望你能夠趕快替我安排回大齊的事情，這些日子我突然失蹤，家裡人肯定是急壞了。」

看她說話的時候眉頭緊緊地擰著，段高存眼眸一黯，說了一句。「不知發現了妳失蹤的消息，沈鈞會有什麼反應？」

聽到這話，無憂直盯著段高存看，說：「你知道我的夫君是沈鈞？」無憂不禁有些擔憂，因為沈鈞畢竟在邊境地帶是很有名氣的將領，她怕他會因為自己是沈鈞的妻子，而做出什麼不善的舉動。

不過，段高存的心中卻沒有把無憂和政治放在一起想，他現在一想到沈鈞是眼前佳人的夫君，心中就有一股無名的烈火在燃燒，那火焰烤得他異常難受。雖然以前他只是欣賞並忌憚沈鈞這個人，現在他心裡卻有股羨慕嫉妒和恨。

段高存沒有正面回答無憂的問題，而是轉身背對著無憂道：「你們夫妻感情怎麼樣？」

無憂蹙起了眉頭，有些反感地道：「世子未免太過操心了。」

聞言，段高存唇邊勾起了笑意，心想今日自己是怎麼了，竟然問這種問題？

無憂感覺和他已經沒有任何話題，便說：「天色不早，我也要休息了，世子請回吧！」

段高存轉頭望著表情冷若冰霜的無憂，自嘲地道：「放眼大理，妳還是第一個對我下逐客令的人。」

「因為我是大齊人，不是你們大理人。」無憂連看都不看段高存一眼。

段高存訕訕地說：「好吧，改日我再來看妳。」說完，他深深地看了無憂一眼，便轉身離去。

第六十一章

翌日一早，無憂剛剛起床，坐在房間裡心不在焉地用梳子梳理著頭髮，房門突然吱呀一聲開了。無憂還以為是銀花給她送早飯來，所以並不在意，可是耳邊卻忽然傳來一道熟悉的聲音。

「二小姐！」

突然聽到連翹的聲音，無憂的心一緊，猛地轉頭，只見連翹站在門口。這一刻，無憂真是百感交集，眼眸都有些濕潤。「連翹。」

下一刻，連翹匆匆跑過來，上下打量無憂兩眼，看她安然無恙才放心地道：「二小姐，奴婢這幾天可擔心死您了！」

「這幾天妳都去哪裡了？快跟我說，他們沒有為難妳吧？」無憂拉住連翹的手問。

「倒是沒有為難我，就是被關在一間屋子裡不讓出去，好吃好喝的伺候著。」連翹回答。

聽她這麼說，無憂總算放心了。「那就好。」

「對了，二小姐，那幫人到底把咱們劫持到這裡來做什麼啊？奴婢看那些人對您很恭敬，還有您住的這屋子也很華麗的。」連翹疑惑地問。

無憂說：「這些事情我慢慢告訴妳吧，我也覺得很離奇。」無憂便把當日碰到段高存的事情說出來，連翹當然是驚訝萬分，主僕兩個詳細地訴說了分別的這幾日各自的狀況和對未來的擔憂。

有了連翹的陪伴，無憂就不那麼寂寞無聊，銀花也伺候得更加周到和恭敬了。

這日晌午前，銀花忽然帶八個丫頭過來，她們每人手中都端著托盤，托盤裡都是各色的衣服、首飾和胭脂水粉等。

坐在八仙桌前的無憂，看到那八個丫頭排成一排站在眼前，不由得皺了眉頭，轉頭對銀花問：「這是什麼意思？」

銀花笑著回答：「薛姑娘，這是世子爺吩咐裁縫連夜為您趕製的衣服，一共是十二套，各種顏色都有，都是按照大齊的款式做的，您試試合不合適？」

聽到這話，無憂臉色一沈，拒絕道：「替我謝過世子，但是我不需要。」

聞言，銀花愣了一下，又說：「還有一些金銀玉石首飾和胭脂水粉，都是世子爺今日一早派人送來的，世子爺還派人送來了許多吃食呢！」

無憂更是反感，便對銀花說：「這些東西妳都拿回去吧，我根本不需要。請替我轉告世子，吃喝穿戴我都不感興趣，只希望他趕快安排送我和連翹回大齊去。」

「這……」銀花為難地皺起了眉頭。

「我累了，妳們都下去吧！」無憂實在是不想和她多說話了。這個段高存到底什麼意思？拿這些糖衣炮彈來想賄賂她嗎？無憂壓根兒連眼皮都沒有抬一下去看那些珠寶玉石衣服什麼的。

見無憂的態度很堅決，銀花躊躇了一刻，只得帶著那八個丫頭退下去。

她們走後，連翹走過來笑道：「二小姐，這大理世子對您真好呢，竟然讓工匠一個晚上就做出十二套衣服，還送來那麼多的珠寶首飾，您說他是不是想娶您做世子妃啊？」

聽到這話，無憂好氣又好笑地道：「妳在胡說什麼呢？聽說大理世子早就有世子妃了，還是大理第一美人，小世子都生了。」

話音剛落，房門又被打開，只見幾個丫頭提著食盒走進來，她們把食盒放在地上，從食盒中端出一道道精美的菜餚。銀花指揮著把二十來道菜餚都放在八仙桌上，笑道：「薛姑娘，世子怕您吃不慣，這裡有十道大齊的菜品，還有十道是我們大理的當地菜，廚子是世子爺從世子府派過來的，您若還有什麼需要，儘管吩咐就是了。」

無憂掃了一眼八仙桌上被堆滿的菜品，只見那些菜品都是魚翅、熊掌或燕窩等最上等的菜餚。看到這些，無憂對銀花道：「銀花，這些我吃不慣，麻煩妳幫我按照以前的菜式送來。」

聽到這話，銀花很為難地道：「薛姑娘，這也是世子爺的一番心意，您看……」

「這些我是不會吃的。」說罷無憂起身走到床前，坐了下來，不再看八仙桌上的那些菜品一眼。

見狀，銀花想了一下，走到無憂的跟前，陪笑道：「薛姑娘，下一頓奴婢就去回稟世子爺，這一頓您看都送來了，不如就……」

無憂卻打斷了銀花的話。「這一頓我也不會吃，那我就餓著好了。」說罷，再也不言語了。

銀花很為難地看了那些菜色一眼，見無憂甚是堅決，只好揮手讓丫頭們把菜品又重新裝回食盒並抬了出去。

銀花走後，連翹倒一杯茶送到無憂的面前，說：「二小姐，其實那個銀花也挺為難的，說不定她會受到懲罰。」

聽到這話，無憂伸手接過連翹手中的茶碗，低頭喝了兩口，說：「我也沒有辦法，如果我吃了這一頓，那麼就會有下一頓，我只想讓那個段高存明白，我無意在這個地方多過一天。」

聞言，連翹點了點頭，道：「是啊，他們如果認為用這些可以留住二小姐，那就大錯特錯了。只是，二小姐，奴婢心想那個大理世子好像不會那麼容易放您走的。」

連翹的話說中無憂的顧慮，她把手中茶碗遞回給連翹，說：「咱們現在只能走一步算一步，現在我也只能儘量爭取讓段高存趕快送咱們回大齊去。」

翌日晌午時分，門忽然推開，只見一個長得很嬌豔、身穿白族服裝的女子走了進來，卻不是銀花，笑著低首道：「薛姑娘，午飯好了。」說罷，只見那女子轉身朝外面喊了一聲，便有四個丫頭走進來，也是拿著提盒，不一會兒工夫，飯桌上又擺滿了二十來道精緻的菜餚。

看到這些，無憂皺了一下眉頭，問：「怎麼今日不見銀花過來？」

那個白族女子擰了下眉頭，說：「銀花恐怕不能過來伺候您了。薛姑娘，奴婢叫金花，以後就在您的身邊伺候，有什麼事情您只管吩咐奴婢就是了。」

聞言，無憂看到這個叫金花的女子剛才的神情有異，便蹙著眉頭問：「銀花去哪裡了？」她直覺好像銀花是出什麼事了。

金花雖然猶豫，還是回答道：「銀花挨了二十板子的責罰，現在還在床上趴著，大概沒有十天半個月是好不了了。」

「她做錯了什麼事，為什麼要責罰她？」無憂立刻想到是不是因為自己的原因，銀花才受罰的？

起初金花不肯說，在無憂的一再追問下，金花才回答：「是世子爺責怪銀花侍候得不周到，世子爺送來的東西您連看都不看，吃的您也是一口都不用，世子爺盛怒之下便叫人打了銀花二十板子。薛姑娘，您可千萬別說是奴婢說的，要不然奴婢也會挨打的。」說完，金花的神情是戰戰兢兢的。

聽罷無憂坐在那裡一言不發，心中卻很氣憤，這個段高存竟然如此苛待下人，當然也為銀花受到自己的連累而自責。隨後，無憂對金花道：「金花，麻煩妳幫我去跟世子說一聲，我想見他。」

「是，奴婢這就去通傳。」金花趕緊點頭。

這時，一直站在無憂身後的連翹道：「二小姐，昨兒一天您都沒怎麼吃東西，還是趕快用飯吧！」

聞言，無憂掃了一眼飯桌上的山珍海味，不知怎的一點胃口也沒有。這時候，那個金花撲通一聲跪倒在地，請求道：「薛姑娘，您就多少用一點吧，要不然世子爺知道了也會怪奴婢伺候不周，說不定奴婢也會被罰挨板子。」

無憂看看金花嚇得面如土色，知道那個段高存不是什麼講理的人，只好按捺住自己的情緒，說了一句。「我不會讓妳為難的，都下去吧，這裡不用妳們伺候了。」

聞言，金花的臉上馬上有了些許笑容，趕緊道謝道：「多謝薛姑娘，奴婢這就去稟告世子。」說罷，便帶著那幾個丫頭一起下去了。

房門再次關閉後，連翹給無憂盛一碗飯放在面前，笑道：「二小姐，這個大理世子倒是還滿有趣的，您不領他的情，他就拿下人來撒氣。」

「還笑呢？他這樣不講理，倒是連累了銀花。」無憂有些自責地道。

「要說銀花也挺無辜的，既然如此，咱們就別讓這個金花再挨打了。二小姐，這些菜色挺好看的，不如讓奴婢陪您吃點吧？」連翹想法子逗無憂開心，畢竟無憂昨兒一天都沒怎麼吃東西。

「妳倒是有口福了。」無憂無奈地說了一聲，拿起筷子多少吃了幾口。

「這叫傻人有傻福。」連翹呵呵笑道。

這日晚間，屋中的燭火異常明亮，無憂坐在書案前心不在焉地翻著一本書。不想，房門突然從外面被推開，有人喊了一句。「世子爺到。」

在一旁坐著縫補衣服的連翹趕緊站起來，無憂卻只抬了下頭，坐在那裡沒有動。隨後，只見仍舊身穿白色袍子，外面套了淺藍色紗罩衣的段高存器宇軒昂地走進來，可以看得出他今日的心情似乎很好，面上還帶著幾分笑意，跟著他進來的還有金花。段高存看了無憂一眼，眼中帶著無比柔和的光芒。

他朝金花揮手道：「下去吧！」

「是。」金花應聲後，趕緊上前拉了連翹一同出去了。

一時間，房門再次關閉，房間裡只剩下無憂和段高存兩人。雖然這間屋子不小，但是只有他們兩人的屋子還是感覺有些侷促，尤其是他眼中透露出來的光芒讓無憂很不自在。

好在段高存打破了房間裡的寧靜。「聽說妳急著見我？」

不知道為什麼，這話沒來由地讓無憂有些不舒服，無憂站起來，側著身子道：「我只是想問問我回大齊的事情，世子籌劃得怎麼樣了？」

段高存的臉色一時沈下來，半晌後才回答：「這才一天的時間，妳也太心急了吧？再說我也是堂堂一國世子，皇上年事已高，所有的政務都是我在打理，不說日理萬機也是天天忙碌，妳總得容我一點時間把事情分個輕重緩急吧！」

聽到這話，無憂感覺這個段高存心裡是不想把自己送走的，他現在的話只不過是個緩兵之計罷了。下一刻，無憂有些心急地道：「既然世子如此忙碌，怎麼還有空來見我這個小女子？」

聞言，一向說話爽利的段高存有些不知道該說什麼了，隨後，他便道：「妳說得對，我還有許多政務要處理，妳既然沒有別的事情，那我就先回去了。」他發現在她的面前，他竟然有一種想逃的感覺。雖然他很想在這裡多停留一下，哪怕是多看她一眼也好，但叱吒風雲的他在看到她時，心裡卻莫名地緊張。

見他要走，無憂馬上叫住他道：「世子請留步。」

聽到她的話，段高存頓住了腳步，側頭問：「還有事？」

「以前伺候我的銀花，你是不是處罰她了？」無憂盯著他問。

段高存點頭道：「是。」

「為什麼？她伺候我很周到，你為什麼要下這麼重的手打她二十板子？」要知道二十板子對一個如花似玉的姑娘來說是很重的，十天半個月都下不了床。

段高存道：「周到？我派人送來的東西妳不吃不用，那就說明是她無能，辦不好我吩咐的事情，就應該受罰。」

「可是……可是銀花她就是個伺候人的人，她有什麼能力讓我按照你的意願去做？」無憂感覺這個大理世子簡直是太霸道了。

段高存轉身望著無憂理所當然地道：「我看事情只看結果不看過程，我就只知道她沒有完成我給她下的命令。」

「你……」對他的言詞，無憂無言以對。

看到無憂的表情，段高存知道這個女人的心是很善良的，不想看到別人因為自己而受懲罰，臨走之前他又加了一句。「當然，如果這個金花也不能完成我給的任務，那麼她也會受到懲罰，而且是比銀花重一倍的懲罰。」

「為什麼？」無憂不可置信地盯著段高存問。

「沒有為什麼。如果這個金花不行，那就換下一個，下一個人如果還不能完成任務，那麼她的懲罰就是比金花還重一倍。」說罷，段高存不等無憂說話，便轉身走出屋子。

「你……」望著段高存離去的背影，無憂傻眼了。她還從來沒見過這麼霸道的男人，簡直就不准人選擇。當然，她也可以選擇，那就是不管任何人的死活，可是這一點她就是做不到，而且她看得出這個段高存絕對是說到做到。

段高存走後，連翹和金花趕緊走了進來，看到無憂安然無恙，連翹也算是放了心，倒是金花馬上又跪在地上，哭著求道：「薛姑娘，求求您救救金花的命吧！」

聽到這話，無憂問了一句。「剛才世子的話妳都聽到了？」

「嗯。」金花含淚點了點頭，說：「銀花只挨了二十板子就十天半個月下不了床，屁股和腰上都是血紅的印子，要是打四十板子的話，奴婢肯定都殘廢了……」

「這個世子也太不講道理了嘛，怎麼能這樣呢？」連翹在一旁抱怨道。

低頭想了一下，無憂只好道：「放心吧，我不會讓妳為難的。」

「謝薛姑娘。」隨後，金花擦著眼淚走出去。

從這一天起，送來的飯菜無憂都讓連翹和自己一起吃，想想這些飯菜扔了也是浪費。再說這些菜色都是人間美味，對人間美味她還是很樂意接受的。只是那些衣服和珠寶首飾她倒是犯了難，她一直都不喜歡戴那麼多的首飾，也不喜歡抹什麼胭脂水粉。最後，她只是挑了幾件不那麼誇張的當作換洗衣服，那些胭脂水粉和首飾卻沒有使用，希望這樣可以讓金花交差。

這樣的日子過了大概有四、五日，忽然有一天，金花進來稟告道：「薛姑娘，世子爺吩咐下來，以後您可以出房間的門了。」

這些日子，無憂一直都在等待段高存安排自己回大齊，雖然她心裡也明白讓他放自己回去，恐怕不那麼容易。聽到這話，無憂問：「是不是我以後可以隨意走動了？」

金花趕緊回答：「那當然不行，您只能出這個房門，在這府裡的花園裡走動走動，這府邸的大門您還是不能出的。」

聽了這話，無憂撇了下嘴道：「呵呵，看來只是讓我放放風罷了。」

見無憂有些情緒，金花只好陪笑道：「薛姑娘，咱們大理的天氣和大齊不一樣，四季如春，您悶了就去花園裡走走也很不錯的。」

無憂根本就無意於任何事，現在她只希望段高存能趕快安排她回大齊。所以便問：「我想再見一次世子，麻煩妳通傳一下。」

聽到這話，金花卻有些為難地道：「薛姑娘，您最近恐怕是見不到世子了，世子去了幾百里以外的地方打獵順便巡查軍隊，大概要過幾日才能回來。」

無憂的眉頭一皺，道：「知道了。」心裡想著這是不是段高存的託詞？

隨後金花便下去了。

金花走後，連翹道：「二小姐，看來這大理世子是不會那麼輕易地放咱們走了。」

「我當然看出來了。」無憂蹙著眉頭道。

連翹小聲地在無憂耳邊道：「奴婢這幾天也注意了一下周圍的環境，好像戒備很森嚴，夜裡都有很多軍士巡邏，咱們是手無寸鐵的弱女子，想要逃出去簡直就是不可能。」

無憂冷笑道：「就算逃得出去又能怎麼樣？咱們在這裡人生地不熟，況且外面一個接應的人都沒有。大理離大齊幾千里，中間還有許多無人地帶，就算咱們僥倖逃了出去，又怎麼回大齊去？所以逃走只是下下策，以後也不要再想了。」

聽到無憂的分析，連翹點頭道：「是啊，看來咱們還真得在這一棵樹上吊死了。」

千夜的府邸占地也算廣闊，花園的面積不小，種植了許多花卉樹木，尤其大理的氣候四季如春，各種花卉很適合在這種溫暖的氣候下生長，花園裡一年三百六十五天都是姹紫嫣紅的。靠著花園有一座三層高的樓閣，樓閣四面都有窗戶，可以把整個花園甚至半個千夜府都盡收眼底。

這日，陽光明媚，樓閣上的窗戶都開著，鑲嵌著大理石的八仙桌上放著一壺香茗，桌上還擺著各色的點心和水果，很是豐盛。雕花窗子前站著一個穿著絳紫色袍子，外罩透明白色紗罩衣的身影，他的手裡握著白色的瓷杯，一雙幽深的眼眸卻專注地盯著花園裡的一道纖細身影。只見那道身影在花園裡徜徉著，與她旁邊的侍女時而說些什麼，時而看看花草，百無聊賴似的。

站在段高存身後不遠的千夜陪著小心地道：「世子，您要是喜歡的話，盡可以把她帶回世子府裡去做個侍妾，諒她也不敢不答應的。」

「你不瞭解她的性情，她根本不會順從的。」雖然他對無憂並不瞭解多少，但是從她救自己那日的鎮靜行為來看，她和一般女子是不一樣的。

「放眼大理，就算是整個華夏，哪有女人不對世子動心的？再說女人有了第一次以後大概都會順從的。」千夜有些不明白怎麼世子這次這麼苦著自己。

「那有什麼意思？我要讓她心甘情願地投入我的懷抱。」說這話的時候，段高存看著無憂的眼眸充滿了占有慾。

千夜遲疑了一下，說：「看來世子這次是動了真心。」

「我確實從來沒有這麼患得患失過。」段高存喃喃地說了一句。千夜跟隨他多年，又是經歷過生死的，倒是不在意在他面前把自己的想法表現出來。

正在二人說話的時候，花園裡閒逛的兩人的其中一個，忽然抬起頭來往這邊樓上看來，那個人便是無憂。段高存見狀馬上一閃，讓自己的身子離開窗子，他很害怕讓她看到自己，畢竟他在這裡偷偷看她已經好幾天了，他不想讓她知道，更不想讓她追著自己問什麼時候送她回大齊。

見此，千夜默然地沒有說一句話，低頭沈思良久。過了一刻，段高存轉身朝外面望去，只見剛才那兩個在花園裡徜徉的人影已經不見，看來她們已經回去，他不禁有些悵然若失。愣了很久之後，段高存說了一句。「讓人照看好她。」說完，便轉身離去。

「是。」千夜只好點頭。

第六十二章

幾日後的一個傍晚，金花帶著幾個丫頭過來給無憂送飯，飯菜依舊是有二十道菜，而且每天都有不同的花樣。這幾天，無憂連看那些菜的耐性都沒了，只是一遍又一遍地問金花。

「世子打獵還沒有回來嗎？」

金花只好又一次道：「薛姑娘，奴婢只是個丫鬟，每次奴婢都是稟告千夜大人，再由千夜大人稟告世子的，這幾日奴婢……都沒有見過千夜大人。」

無憂蹙緊了眉頭，金花見狀，便盛了一碗米飯放在無憂的面前。「薛姑娘請用飯。」說完，趕緊退了下去。

金花走後，連翹走過來道：「二小姐，看來這位世子爺是在避而不見呢！」

「他總不能避我一輩子，難道打獵還能打一個月嗎？」無憂沒好氣地說。

「這倒也是，既然他對您有了非分之想，應該不會一直都避而不見吧？」連翹偏著頭道。

「行了，吃飯吧，趕快堵住妳的嘴。」無憂有些心煩，端起飯碗來，低頭隨意扒了幾口飯，然後實在是沒什麼胃口，索性一推飯碗，道：「吃飽了。」說完，轉身走到一旁的書案上坐下來，隨便拿了一本書翻看起來。

連翹見狀，知道二小姐心情不好，便坐下來端起無憂剩下的那半碗飯吃了起來。過了一刻，等她吃飽了，便叫外面的丫頭們進來收拾。倒是可惜了二十道菜餚，無憂幾乎沒有動筷子，連翹也只吃了幾口，那些丫頭們倒是樂得全部撤下去享用了。

這時候，只見金花進來，抬頭看了坐在書案前看書的無憂一眼，然後對一旁的連翹笑道：「連翹姑娘，聽說您也會醫術，奴婢的一個小姊妹可能是有些染了風寒，能不能麻煩您過去一趟，幫忙看看開個方子抓些藥回來吃？您也知道，我們這些奴婢是請不起什麼大夫的。」

連翹縱然想去也不敢自己作主，因為這些日子這個金花在這裡伺候她們還真是盡心盡力，而且人也很少說話，她們提什麼要求也都會盡力去辦，所以便轉頭望了望坐在那裡看書的無憂。無憂也是醫者，自然沒有請醫生而不去的道理，便點了點頭。連翹便笑著對金花說：「那妳帶路吧！」

「好。」聽到連翹答應了，金花欣喜得很，趕緊引領著連翹去了。

連翹走後，無憂又翻了一頁書，便感覺有些熱，自己倒了一杯涼茶喝，雖然緩解了一下，可是隨後全身卻熱得更加厲害，甚至是口乾舌燥。她不自覺地伸手解開了衣領，露出裡面的粉紫色抹胸，隨後又喝了一杯涼茶後，燥熱的症狀還是沒有緩解，好像還越來越嚴重了。要知道這大理的天氣是四季如春，根本不像大齊那樣四季分明，冬天凍死，夏天熱死的，今日這是怎麼了？正在這時候，一個想法猛地鑽入無憂的腦海裡，難道是……不會吧？

誰會給她下藥？在哪裡下的藥？茶水裡？無憂趕緊伸手端來茶碗，低頭在茶碗裡聞了一下，茶水沒有問題啊？難道是飯裡？這一刻，無憂的心猛然一提，連翹！連翹也吃飯了！

無憂扶著書案站起來，想往門外走，但是才走兩步，腿就不聽使喚了，燥熱的感覺越來越嚴重。不行！來不及了！她現在連自己都顧不上，根本就救不了連翹。稍後，她扶著桌子，眼睛快速地在屋子裡掃視著，想找她的藥箱，可是，藥箱剛才已經被連翹拿走，她的銀針也在裡面。怎麼辦？有銀針的話或許還能封住穴道，也許能夠緩解這種催情藥，可是現在連銀針都沒有，天哪！她到底該怎麼辦？

想了一刻，一點主意也沒有，想呼救，但是她知道那也是徒勞的，下藥的人肯定不是千夜就是那個大理世子，外面還有人守著，就算呼救也不會有人來救她的。怎麼辦？到底該怎麼辦？無憂趕緊拿過茶壺，顧不上把茶水倒入杯子，便對著茶壺的嘴喝了起來，想藉著多喝水排除她的症狀。可是喝了幾口之後，茶壺就空了，再沒有水了。這時候，無憂不禁更加煩躁，她煩躁地把那茶壺扔在地上，白瓷的茶壺掉到地面立刻就粉碎了，連帶著一地的狼藉。煩躁之餘，她只能趴在床鋪上，忍受著體內一波又一波來勢洶洶的浪潮。

她知道這個時候是絕對不可以出去的，對中了催情藥的女子來說，出去碰到任何男人都是一場劫難。下一刻，渾身燥熱的她便脫去身上的衣衫，上身只著粉紫色的抹胸，露出潔白的肌膚，她把手帕塞到嘴巴裡，用牙咬著，雙手攥著被單，額上也都是豆大的汗水。雖然如此難受，但是她一定要有意志力，一定要戰勝體內的那抹狂躁。

此刻，樓閣上坐著一個身穿淡藍色袍子，外面披著一層透明紗罩衣的男子，八仙桌上擺著酒菜，他的手指間捏著白瓷杯子，一杯又一杯地喝著，眼睛卻不時地望著花園的方向。不過眼裡卻滿是失望，因為這兩日他在這裡坐了很久，那個身影卻一直都沒有出現過。

這時候，一個穿著灰色袍子的身影走了進來，抬頭看了段高存一眼，然後稟告道：「世子……」

「我想靜一靜，別來煩我。」段高存這些日子也很苦悶。他很想看到無憂，但是又不敢見她，因為她總是問自己什麼時候送她回大齊，而且臉上沒有一點柔和之色，都是冷冷的，像一塊寒冰。可是他又不想勉強她，更不想放她走，卻又找不到一個合適的理由來留住她。

千夜蹙了下眉頭，仍舊道：「世子，是關於薛姑娘的事。」

段高存立刻轉頭問：「無憂她怎麼了？」

「薛姑娘病了。」千夜趕緊回答。

「病了？什麼病？有沒有請大夫？」聽到無憂病了，段高存立刻放下酒杯，站起來問，臉上都是關切之色。

「小人也不知道是什麼病，世子您去看看就知道了。」千夜道。

段高存不禁有些躊躇，有些不敢前往。見狀，千夜便加了一句。「薛姑娘的病好像挺嚴重的，您再不去估計……」

聞言，段高存再也不遲疑，馬上轉身往樓下走去，邊快步走邊吩咐道：「趕快去請太醫！」

「是。」千夜應聲在後面跟著。

一刻後，段高存快步來到無憂的屋子前，看到房門緊閉，來不及說什麼，便推門而入。身後的千夜看到世子進去了，便使了個眼色，讓守門的人關上房門，自己卻轉過身子去微微地一笑，揹著雙手望著天上的白雲。

當段高存邁進房門的時候，看到無憂只穿著抹胸趴在床前，他不由得蹙了下眉頭，趕緊走過去，卻看到她閉著眼睛，全身上下都是汗水，嘴裡還咬著手絹，整個人都在發抖。看到這種情況，段高存並不知道她中了催情藥，趕緊撫著她的肩膀，急切地問：「無憂，妳這是怎麼了？無憂？」

全身都在忍受煎熬的無憂聽到耳邊的聲音，努力地睜開雙眼，看了一眼叫自己的人。這個時候，她還是有意識的，看清楚來人是段高存，她不由厭惡地甩了一下自己的肩膀，聲音顫抖地質問道：「你？你……為什麼要給我下藥？」

「下藥？下什麼藥？」聽到這沒來由的指責，段高存不禁愣了。

「別假惺惺的，不是你……誰敢？」無憂的眉頭都皺死了，臉也因為極度的難受而扭曲變形。

愣了一下後，看了看無憂的情形，段高存也是貴族出身，許多貴族為了追求刺激都是用過這種藥的，他馬上就明白是怎麼回事。他蹙著眉頭，一言不發，連拳頭都攥了起來。

這時候，無憂對段高存異常堅定地道：「我就是死也不會順從你的。」說完，她拔下頭上的簪子，用力地往自己的喉嚨上插去。

說時遲，那時快，見狀，段高存馬上伸手握住她的手腕，叫道：「妳這是做什麼？我向妳保證這件事我是真的不知情，而且我也不會勉強妳，更不會用這種下三濫的手段來讓妳順從我，雖然我很想讓妳順從我。」

此刻，他那雙濃眉大眼異常的炯炯有神，眼光中充滿了誠懇，無憂看到這雙眼睛，覺得他並沒有欺騙自己，他說的應該是真的。不過，她現在的意識已經有些不清了，下一刻，她便昏倒在床上。

「無憂！無憂！」見她昏了過去，段高存喊了她兩聲，她卻一點反應也沒有。隨後，段高存馬上轉身來到門口，打開大門，厲聲朝外面喊道：「千夜！千夜！」

一直在外面等候的千夜馬上跑過來道：「世子，您怎麼出來了？薛……」本來千夜以為世子爺最起碼也要天黑才會出來，這個薛姑娘可是世子爺心尖上的人，世子爺這次得手後肯定是心滿意足了。

啪啪！

沒想到段高存竟然揮手對著千夜的臉左右給了兩巴掌，而且下手很重，千夜的臉上立刻紅了起來。

被打懵了的千夜稍後撫著臉龐問：「世子，您這是……」

「是不是你擅作主張給無憂下了那下三濫的藥？」段高存質問道。

聽到這話，千夜低首回答：「是。」

「馬上去把解藥拿來！」段高存怒吼著。

聽到世子說要他去拿解藥，千夜皺著眉頭道：「世子，小人這也都是為了世子您啊，女人麼只要成了您的人，時間長了她肯定會對您上心的……」

「閉嘴！」千夜的話讓段高存立刻怒吼著打斷了他。

見段高存十分惱怒的樣子，千夜不敢多言，只好低首道：「是。」隨後，千夜便從衣袖中拿出一個小瓷瓶，雙手遞給段高存道：「這是解藥，用溫水送服兩顆就可以了。」

聽到是解藥，段高存來不及說任何話，伸手拿走了千夜手中的小瓷瓶，然後轉身走進了房間，並且趕緊用手關上房門，因為裡面的無憂可是衣衫不整，他可不准任何男人看到她的樣子。

望著前方緊閉的房門，千夜可是好心碰了一鼻子的灰，隨後便懊喪地摸了摸鼻子轉身離去了。

千夜懊喪地離開無憂的住處，心裡很懊惱，本來以為是為主子做了一件好事，沒想到卻挨了兩個耳光。其實挨兩個耳光也不要緊，只要主子好受些就好，但世子竟然還向自己要解藥，他可是好不容易才製造了這麼一個絕好的機會，世子怎麼一點都不知道把握呢？

嘩啦啦……

正懊惱之際，千夜路過一排屋子的時候，忽然聽到裡面傳來許多瓷器被摔碎在地上的聲音，他不禁蹙緊眉頭，心中的火氣立刻就發洩出來，大喊道：「怎麼回事？」

這時候，在一旁站著正不知如何是好的金花趕緊跑過來，行禮道：「拜見大人。」

看到是金花，千夜便問：「怎麼回事？誰在摔東西？」好像此刻屋子裡還有摔家具的聲音，他納悶誰敢在他的眼皮子底下發狂？真是活膩了。

「是……連翹姑娘。」金花趕緊回答。

「連翹？誰是連翹？」千夜有些不解地問。

見千夜不知道，金花趕緊回答：「連翹就是薛姑娘的貼身侍女。」

「她怎麼了？」千夜感覺有些不對勁。

「她……她吃了給薛姑娘送的飯，所以也中了那種藥，奴婢沒有辦法，只好把她關在這裡。千夜大人，您有沒有解藥啊？這樣子會不會出人命啊！」金花說這話的時候，眼裡充滿了自責。她接到千夜的命令，只好把連翹哄騙出來，沒想到連翹也吃了給薛姑娘的那碗飯。說實話，她感覺薛姑娘和連翹都是好人，所以她真的不想欺騙她們，更不想傷害她們，可無奈的是，她只能執行千夜大人的命令。

千夜也皺了眉頭，說：「解藥只有一瓶，已經交給世子爺了。」

「啊？那怎麼辦？不如去向世子爺要幾顆來？」金花提議道。

「再去見世子爺？誰敢？」說著，千夜不自禁地伸手摸著自己的臉頰，現在臉上還有些火辣辣的，幸好他長得不怎麼白，臉皮又厚，要不然現在臉上肯定會留下五個指印。

「那怎麼辦呢？」連千夜大人都不敢去打擾世子爺，別人更不敢去了。上次銀花被打，十天半個月才能下床，現在府上在薛姑娘身邊伺候的人可是都不敢造次的。

千夜低頭蹙眉想了一下，說：「我去看看。」然後轉身朝前面的屋子走去。

千夜走進前面的房間，然後房門就被關閉，金花只好在外面繼續等候……

等到無憂睜開眼眸的時候，屋子裡已經點燃燭火，柔和的燭光流瀉在整個房間中，床前坐著一個魁梧的身影，正專注地望著剛剛睜開眼睛的人兒。

「妳醒了？」段高存看到無憂無恙地醒來，很是歡喜。

看到眼前段高存那張器宇軒昂的臉龐，無憂微微擰了下眉頭，因為感覺渾身都痠軟無力，腦海中也立刻想起剛才她昏倒之前的種種。隨後，她不似原來那般冷淡，眸光也算是溫和地道：「是你給我吃了解藥？」她是大夫，知道這種催情藥是很厲害的，如果沒有解藥，她恐怕三天三夜也醒不過來，如果身體不好，也許還會送命。

「對不起，我讓妳受苦了。」段高存沒有回答她的問題，而是向她道歉。

「這件事不是你做的嗎？」無憂盯著段高存問。

「不是。」段高存搖頭。

聽到這個答案，無憂把眼光移向別處道：「既然不是你做的，你不用向我道歉。」

「可是畢竟是因為我才讓妳……遭受這樣的痛苦。妳不要怪任何人，只要把這個仇記在我身上好了。」段高存道。

聞言，無憂卻笑了。「你倒是挺有責任感的，什麼事情都往自己身上攬。」不知怎的無憂竟然對段高存也產生了一絲好感。

「下人們雖然做得不對，畢竟也是對我忠心耿耿，況且一切都是為了我著想，我自然也要護著他們才是。」段高存說。

「你是個好主子。」無憂點頭道。

「妳也是個好主子。」段高存說。

聽到這話，無憂立刻就想起連翹，她馬上伸手抓住一旁段高存的手臂，急切地道：「對了，我的侍女連翹好像也中了和我一樣的催情藥，請你馬上叫人去救救她。」看看外面的天色都已經黑了，離她們藥效發作的時間已經很久，不知道連翹現在怎麼樣了？無憂心中著急得很，尤其這關係著女子的名節。

聽到這話，段高存蹙了下眉頭，趕緊道：「妳等一下。」便起身走到門前，打開房門，對外面喊道：「來人。」

「世子爺有何吩咐？」外面的守衛應聲道。

段高存從衣袖中拿出一個小瓷瓶遞給那守衛道：「馬上去找到薛姑娘身邊的侍女連翹，給她吃兩顆這個藥丸，務必把她安全地護送回來，她要是有半點差池，我要你的腦袋。」

「是。」那個守衛聽到命令後，接過段高存手中的小瓷瓶，然後趕緊去了。

看到那個守衛走了，段高存才關上房門，轉身走到床前。這時候，無憂已經緩緩地坐了起來，只是全身仍然虛弱無力。她的後背靠在軟枕上，聽到段高存的話，她也就稍稍放了點心，但還是隱隱為連翹擔憂著，因為畢竟已經過去半日，不知道連翹會發生什麼樣的情況。稍後，無憂說了一句。「我好渴。」

聽到這話，段高存趕緊去找水，倒了一杯茶水過來遞到無憂的面前。口渴難耐的無憂顧不上什麼，便接過他手中的茶碗，仰頭一口氣把茶水都喝個精光，最後才不好意思地把手中茶碗遞給段高存，並羞赧地說了一句。「謝謝。」

聽到這兩個字，段高存的嘴角扯了一個淺淺的微笑，轉身將瓷碗放在一旁的八仙桌上。望著他的背影，無憂忍不住問了一句。「你為什麼要用解藥救我？」

背對著無憂的段高存愣了一下，然後回答：「妳中的這種催情藥很厲害，我不救妳的話，妳很可能會支持不住。」

聞言，無憂略遲疑了一下，說：「其實你剛才完全可以……」她多少也能感覺到這位大理世子對自己的情誼彷彿不是一時興起，因為從他的眼眸中她能看到他的真誠。剛才自己身中催情藥，其實他完全可以將計就計逼自己就範，可是他卻沒有這麼做，還出手救了自己。現在無憂相信他應該是個正人君子，至少在自己面前是個正人君子。

雖然無憂的話沒有說完，但是聰明如段高存當然明白她的意思，他仰頭看了一眼房梁的方向，然後說：「說心裡話，我是大理世子，要什麼樣的女人都是手到擒來，而且她們都會無條件地順從、甚至是獻媚。在見到妳之前我認為男女之間也不過如此，但在見到妳之後，我的想法就完全變了。我才知道男人和女人之間，是有你們漢人所說的兩情相悅和至死不渝。所以我就算得到妳的身體，又有什麼用呢？妳的心不會屬於我。」

此刻，段高存的眼睛在燭火的照耀下閃爍著灼灼的光芒，這雙眼神所表現出來的情誼和當年秦顯看她的眼神是一樣的，所以她不必懷疑這份感情的真實與否。雖然段高存對自己的感情也讓她有所觸動，但是她心裡已經有了自己所愛的人，注定是要辜負他的。心裡雖然不忍，還是直言道：「世子，對你我只能說一句對不起，請你收回對我的感情，我是不會對你有任何回報的。」

段高存的眼睛緊緊盯著無憂，急切地問：「為什麼？」

聞言，無憂把眼光轉向別處，避開段高存眼中的幽深光芒，很堅定地回答：「因為我所有的感情都給了一個人，那就是我的夫君沈鈞。」

雖然也在意料之中，但段高存沈默了一刻，然後道：「有時候我很恨老天，為什麼不讓我早一點認識妳？為什麼我不早一點去大齊？如果我能在妳嫁給沈鈞之前認識妳，那麼結果肯定不是現在這樣。」說話間，段高存的語氣裡充滿了惋惜。

「可是這個世間沒有如果。」無憂接著道。

「可我還是希望妳能給我一個機會。」段高存隨後道。

聽到這話，無憂不禁好笑地說：「我現在是有夫之婦，我能怎麼給你機會呢？難道要我棄夫再嫁嗎？如果我真是那樣的人，你會喜歡一個對感情不忠貞，甚至是水性楊花的女人嗎？」

對這個問題，段高存十分排斥，只是煩躁地道：「我不管那些，我也不在乎，我只知道我很喜歡妳，我一輩子都沒有這麼喜歡過一個女人。我想和妳在一起，而且是只想和妳在一起，直至終老。」

聽到他那執著的話，無憂知道段高存和秦顯是不一樣的。秦顯深受儒家道德的影響，雖然對她一往情深，但是不會做什麼出格的事情來，最多也就是把感情默默地埋藏在心裡而已。可是這個段高存是異族，而且是在大理叱吒風雲的世子，他沒有受過太多儒家思想的薰陶，對女人棄夫再嫁並沒有什麼太多想法。這個段高存桀驁不馴，又執掌大權，他也許什麼事情都做得出來，所以她還是要小心為妙。

「我勸世子還是死了這條心吧，我從來沒有棄夫再嫁的想法。」無憂很斬釘截鐵地拒絕道。

段高存盯著無憂看了半天，最後吁了一口氣道：「我希望妳至少給我一個機會，要不然我是絕對不會死心的。」

無憂好笑地道：「我能給你什麼機會？你不要胡思亂想了。」

「半年，給我半年的時間，如果在這半年之內妳沒能喜歡上我的話，我就馬上派人把妳護送回大齊去。」說這話的時候，段高存的眼睛裡充滿了希望。

聽到這話，無憂不禁有些好氣又好笑，說：「別說半年，就是五年、十年，我也不會改變主意的。」

「妳不讓我試試，我是不會死心的。」段高存固執地道。

看到他那固執的眼神，無憂知道自己是無法選擇的，因為他是大理之主，而且沈鈞根本就不知道自己被困在這裡。當然，就算知道，他又能怎麼樣呢？段高存是大理世子，他根本也沒有辦法救自己出去吧？而且現在她寧願沈鈞不知道自己的處境，因為以他的性格，他肯定會不顧一切地來救自己，那個時候他自己的安危都會成問題。半年的時間說長不長，說短不短，如果段高存可以信守自己的諾言，也許這是個兩全的好辦法。

隨後，無憂望向盯著自己看、等待回答的段高存，道：「你前些日子也答應過我要送我回大齊，我怎麼知道半年之後你會信守自己的諾言？」

聽到這話，知道無憂是不信任自己，段高存便伸出自己的左手向上天發誓，道：「我向上天發誓，如果我這次違背自己的諾言，那麼我和大理便會毀於一旦。」

無憂沒想到他會拿社稷發誓，要知道古代的人對社稷宗廟那可是看得比什麼都還重要，而且他現在的眼神很真誠，所以她沒有辦法，只好選擇相信他。下一刻，無憂無奈地道：「所有權柄都握在你的手中，我不答應也不行了？」

「妳儘管放心，雖然我握有大理一切事物和人的生殺大權，但是我絕對不會勉強妳做違背妳心意的事情，而且這半年妳也許還可以幫我一個忙。」段高存道。

「什麼忙？」無憂疑惑地問，不知道自己能幫他什麼。

「聽說妳的醫術非常精湛，而我大理就缺少醫術精湛的人，所以這半年內妳可以為我們大理培養幾個好的大夫。當然，這半年也可以讓妳打發一下時間。」段高存笑道。此刻，他心中充滿了對未來半年的希望，他是個從來不服輸的人，而且也一直都是個強者、勝利者，以前有多少女子都臣服於他，他相信只要給他足夠的時間和她相處，她就一定會對自己有感情的。

無憂低頭想了一下，知道她不答應也沒有任何辦法可想，也許他會遵照諾言放自己走呢？再說如果她一點都不配合的話，像段高存這樣的人，盛怒之下也許什麼都能幹得出來。隨即，她抬頭道：「好，我答應你，一定盡我最大的努力給你培養幾個好的大夫出來，不過你也要遵守自己的諾言，半年之後放我和連翹回大齊去。」

「一言為定。」聽到無憂答應了，段高存很高興，馬上點頭道。其實，他心裡的自信還是滿滿的，他一定能夠讓眼前的這個女人，在半年之內心甘情願地投入自己的懷抱。

無憂說道：「不過你安排來的人，一定要本身是個大夫才行，要不然半年之內根本就不能有所成。」

「這個自然，我會安排幾個年輕有為的人來跟妳學習。今日妳累了，妳好好休息，改日我再來看妳。」說罷，段高存轉身離開了。

段高存走後，無憂看看天色不早了，不禁為連翹擔憂起來，可是擔心也是白擔心，她只能坐在這間屋子裡等待……

千夜府中一間燭光幽暗的屋子裡，一個衣衫不整的女子坐在床前傷心地哭泣著，她背後的床上一片凌亂，而且她的髮絲散亂，一看就知道發生了不幸的事情。

站在一旁的金花看著連翹傷心的樣子，不知道該怎麼勸她，只能遞上一方手帕，道：「妳不要太傷心了。」

「我還有什麼臉活下去？我……」說罷，連翹伸手就拔下自己頭上的一根簪子，想刺喉自盡。

見狀，金花趕緊用雙手死死地抓住連翹的雙手，急切地道：「連翹姑娘，妳這是做什麼？妳千萬不要做傻事啊！想想妳的主子，妳要是死了，她可就一個人留在這大理了，在這裡她連一個認識的人都沒有，妳一死了之了，她可怎麼辦啊？」

聽到這話，連翹攥著簪子的手立刻就鬆了下來。是啊，她要是死了，那二小姐可怎麼辦啊？她也不知道自己今日是怎麼了，渾身發熱，痛苦難耐，彷彿已經到了要發狂的地步。一個身材魁梧的男子進來後，她竟然抑制不住便抱住了人家，現在想想，她自己都覺得很沒有臉面，羞憤死了。

看到連翹軟下來，金花趕緊拿來梳子道：「我幫妳梳理一下吧！」說完，便幫著連翹整理衣服梳頭髮，畢竟這件事情和她也有關係，金花心中也是有所愧疚。

一會兒之後，連翹全身上下都被金花整理乾淨了，連翹低頭想了很久，才對金花道：「謝謝妳，金花，今日的事情別跟我主子說，她會擔心的。」

「我明白，這件事我誰也不會說的。」金花自然知道這可不是什麼光彩的事，然後又道：「剛才妳主子的守衛來找妳了，說讓妳趕緊回去呢！」

想到自己這麼久沒有回去，連翹起身道：「那咱們趕快回去吧！」

待金花和連翹回到無憂住處的時候，已經很晚了，看到連翹安然無恙地回來，無憂很高興，便讓金花傳晚飯來，畢竟她和連翹都還沒有吃飯。

金花去後，屋子裡只剩下無憂和連翹兩人，無憂拉著連翹問：「連翹，妳中了那藥後是怎麼解的藥？是不是這裡的守衛把解藥給妳吃了？」

聽到這話，連翹才如夢方醒，怪不得今兒下午她如此狂躁，原來是她中了藥的緣故？她也是大夫，只是不怎麼精湛，這種原理還是明白的。再抬頭看看無憂，她竟然知道自己中了那種藥，想想下午受的委屈，她很想講出來，更想再哭一場，但畢竟這樣會讓無憂擔憂，便將錯就錯地點了點頭，道：「嗯。」

聽到這話，無憂微笑著道：「那就好了，我還怕妳出事呢！」

「二小姐，這究竟是怎麼回事啊？」連翹有些迷迷糊糊的。

無憂便把來龍去脈告訴連翹，聽到這些，連翹不禁義憤填膺，合著自己是被誤傷的，怪不得那個金花那般關心自己，其實她心裡是感覺對不住自己吧？想去找金花算帳，但是想想這也不能全怪她，她也是無心之舉，再說她也是奉命行事。

連翹道：「二小姐，這個大理世子彷彿對您還真是有心的。」

聽到這話，無憂不禁皺了眉頭，不知道這個劫難怎麼度過？其實人這輩子有一個人真正對自己好就夠了，實在是不需要多一個人再對自己一往情深，這樣終究是給自己增添了煩惱，也苦了別人。

——未完，待續，請看文創風369《藥香賢妻》5（完結篇）

2015年11月出版

吃貨嬌娘

文創風 346～349

聽說他的名字小兒聽了都能止啼……
聽說李姑娘與他訂親，在看見他的畫像不久就抑鬱而終了……
聽說他一有不順就殺人解氣……
嫁給這麼個男人，她倒覺得——百聞還不如一見呢！

小清新．好幽默／夕南

聽說永甯伯喜吃生肉，每天還會喝幾碗敵人的血……
這回聖上召他回來，說是準備給他賜婚，用來獎賞這次的勝仗。
誰家姑娘不想活了，願意嫁給他啊，他都剋死了多少未婚妻了……
聽著關於永甯伯楚修明的各種可怕傳言，
沈錦怎麼也想不到，自己竟被賜婚給這麼可怕的男人，
但她就算再怕也不濟事，
誰教她是庶女，親娘是不得王爺寵愛的側妃，
她成了皇上手上的棋子，被嫁去邊疆牽制這天煞孤星一樣的男人。
才嫁去，她人還沒見到，就要先豁出生命去抗敵守城，
等終於見到他了，她萬分驚嚇，他怎麼跟聽說的那些完全不一樣啊……

368

藥香賢妻 4

國家圖書館出版品預行編目資料

藥香賢妻 / 靈溪著. --
初版. -- 臺北市 : 狗屋, 2016.01
冊 ; 公分. --（文創風）
ISBN 978-986-328-541-0（第4冊：平裝）. --

857.7　　104024664

著作者　靈溪
編輯　王佳薇
校對　黃薇霓　周貝桂
發行所　狗屋出版社有限公司
地址　台北市104中山區龍江路71巷15號1樓
電話　02-2776-5889～0
發行字號　局版台業字845號
法律顧問　蕭雄淋律師
總經銷　知遠文化事業有限公司
電話　02-2664-8800
初版　2016年1月
國際書碼　ISBN-13　978-986-328-541-0
原著書名　**《医路风华》**，由瀟湘書院（www.xxsy.net）授權出版

定價250元
狗屋劃撥帳號：19001626
網址：love.doghouse.com.tw　E-mail：love@doghouse.com.tw